U0109371

古典詩歌研究彙刊

第三六輯

龔鵬程　主編

第4冊

辛棄疾詩歌研究

施俞君　著

國家圖書館出版品預行編目資料

辛棄疾詩歌研究／施俞君 著 -- 初版 -- 新北市：花木蘭文化
事業有限公司，2024〔民 113〕
目 2+254 面；17×24 公分
（古典詩歌研究彙刊 第三六輯；第 4 冊）
ISBN 978-626-344-784-4（精裝）
1.CST：（宋）辛棄疾 2.CST：宋詩 3.CST：詩評
820.91   113009355

ISBN-978-626-344-784-4

9 786263 447844

古典詩歌研究彙刊
第三六輯 第 四 冊   ISBN：978-626-344-784-4

辛棄疾詩歌研究

作　　者　施俞君
主　　編　龔鵬程
總 編 輯　杜潔祥
副總編輯　楊嘉樂
編輯主任　許郁翎
編　　輯　潘玟靜、蔡正宣　美術編輯　陳逸婷
出　　版　花木蘭文化事業有限公司
發 行 人　高小娟
聯絡地址　235 新北市中和區中安街七二號十三樓
　　　　　電話：02-2923-1455／傳真：02-2923-1452
網　　址　http://www.huamulan.tw 信箱 service@huamulans.com
印　　刷　普羅文化出版廣告事業
初　　版　2024 年 9 月
定　　價　第三六輯共 4 冊（精裝）新台幣 8,000 元
版權所有 · 請勿翻印

辛棄疾詩歌研究

施俞君 著

作者簡介

施俞君，台灣台北縣人，嘉義大學中文研究所碩士，現任國中教師。

提　　要

　　辛棄疾是南宋的愛國英雄，亦是詞壇巨擘，其豐富曲折的人生經歷及跌宕起伏的仕宦生涯，醞釀出深厚的創作底蘊，稼軒詞無論在數量或質量上皆傲視群雄，反觀稼軒詩，自古所受到的矚目，顯然不及其詞。

　　因此本篇論文以《全宋詩》所收辛棄疾詩歌為主要研究範圍，再輔以其他專書參照研究，首先分析詩歌之創作體裁、格律起式，接著歸納類型相同之詩歌並加以說明其內容風格及其藝術淵源與特色、再深入探究詩歌聲情韻部之編排特色，以釐清其辭情與聲情的關聯，期盼透過此研究，能更全面的關照辛棄疾之創作。

誌謝辭

　　自民國一〇六年踏入嘉義大學修課至今，已走過六個年頭，這部論文陪伴我度過無數寒暑，也伴我經歷結婚生子，如今，在二寶臨盆前，能順利將論文付梓，心中充滿感謝！

　　回首這一年，首先要感謝的是我的論文指導教授陳茂仁院長，博學又敦厚的茂仁老師總在我完成每個章節時，即時給予引導及回饋，口考之時，更體諒大腹便便的我，給予許多協助，一切銘感在心！其次要感謝擔任計畫審查及口考委員的彰化師範大學周益忠教授及嘉義大學中文系主任曾金承教授，感謝兩位教授的耐心審閱，指正我盲點並提供了許多寶貴的建議，使這部論文更臻完善，在此表達深摯的謝忱。

　　感謝這一年來，全力支持我完成論文的神隊友許景涵先生，感謝褓姆朱米女士，無微不至的照顧孩子，因為你們，使我能無後顧之憂的完成論文，感謝研究所同學慧芳，百忙之餘仍關心我的論文進度，隨時替我解惑，化解我的不安，感謝同事雅琪、瀞儀、巧雯、Mia 及友人肇欣、可欣，時常關心我的近況，分享彼此的生活，為這段有點沉悶的論文時光，注入一些歡笑；感謝施家人週末的陪伴，平衡我的身心，感謝公公許芳彬先生、婆婆郭美華女士的關愛及體諒，感謝身邊的每位貴人，因為你們，使我能順利完成論文，在此致上最衷心的感謝！

目

次

第一章　緒　論

第一節　研究動機與目的

一、研究動機

　　南宋愛國詞人辛棄疾是一位大詞人又是一代豪傑,他以英雄之氣魄寫詞,開闊了詞境,提高了詞的品味。從文學史的角度觀察,可以說他的出現,才進一步確立了詞作為宋一代文學之代表,取得了與唐詩相頡頏的位置,辛棄疾素以豪放詞著稱,其詞與蘇軾並稱為「蘇辛」,謝枋得〈辛稼軒先生墓記〉云:

> 稼軒,名幼安,列侍清班,久歷中外。五十年間,身事四朝,僅得老從官浩名。……入仕五十年,在朝不過老從官,在外不過江南一連帥。公沒,西北忠義使絕望,大讎必不復,大恥必不雪,國勢遠在東晉下。〔註1〕

南宋豪放派詞人辛棄疾,濟南歷程人,原字坦夫,後改字幼安,中年以後別號稼軒居士,一生經歷高宗、孝宗、光宗、寧宗四代,但終其一生,其抗金復國之志無法實現,其滿懷抱負亦無施展之機會,

---

〔註1〕謝枋得:《疊山集》,四部叢刊續編景明本,臺北:臺灣商務,1986年,卷七,頁35。

但辛棄疾在文學上的地位不容忽視,他的詞作寫政治,寫哲理,寫朋友之情、戀人之情、田園風光、民俗人情,讀書感受,凡能寫入其他任何文學樣式的東西,他都能寫入詞中,主要以雄偉奔放為主,但寫起婉約的詞,也得心應手,多元的題材,造就了包羅的萬象藝術風格,使得辛詞呈現多彩多姿的風格,亦得到「詞中之龍」〔註2〕的美稱。

　　稼軒詩,長期不被人們所重視,也許是他的詞名掩蓋了詩名,也許是數量和質量上均不如其詞,故後人對辛詩的研究很少〔註3〕,根據《全宋詩》所載辛棄疾詩作約 140 首,然而往往被人忽略,稍有人論及,也評價不高。〔註4〕甚至清人鄒祗謨說:「其詞極工矣,而詩殊不強人意。」〔註5〕陳子宏說辛棄疾曾以詩詞參請蔡光,蔡曰:「子之詩則未也,他日當以詞名家。」〔註6〕姑不論此說真偽,卻也反映出時人對辛棄疾於詩詞創作之不同評價。又因詞具備靈活曲折、長短參照之特性,更易於展現辛棄疾任俠豪縱的性情,而詩歌講究格律嚴謹、結構有致,反而容易框架詩人橫絕千古之氣勢與奔湧而出的豪情〔註7〕,是否因而使辛棄疾偏嗜作詞,造成辛詩與辛詞數量懸殊已不得而知,然而稼軒作品流傳至今,其詩作乏人問津,和詞受到青睞的程度大相逕庭,筆者認為對於一代大家之作品應有全面性的關照,不可偏廢,因而其詩歌的價值不可忽視,因此本論文想深入探討南宋豪放派文人辛棄疾的詩歌,以探其創作之各種面向。

〔註2〕陳廷焯:《白雨齋詞話》,臺北:台灣開明書店,1954 年,頁 16。

〔註3〕意引自王春庭:〈論稼軒詩〉,《九江師專學報》,第 128 期,2004 年,頁 40。

〔註4〕曾子炳:〈辛棄疾詩詞創作的不同心態及表現〉,《上饒書院學報》,第 22 卷第 5 期,2002 年,頁 52。

〔註5〕轉引自曾子炳:〈辛棄疾詩詞創作的不同心態及表現〉,頁 52。

〔註6〕轉引自王春庭:〈論稼軒詩〉,《九江師專學報》,第 128 期,2004 年,頁 40。

〔註7〕意引王春庭:〈論稼軒詩〉,頁 40。

二、研究目的

　　《論語・陽貨》:「詩可以興,可以觀,可以群,可以怨。」〔註8〕可見詩歌的價值,辛稼軒在世即以創作長短句享有盛名,門人范開於其四十九歲時便輯成《稼軒詞甲集》,且在稼軒六十四歲前陸續出刊乙、丙、丁集共四卷,皆為明證,此後八百多年的時間,稼軒詞廣為傳誦,達六百二十餘首之多,居兩宋詞人之冠,南宋當代即有仿效稼軒詞風者,如劉過、劉克莊,後世研究稼軒詞者亦眾,然而相對於稼軒詞的光芒璀璨,稼軒的詩與文相形黯淡,尤其是詩,文人多半認為稼軒「詩不如詞」,原因則是由於「天分偏嗜」,從稼軒言詩的詞作中,發現稼軒其實對「詩」十分重視,卻由於「胸中今古,只用資為詞」、「避謗」而「戒詩」,才導致詩作數量遠不如詞。〔註9〕綜合上述可知前人大多輕忽辛棄疾詩歌之價值,深入研究者較少,因而本篇論文研究目的如下:

（一）探究辛棄疾之生平、時代背景、經歷及交遊

　　北宋之末,金兵入寇,把大宋天子擄去了兩個,南渡之後君主的苟且偷生,使志士文人憂國憂民之心加劇,而經歷南北兩宋之際的愛國志士辛棄疾,必定感受最深,因此兩宋的時代背景,是筆者需要深入了並且著墨的部分,此外將搜尋辛棄疾相關記載之文獻,或其他由辛棄疾親自撰寫的文集廣泛閱讀,以便對其經歷及交遊有初步的認識,如此才能對其詩作有更深刻的理解。

（二）探究辛棄疾詩作流傳的版本與詩作數量

　　根據初步的檢索,目前對於辛棄疾的研究大多在詞,而台灣的辛詩的研究幾乎為零,然而依據上文所述,辛詩確有其可觀之處,再者辛棄疾身處一紛擾的朝代,其詩作應可略窺當代之生活狀況及文人處

〔註8〕〔清〕阮元審定,盧宣旬校:《重刊宋本十三經注疏附校勘記》,台北:台北藝文印書館,1989 年,頁 156-1。

〔註9〕意引自王雅雍:〈辛稼軒詩中的佛道儒面向〉,《佛光人文學報》,第 2 期,2019 年,頁 2～3。

境，因此本論文將對其詩作內容及形式進行探討，首先將探究辛棄疾詩作的版本流傳，並參照前人相關的研究與校對資料，以求獲得最完善的研究文本，本篇論文也將校對後之辛棄疾詩作熟讀並分析，以作為辛棄疾詩相關的研究之用。

（三）探究辛棄疾詩作的形式分析

現今流傳的辛棄疾詩作之文本，大約有 140 多首，內容包含古詩、絕句、律詩⋯⋯等，本篇論文將精讀每一首詩，並探討其詩體、起式、格律、用韻情況等，並進行歸納區分，以期先掌握辛棄疾詩作外在形式的特色。

（四）探究辛棄疾詩作的分類與聲韻編排

在中國傳統詩歌中，押韻、平仄、四聲協調，即是詩歌展現音樂性的精髓所在。〔註 10〕

> 詩歌為詩人內在情感之映顯，同時亦是心音之外在藝術表現，因之古有「詩言志」及「歌永言」之記載，是故自其出現之始，即與音樂綰結細密，以此知詩歌為具音樂性之文學體裁，故言聲韻為詩歌之靈魂實不為過。〔註 11〕

由此可知音韻的起伏攸關作者情意之呈現，因此筆者將校對最清楚完善之底本，從中分析、歸納辛棄疾詩作的主題類別，以及探究詩作中的聲韻編排特色，且據唐人所載，其時作詩大多邊吟邊修改，直至聲韻與詩意兩相和契後，方才定稿。因而唯有聲韻之音響與字面之意義結合，才能體會詩歌本身之美感。〔註 12〕又閩南語為最接近唐代之語音，為中古音之活化石，閩南語文讀音之傳播過程可概括為「唐

〔註 10〕轉引自林曉文：《徐志摩詩的韻律風格研究》，臺北：國立政治大學中國文學系國文教學碩士在職專班碩士學位論文，2014 年，頁 2。

〔註 11〕轉引自陳師茂仁：〈由字譜探論蘇軾題西林壁之聲韻美〉，《嘉大中文學報》，第 13 期，2020 年，頁 171。

〔註 12〕意引自陳師茂仁：〈由吟詩角度探杜甫〈江畔獨步尋花〉（其六）聲韻之美〉，《第十屆思維與創作暨第五屆台灣南區大學中文系聯合學術會議論文集》，2016 年，頁 1。

代播種、紮根、宋元開花、結果，明末以前已廣被民間。」〔註13〕據此，本文除對辛棄疾詩作內容進行分類外，也將以閩南語音調探悉其詩作之聲韻編排，期望對其辭情與聲情之關聯性能有更清楚的認識。

（五）探究辛棄疾詩作的修辭藝術

劉勰《文心雕龍》中提到多種創作手法，如：鎔裁、麗辭、誇飾、比興等，而在〈情采〉一篇中提到：「虎豹無文，則鞹同犬羊；犀兕有皮，而色資丹漆，質待文也。」〔註14〕、「言以文遠，誠哉斯驗。心術既形，英華乃贍。」〔註15〕意指文章得靠美化修飾，才能流傳久遠並能被讀者清楚了解，因此本篇論文將探討辛棄疾詩歌中的修辭運用並加以歸納，以期用不同角度欣賞辛詩之美。

（六）探究未來辛棄疾詩及其作品上可延伸之處

筆者於完成論文後，將研究過程中所發現的問題而尚未能解決者，於此做一申述，希望興嗜於此的研究者能有所延伸和探討，盼為宋代辛棄疾詩的領域得構建得更加完備。

第二節　研究範圍與材料

研究辛詩前，需先掌握流傳狀況，並比較各版本間之差異、優缺點，且配合前人研究及各版本校對資料，以求得到內容完整度最高、正確性最佳之底本，並以此本做為研究底本。

南宋劉克莊《後村先生大全集》中有一篇《辛稼軒集序》：「……公所作大聲鞺鞳，小聲鏗鍧，橫絕六合，掃空萬古，自有蒼生以來所無，其穠纖綿密者亦不在小晏秦郎之下……」〔註16〕說明《辛稼

〔註13〕轉引自張光宇：《閩客方言史稿》，臺北：南天出版社，1996年，文見〈第四章論閩方言的形成〉，頁64。
〔註14〕劉勰：《文心雕龍》，臺北：宏業書局，1982年，頁537。
〔註15〕劉勰：《文心雕龍》，頁539。
〔註16〕轉引自鄧廣銘：《稼軒詞編年箋注》，上海：上海古籍出版社，2007年，頁622。

軒集》在南宋時就有，但此本已失傳，根據鄧廣銘《辛稼軒詩文抄
存》可知《稼軒集》亡佚大約在明代中葉〔註17〕，而目前最早的辛
詩傳本，為清嘉慶年間法式善、辛啟泰彙編《稼軒集抄存》，而後學
者鄧廣銘、徐漢明、鄭騫、林玫儀、謝永芳等，對辛棄疾的詩、詞、
文皆有出版專書，而傅璇琮主編的《全宋詩》則以《辛稼軒詩文抄
存》為底本，酌校原材料出處，將辛詩收錄於卷二五八一〈辛棄疾
一〉、卷二五八二〈辛棄疾二〉，因學界的付出，至此對辛詩內容的
考證資料逐漸豐碩，然各版本所收辛詩略有出入，為求得較佳的研
究底本，以下依照出版年份整理各學者收錄辛詩的狀況及書籍概況
於表一，而筆者羅列各版本選入的辛棄疾詩名及首句之對照表則於
附錄二，以便參照。

表一：為筆者羅列各版本收錄辛詩的狀況及書籍概況

	書　名	收錄辛詩
1	鄧廣銘：《辛稼軒詩文鈔存》，台北：華正書局，1979 年。	125 首
2	傅璇琮主編：《全宋詩》，北京：北京大學出版社，1998 年。卷二五八一〈辛棄疾一〉、卷二五八二〈辛棄疾二〉	146 首
3	徐漢明：《稼軒集》，台北：文津出版社，1991 年。	140 首
4	鄧廣銘：《鄧廣銘全集》，河北：河北教育，2005 年。	142 首
5	鄭騫、林玫儀：《稼軒詞校注附詩文年譜》，台北：台大，2013 年。	148 首
6	謝永芳：《辛棄疾詩詞全集》，武漢：崇文書局，2016 年。	142 首

　　從表一、附錄二中可得知鄧廣銘《辛稼軒詩文鈔存》出版年份
為 1979 年，因年份較早，所收詩文篇目不甚完整，鄧廣銘《鄧廣銘
全集》在 2005 年出版，所收詩作為 142 首，和傅璇琮主編《全宋詩》
卷二五八一〈辛棄疾一〉、卷二五八二〈辛棄疾二〉所收詩目 146 首

〔註17〕鄧廣銘：《辛稼軒詩文鈔存》，台北：華正書局，1979 年，頁 1。

相比，前者少收錄〈重葉梅〉兩首、〈宿驛〉、〈御書閣額〉、〈贈延福老〉二首、〈和泉上人〉等七首，多收錄〈鶴鳴偶作〉、〈和鄭舜舉蔗菴韻〉、〈題桃符〉等三首；徐漢明《稼軒集》收錄辛詩 140 首，與傅璇琮主編《全宋詩》卷二五八一〈辛棄疾一〉、卷二五八二〈辛棄疾二〉所收詩目 146 首相比，前者少收錄〈重葉梅〉兩首、〈宿驛〉、〈壽朱文公〉、〈壽趙守〉、〈御賜閣額〉等六首詩作；而鄭騫、林玫儀《稼軒詞校注附詩文年譜》收錄辛詩 148 首，與傅璇琮主編《全宋詩》卷二五八一〈辛棄疾一〉、卷二五八二〈辛棄疾二〉所收詩目相比，前者多收錄〈贈黃冠〉、〈題桃符〉等兩首；謝永芳《辛棄疾詩詞全集》收錄辛詩 142 首，與傅璇琮主編《全宋詩》卷二五八一〈辛棄疾一〉、卷二五八二〈辛棄疾二〉所收詩目相比內容有所出入較多，前者少收錄〈重葉梅〉兩首、〈宿驛〉、〈御書閣額〉、〈和泉上人〉、〈贈延福老〉二首等共七首，多收錄〈鶴鳴偶作〉、〈和鄭舜舉蔗菴韻〉、〈題桃符〉等三首。

　　在詩作考據訛誤部分，根據鄧廣銘《辛稼軒詩文鈔存》：「『御賜閣額』二詩中有『孤忠扶社稷，一德契穹蒼』等語，明是秦檜黨徒在宋高宗替秦檜寫了『一德格天之隔』的匾額以後所作的獻媚詩……」〔註18〕，辛棄疾歸宋時已在高宗紹興末，其時秦檜敗亡已久，絕不可能作此詩；另外辛次膺〈贈黃冠周孝先〉及陸游之〈鵝湖夜坐〉，均為誤收。〔註19〕在《全宋詩》卷二五八二中〈宿驛〉（第 127 首）一詩，附注本詩為陸游詩，因為詩人生平未至蜀，作者可疑；詩作〈句〉（第 145 首），因內容收錄不完整，僅留下五句長短不一的句子，因此難以進行分析。

　　綜合上述討論各版本收錄辛棄疾詩作狀況（如表一及附錄二），

〔註18〕鄧廣銘：《辛稼軒詩文鈔存》，台北：華正書局，1979 年，頁 2。傅璇琮主編：《全宋詩》，北京：北京大學出版社，1998 年，頁 30016，將〈御賜閣額〉一詩載為〈御書閣額〉。
〔註19〕鄧廣銘：《辛稼軒詩文鈔存》，台北：華正書局，1979 年，頁 1。

本論文將採《全宋詩》卷二五八一〈辛棄疾一〉、二五八二〈辛棄疾二〉中 146 首辛棄疾詩作為研究基底，然其中第 127 首〈宿驛〉為誤收陸游詩作、第 145 首〈句〉內容闕漏、第 146 首〈御賜閣額〉為誤收秦檜黨徒作品，扣除此三首因誤收或內容缺漏之作品不列入討論，本論文將以《全宋詩》卷二五八一〈辛棄疾一〉、二五八二〈辛棄疾二〉之 143 首辛棄疾詩作，再輔以他書所列辛詩參校，進而探討辛棄疾詩作之形式分析、詩作的分類與聲韻編排、詩作的藝術特色、聲韻編排特色等。

第三節　研究方法與步驟

先說明研究動機與目的，及預期獲得的成果，並針對研究範圍和義界作出說明，以免偏離本文討論核心，之後將研究方法逐一列出，使人對本研究能有概略性的瞭解。

其次對於前人的研究成果概略性的簡述，才能在研究時，知曉現今學術界對辛棄疾詩歌作品的相關研究有所掌握，以期能對論文的內容呈現更為精準。本論文採用的方法與步驟如下：

一、蒐羅文獻資料與整理

先廣泛的蒐集與辛棄疾相關的史料與詩作文本，包括國內外碩博士論文、期刊論文及今人對其研究相關資料，皆在搜羅範圍內，藉此全面對辛棄疾相關故事及思想理論有所了解，最後再梳理出與本論文相關之部分。

二、對辛棄疾所處時代及其人其事全面了解

辛棄疾身處南宋，一個外患深重的朝代，其詩作應可略窺當代之生活狀況及文人處境，因此了解辛棄疾的時代背景及來往交遊，對於解讀作品的思想內容有所助益，對本論文的分析應可更加正確，正如孟子所言：

> 孟子謂萬章曰：「一鄉之善士，斯友一鄉之善士；一國之善
> 士，斯友一國之善士；天下之善士，斯友天下之善士。以友
> 天下之善士為未足，又尚論古之人。頌其詩，讀其書，不知
> 其人，可乎？是以論其世也。是尚友也。」〔註20〕

孟子的知人論世，無論是就古人之詩、書其作品之中以論其世，或就
詩、書等作品之外的歷史方法論其世，都強調了解作者所處時代之背
景，是正確解讀文本的途徑，因此要研究辛詩，必定要了解其時代背
景。

三、辛棄疾詩作的形式、內容分類、聲情特色及修辭技巧

羅列辛棄疾相關詩作後，以文本分析法，逐一探討辛棄疾詩的詩
作形式及內容，而依據陳茂仁《古典詩歌初階》所言：

> 詩歌在不斷的發展過程中，傳衍出各種不同的形式來，如重
> 章複沓以四言形式為主的《詩經》；如善用語助詞「兮」
> 字、「些」字，而以六七字句為主的《楚辭》；如以五言齊言
> 形式為主的東漢古詩十九首，至魏晉南北朝則有整齊的四
> 言詩、五言詩、七言詩等，至唐代則有講究平仄格律的絕句、
> 律詩、排律等新興詩體出現，各有各的特色。〔註21〕

筆者將觀察其不同類型詩作，並分析其聲韻編排特色，再加以歸納；
修辭技巧的運用，則以黃慶萱《修辭學》〔註22〕、黃麗貞《修辭學》
〔註23〕等相互參照，以期更能體會辛棄疾的詩作之美。

四、歸納與總結辛棄疾詩作之研究成果

透過歸納法，整理出辛棄疾詩作的成果，進而從客觀的角度給予
肯定、歸納出適切的文學地位。再者，總結上述的研究方法與步驟而

〔註20〕 〔清〕阮元審定，盧宣旬校：《重刊宋本十三經注疏附校勘記》，台
北：藝文印書館，1989 年，頁 188-2。
〔註21〕 陳師茂仁：《古典詩歌初階》，臺北：文津出版社有限公司，2003 年，
頁 17。
〔註22〕 黃慶萱：《修辭學》，臺北：三民書局出版，2007 年。
〔註23〕 黃麗貞：《修辭學》，臺北：三民書局出版，2002 年。

獲得最後的研究成果，作為本篇論文的總結，並針對過程中筆者所發現的問題或尚未獲得解決的問題，加以論述，以提供未來研究者有更清楚的參考。

第四節　前人研究成果述評

本論文旨在針對辛棄疾詩進行研究，因此以關聯性較高的兩大方向，一是「辛棄疾」，一是「稼軒」，搜尋全國碩博士論文網，鍵入「辛棄疾」結果有八篇為「詞」之相關研究，一篇為對陶淵明之接受研究。鍵入「稼軒」結果有二十九篇為詞之相關研究，但關於辛棄疾詩的研究則付之闕如。

大陸學者發表辛詩相關的期刊論文較多，探討內容主要分為以下四點：一、辛詩的題材內容、二、辛詩的藝術特色、三、辛棄疾之師承交遊、四、辛詩及辛詞之差異，因期刊篇數較多，且各篇採用辛詩篇目略有出入，筆者將期刊內容提及之辛詩以表格方式整理備用，冀望能於分析詩作時，借引上較為完備，以下將所蒐集之書籍、論文期刊、資料如數列舉，並簡要說明之。

一、專書

（一）鄧廣銘《辛稼軒詩文鈔存》〔註24〕

本書主要是在增補及重新編訂辛啟泰所編《稼軒集鈔存》中沒有收錄的詩、文，在各詩文後，均附著按語，詳列考證出處以及用字出入，對筆者研究辛詩之底本校對有很大助益。

（二）徐漢明《稼軒集》〔註25〕

本書將辛棄疾的全部作品分為詞、詩、文三部分，並附錄有關辛棄疾的研究資料，本書收錄的稼軒詩，輯自辛啟泰《稼軒集鈔存》、鄧

〔註24〕鄧廣銘：《辛稼軒詩文鈔存》，台北：華正書局，1979 年。
〔註25〕徐漢明：《稼軒集》，台北：文津出版社，1991 年。

廣銘《稼軒詩鈔存》、《詩淵》等書中，本書的優點是在所收的辛詩後附上校勘記，使讀者對於詩作的來由一目了然。

（三）鄧廣銘《鄧廣銘全集》第三卷〔註26〕

本書分為上下兩卷，上卷為《稼軒文箋注》，下卷為《稼軒詩箋注》主要以《辛稼軒詩文鈔存》為底本進行箋注及編年，在序言清楚交代清代學者法式善誤收的辛詩篇目，如：〈贈黃冠周孝先〉誤收辛次膺之作、〈鵝湖夜作〉誤收陸游之作、〈御賜閣額〉、〈贈延福端老〉二首、〈和泉上人〉為黃公度之稼翁集等，且下卷附錄中收錄涉及稼軒生活、生平及注者述的文章、諸家贈酬及紀念詩，對筆者研究辛詩文遊上提供豐碩的資料。

（四）鄭騫、林玫儀《稼軒詞校注附詩文年譜》〔註27〕

本書分為上、下冊，分別列出詞、詩、文，並於每詞之後先校異文，次注典故、人物、地理及詞中本事，並考訂作詞年份或時期，若詞作於何年可考者，依次編年，對於研究辛詞的讀者，參考本書必定事半功倍；本書據辛啟泰《稼軒集鈔存》刪偽補闕為《稼軒詩鈔》、《稼軒文鈔》各一卷，附於詞後，因《稼軒詩鈔》可編年者少，分體編次，其有作年可考者，注於詩後。

本書的優點在於不同於其他專書大多僅收錄或校勘，此書以體例編排辛詩，筆者於分類辛詩體裁時，能以此參照，惟《稼軒詩鈔》登載收辛詩149首，然五言絕句〈偶題〉首句「逢花眼倦開」重複登載，因此總數量應為148首。

（五）謝永芳《辛棄疾詩詞全集》〔註28〕

本書以《全宋詩》、《全宋詞》為底本，參照《辛稼軒詩文鈔存》、《辛稼軒詩詞補輯》等，總收詩作140餘首、詞作620餘首，排序依

〔註26〕鄧廣銘：《鄧廣銘全集》，河北：河北教育，2005年。
〔註27〕鄭騫、林玫儀：《稼軒詞校注附詩文年譜》，台北：台大，2013年。
〔註28〕謝永芳：《辛棄疾詩詞全集》，武漢：崇文書局，2016年。

照《全宋詩》、《全宋詞》，注釋主要參考《辛稼軒詩文箋注》、《稼軒詞編年箋注》、吳企明《荇溪詩學從稿初編》、徐漢明《辛棄疾全集校注》等，擇善而從，本書的優點在於將所收辛詩加以評析、提供注釋、詩作創作約略之年份等，使讀者在解讀文本上能對內容和提及的人名、地名有初步認識，對於了解辛詩意境，頗有助益，更受益於書中所列辛詩創作年份之先後順序，使筆者能在研究中作一對照，讓本文更完善。

（六）鞏本棟《辛棄疾評傳》〔註29〕

本書主要可分為三部分，第一部分介紹辛棄疾生平及其所處年代之背景，第二部分為辛棄疾詞作之藝術風格、文學成就、詩歌的創作，第三部分為辛棄疾在文學上之地位及影響。本書之優點在於作者對詩人生平之資料考察詳實，且舉例說明辛詞或辛詩之內涵均能深入著墨，使筆者了解詩人之生平及其詩作意境方面收穫頗豐。

（七）辛更儒《辛棄疾研究》〔註30〕

本書將辛棄疾的生平自幼至長、求學、仕途際遇描述詳實，且辛棄疾來往密切之友人之生平簡略提及，是筆者書寫第二章主要參考的書籍，此書之優點為作者於介紹詩人生平時，穿插詩人創作詩詞之約略時間，使筆者閱讀時能以生平發展對照詩人創作歷程，因而書寫時得以稍微釐清詩作脈絡。

二、學位論文

（一）馮霞：《辛棄疾詩歌研究》〔註31〕

本篇論文探討辛棄疾詩歌，作者將其分為一、題材內容，二、藝術特色、三、藝術淵源及其在宋詩群體中的特色，四、辛詩辛詞創作

〔註29〕 鞏本棟：《辛棄疾評傳》，南京：南京大學出版社，1998 年。
〔註30〕 辛更儒：《辛棄疾研究》，北京：人民出版社，2008 年。
〔註31〕 馮霞：《辛棄疾詩歌研究》，湖南，湘潭大學，文學與新聞學院，碩士論文，2010 年。

異同和分析「詩為詞餘」的現象及原因。

　　將題材內容分為閒適詩、贈和詩、親情詩、詠物詩、山水詩及其它等六類；藝術特色則討論用典、意象、想像、多樣的藝術風格；藝術淵源則提及祖陶楚辭、詩法鮑照、邵雍，而在宋詩變調時期體現其獨創性，但創新處侷限宋調中，較楊萬里及陸游遜色；而詩不如詞則因為其生平遭遇而有避謗戒詩的考量，而使辛詞承載詩的「言志」功能。

（二）高鐵英：《辛棄疾詩歌研究》〔註32〕

　　本論文的一部分介紹作者生平，第二部分就辛詩的思想內容方面分為詠史懷古、詠物詩、即事感懷、唱和詩、閑居農家、遊歷詩、親情詩等七類；第三部分關照藝術特色，則以形象生動、情景兼容、善於用典、平易樸實的用語等層面以辛詩為例了介紹；第四部份則對辛詩承繼屈原、邵雍、陶淵明等人進行分析；第五部分比較辛詩和辛詞的不同之處；第六部分則闡述辛詩的地位及影響。

（三）鄭艷霞：《辛棄疾帶湖瓢泉退居詞研究》〔註33〕

　　本論文主要研究辛棄疾退居生活中之詞作，第一章、第二章將帶湖及瓢泉分別研究介紹，並以鄧廣銘先生所蒐集的史料為主考證其落職原因及其生活狀況、另外亦論述作者的交遊往來狀況，並分析退居詞中寫作數量較多的交遊詞以及其退居心態及思想情感；第三章則研究其詠物詞、理趣詞、戀情詞等，並將帶湖及瓢泉兩時期之詞作特點進行比較，而有瓢泉時期心態融合儒、釋、道等思想之理趣成分。最後一章則研究辛棄疾詞作的藝術特色，包括以文為詞、交遊酬酢詞多、次韻之詞大量湧現等等。

〔註32〕　高鐵英：《辛棄疾詩歌研究》，內蒙古，內蒙古民族大學，文學院中國古代文學專業，碩士論文，2010 年。
〔註33〕　鄭艷霞：《辛棄疾帶湖瓢泉退居詞研究》，華中師範大學，中國古代文學專業，碩士論文，2009 年。

三、期刊論文

（一）王少華：〈沉雄悲壯稼軒詩──試論辛棄疾詩歌的藝術風格〉〔註34〕

　　本篇期刊首先提及辛詩主要師承六朝鮑照和唐代杜甫，而沉雄悲壯的獨特藝術風格則以三項分述論之。一、雄豪悲壯的感情基調，紆曲婉轉的抒情方式。認為辛詩不是傳統的文人之詩，而是英雄之詩，以〈送別湖南部曲〉等 15 首詩及辛詞論析，說明辛詩善於化用典故及前人成語委婉表達其鬱怒。二、狂放悲憤的自我形象，沉雄飛動的藝術境界。認為辛棄疾為抗戰人才卻屢遭陷害無法一展長才，文中以〈詠雪〉等 10 首辛詩論析其不被知遇、壯志未酬的英雄情。三、拗折峭拔，質樸眾拙的語言特色。以「我詩聊再復，語拙意則真。」〈周氏敬榮堂詩〉等 13 首辛詩，論析辛詩的語言清雋樸素的特色。作者透過上述所論為辛詩的藝術風格約略提供了分析架構，故本研究亦將以此篇為參考。

（二）陳良運：〈稼軒詩簡論〉〔註35〕

　　本篇期刊首先提及同時代的陸游，其詩詞皆重，相形之下辛詞在數量為辛詩六倍，且受重視程度遠高於辛詩。作者將辛詩按題材分類，如對子女之愛：〈哭䣊十五章〉、〈感懷示兒輩〉、〈即事示兒〉。又田園山水景物，如：〈江山慶雲橋〉、〈江郎山和韻〉、〈遊武夷作棹歌呈晦翁十首〉、〈鶴鳴亭絕句四首〉、〈鶴鳴亭獨飲〉。敘寫友人唱和之情，如：〈送別湖南部曲〉、〈答傅巖叟〉、〈答趙文遠〉、〈答諸葛元亮〉、修養己身，如：〈讀語孟〉之二、〈來年將告老〉、〈書淵明詩後〉。人生哲學，如：〈偶作〉之一、〈重午日戲書〉、〈題金相寺靜照軒詩〉。對白我評定，如：〈和任師見寄之韻〉之三……等，而作詩愛用典故構成意

〔註34〕 王少華：〈沉雄悲壯稼軒詩──試論辛棄疾詩歌的藝術風格〉，《山東師大學報》，第 3 期，1989 年，頁 71～76。

〔註35〕 陳良運：〈稼軒詩簡論〉，《江西大學學報》，第 3 期，1992 年，頁 58～62。

象為其特色，然而結論為辛詩不如辛詞，但能透過詩更全面了解辛棄疾，也認為能作其詩和詞的比較性研究。

（三）鞏本棟：〈作詩猶愛邵堯夫——論辛棄疾的詩歌創作〉〔註36〕

本篇收錄於鞏本棟《辛棄疾評傳》一書中，本期刊提及北、南宋理學發展的概況，辛棄疾自幼深受儒家文化洗禮，又與多位理學家如朱熹、陸九淵頗多來往，因而深受理學影響，其中尤為精要的介紹邵雍的生平及思想，因其觀物識理、吟詠情性和退居時期的辛棄疾面對現實和維持心理平衡、自解自慰的心態相謀合，因此作者以約 30 首之辛詩內容為例，說明康節體之詩學觀念。不同於辛詞創作多且傾注對恢復國家民族的熱情，辛詩多半為人生哲學之體悟，因此，要更通透了解辛棄疾，研究辛詩為重要窗口之一，作者最後提及辛詩創作如同邵雍，不免有一味說理議論，缺乏形象，過於直白的缺點，然筆者認為正因辛棄疾取法邵雍的「康節體」，而予人詩作語言淺近、風格通俗、富有裡趣之感，而此特色正為邵雍之所以於宋詩中自成一體的原因〔註37〕，因此，辛棄疾此風格，不失為其詩作之一大特色。

（四）曾子炳：〈辛棄疾詩詞創作的不同心態及表現〉
〔註38〕

本篇期刊首先以歷代文人對辛詩的看法開頭，如：清人鄒祗謨：「其詞極工矣，而詩殊不強人意」、蔡光：「子之詩則未也，他日當以詞名家」、劉辰翁：「願稼軒胸中古今，只用資為詞，非不能詩，不事此爾。」並對評論內容加以解釋，作者將辛詞和辛詩略分為：

〔註36〕　鞏本棟：〈作詩猶愛邵堯夫——論辛棄疾的詩歌創作〉，《南京大學學報》，第 1 期，1999 年，頁 101～109。

〔註37〕　意引程正宇、甘松：〈辛稼軒詩心探微〉，《咸寧學院學報》，第 26 卷第 1 期，2006 年，頁 52。

〔註38〕　曾子炳：〈辛棄疾詩詞創作的不同心態及表現〉，《上饒書院學報》，第 22 卷第 5 期，2002 年，頁 52～55。

一、詞為承載其心志的工具，詩則表達對人生哲理的體認和感悟；詞作贈和對象為尊長、權貴、同僚，或歌功頌德、自辯清白、激勵同道，詩作贈和對象既無尊無長無貴、多是志同道合者；詞中表現對陶淵明的文章和生活之清雅追求，詩中表達對陶淵明道德境界的渴慕；詞充滿不平的愛憤之氣，是入世的、詩則體現自持與自適的意志力量，是出世的，作者結論為詞無論內在格律、句式到情感強度和思想開闊都超越詩。本篇期刊筆者認為其詩詞的分類梳理清晰，具參考價值，但是在結論部分，若能更具體舉例辛詞、辛詩的作品之高下將更完善。

（五）王春庭：〈論稼軒詩〉〔註39〕

本篇期刊對辛詩風格整理出以下幾點，一、寫意託志的詠物詩。二、清新明麗的寫景詩。三、深沉頓挫的感懷詩。對列舉的內容能以辛詩舉例並作較為深入的賞析，本篇期刊結論為辛詩貫穿一「愁」字，梁啟超說陸放翁：「辜負胸中十萬兵，百無賴聊以詩鳴。」稼軒詩，當以是觀。

（六）張高評：〈辛棄疾的詠物詩與唐宋詩之流變〉〔註40〕

本篇期刊作者認為辛詩不如辛詞多是因詞在宋代被視為絕科、小詞、小道、有不登大雅之堂，因此不被重視之下反而能讓辛棄疾在此獲得空前自由的揮灑空間。作者第一部分簡要介紹詠物詩發展並全宋詩所輯 42 首詠物詩分為花木、蔬果、石橋、雨雪、器用，其中以詠梅為最多。第二部分則介紹唐詩唐音及宋詩宋調，託物寫志與比興近唐詩唐音，而同題共作及超勝意識、不犯正位與發散思維接近宋詩宋調。並列舉辛詩辛詞說明其論點。

〔註39〕 王春庭：〈論稼軒詩〉，《九江師專學報》，第 128 期，2004 年，頁 40～43。
〔註40〕 張高評：〈辛棄疾的詠物詩與唐宋詩之流變〉，《華中科技大學學報》，第 5 期，2004 年，頁 23～32。

（七）黃震云、管亞平：〈辛棄疾詩歌創作與楚辭〉〔註41〕

本篇期刊提及辛棄疾及屈原文化背景及人生經歷相似，因此當
時人用青兒稱之，因年代及文化不同，因此兩人也存在著明顯的不同
和區別，文中以辛詩舉例對照離騷、漁父、卜居、九歌等篇章，呈現
其情感的相似之處，又寫作手法上楚辭常以比興手法象徵，如蘭花象
徵君子、醜惡的花鳥蟲草象徵品行惡劣之小人等，作者都以辛詩清楚
舉例說明之。

（八）程正宇、甘松：〈辛稼軒詩心探微〉〔註42〕

本篇期刊闡述辛棄疾南歸後受邵雍理學吟詠性情的影響，並舉
例辛詩中呈現其對世事人生哲理的認識及體悟。此外亦介紹劉宋著
名詩人鮑照，其自命英才異士，可是孤直難容，在官場中受到壓抑，
和辛棄疾梗概悲壯頗為相像，在辛棄疾的贈和詩雖有意藉由儒釋道
思想排遣心中鬱悶，但恢復中原壯志未改，胸中鬱結便難以祛除。
最後舉辛詩說明其語拙意真的語言特色。

（九）吳惠娟：〈論稼軒詩的藝術淵源與其宋詩風調〉

〔註43〕

本篇期刊首先對王少華：〈沉雄悲壯稼軒詩——試論辛棄疾詩歌
的藝術風格〉及鞏本棟：〈作詩尤愛邵堯夫——論辛棄疾的詩歌創作〉
等評論其見解，接著簡要將辛詩分為雄健俊峭及平淡自然兩大類，並
深入介紹尚「健」和尚「談」，兩種審美的理想在南朝及宋代的開展脈
絡，再者舉例辛詩創作取徑邵雍、康節體、鮑照等篇章，最後說明辛
詩創作融合江西詩派和理學詩派的長處，但其創新沒有超越宋調，因

〔註41〕 黃震云、管亞平：〈辛棄疾詩歌創作與楚辭〉，《廈門教育學院學報》，
　　　　 第 4 期，2004 年，頁 12～14。
〔註42〕 程正宇、甘松：〈辛稼軒詩心探微〉，《咸寧學院學報》，第 26 卷第 1
　　　　 期，2006 年，頁 52～53。
〔註43〕 吳惠娟：〈論稼軒詩的藝術淵源與其宋詩風調〉，《文學遺產》，第 1
　　　　 期，2007 年，頁 58～66。

此作者推測在《辛稼軒集》在明末不傳的原因可能和明末詩壇欣賞盛唐詩風有關。

（十）張馨心：〈稼軒詩不如辭現象探論〉〔註44〕

本篇期刊首先歸納歷來學者對辛詩的研究成果為「詩不如詞」，作者再引經據典說明文人多數不是通才，因此文各有體惟通才可以兼擅；詩文有別，二者兼能者罕見；詩詞異曲分派，故稼軒詞勝於詩。經作者查其遭謗的中晚年，動輒得咎，且宋王朝曾兩次公然戒詩，因此稼軒只得提醒自己避謗之時要戒詩，若要發洩則在不登大雅之堂的小詞中抒發，因而有詩不如詞之感。

（十一）高鐵英：《辛棄疾詩歌探微》〔註45〕

本篇期刊主要針對辛詩的內容風格加以區分為詠史懷古、詠物、即事感懷、唱和、描寫日常生活、遊歷等六類，並舉例相對應的辛詩加以賞析探討，另外則談到辛詩和辛詞的差別，辛詞豪邁、浪漫，辛詩則是沉鬱、寫實，最後提及後人對辛棄疾、辛詩的評價以及辛詩缺乏形象過於直白的缺點。

（十二）殷衍韜、鞠文浩：〈辛棄疾詩歌用韻考〉

本篇論文以全宋詩143首為分析底本，採用王力《漢語語音史》為分析媒介，以陰聲韻10部，陽聲韻11部，入聲韻3部將辛詩一一歸納，最後以表格呈現辛詩和辛詞用韻的差別，並條列六項辛詩用韻的特色，頗具參考價值。筆者認為兩岸長期在文化習俗，簡繁體、語音上，因地理位置、年代久遠，都發展出迴異的面貌，因此在韻部的考察上，兩岸應有不同之見解，因此應有可發揮的地方。

〔註44〕張馨心：〈稼軒詩不如辭現象探論〉，《甘肅社會科學》，第6期，2007年，頁133～134。

〔註45〕高鐵英：〈辛棄疾詩歌探微〉，《赤峰學院學報》，第31卷第5期，2010年，頁83～86。

（十三）吳晟、張瑩潔：〈論辛棄疾詩歌創作的禪機靈趣〉

〔註46〕

禪宗是中國化的佛教，辛詩140餘首中有60多首有禪宗思想的影子，辛棄疾的禪詩又分為禪理詩、禪味詩兩類，首先辛棄疾的禪理詩強調個人對佛法的參悟知解，最終得到人生體悟，如〈游武夷作棹歌呈晦翁〉十首等，而禪味詩則以寫景傳真為主，借助形象開啟禪悅之心，如〈送悟老住明教禪院〉等，而辛詩的禪詩以簡潔的筆觸、澄明的心境，寫出禪家嚮往的虛寂清幽的意境。

（十四）周蕾：〈論辛棄疾詩歌對自我情志的複雜抒寫〉

〔註47〕

本篇期刊作者認為學界以往討論辛棄疾作詩以鮑照和邵雍為淵源持不同看法，作者認為其詩歌的豪闊雄健根源於他對自身壯志理想的豪情書寫和對高尚品格的追求，並深入分析〈和仕帥見寄之韻〉之三、〈讀邵堯夫詩〉、〈書亭雲壁〉二首中的內容，認為辛棄疾一生深受朝臣排擠誣陷、南宋偏安不能施展抱負、對壯志理想的追求、年華老去等，種種因素使辛棄疾內辛充滿憤慨沉鬱的複雜情緒，最終以陶淵明聞道之路疏導，回歸靜謐。

（十五）洪樹華：〈論辛棄疾詩詞中的批評旨趣〉 〔註48〕

本篇期刊首先說明辛棄疾極力推崇「健筆」以及「長氣」，並以辛詩辛詞詳細解釋何謂健筆，何謂長氣，再以辛詩和辛詞中提及與陶淵明相關篇章羅列介紹，說明其崇尚陶淵明詩風的來由，再者以辛詞說明詩歌寫作苦心思慮及安排詩句、重視詩眼的寫作態度在晚年尤為明顯。

〔註46〕吳晟、張瑩潔：〈論辛棄疾詩歌創作的禪機靈趣〉，《上饒師範學院學報》，2015年，58～61。

〔註47〕周蕾：〈論辛棄疾詩歌對自我情志的複雜抒寫〉，《南京工程學院學報》，第17卷第2期，2017年，頁27～30。

〔註48〕洪樹華：〈論辛棄疾詩詞中的批評旨趣〉，《濟寧學院學報》，第40卷第1期，2019年，頁12～19。

第二章　辛棄疾生平及其詩作分析

第一節　辛棄疾生平及時代背景

　　劉勰《文心雕龍‧時序篇》:「蔚映十代，辭采九變，樞中所動，環流無倦。質文沿時，崇替在選。終古雖遠，曠焉如面。」文學的流變是隨著朝廷的動向周而復始地運轉;政治的治亂與時代的興衰直接影響到文學的變遷，以及文風的華麗或質樸。〔註1〕每一種文學作品的產生，都和作者所處的年代、生活的環境息息相關，而每一部作品，都能反映時代的不同面向，因此，了解作者的時代背景，能對其文學作品有更深入的體悟與關照，因此，欲研究辛棄疾之詩作，首先自辛棄疾所處的時代——宋朝有所了解。

一、時代背景

　　宋欽宗，名趙桓（1100年～1156年）是北宋末代皇帝，宋徽宗趙佶長子。宣和七年（1125年）十二月金人南下大舉入侵時，徽宗為躲避責任而禪位於他，趙桓被迫即位。〔註2〕宋欽宗靖康元年（1126年）、金太宗（完顏晟）天會四年，金以重兵圍汴京（今河南開封），

〔註1〕王更生:《文心雕龍讀本‧下篇》〈時序第四十五〉，台北:文史哲出版社，1988年，頁275。

〔註2〕劉觀其:《一口氣讀完大宋史》，台北:海鴿出版社，2014年，頁259。

次年春，擄徽、欽二宗而去，北宋宣告滅亡。〔註3〕

　　1127年發生靖康之難，中原淪於金人之手，民不聊生，而抗金烈火燃遍北方，同年五月一日，趙構即帝位於應天府，是為宋高宗，並改當年為建炎元年（1127年），重建趙氏宋王朝，後遷都臨安（今浙江杭州），史稱南宋。〔註4〕南宋建國以後，仍不時遭遇金軍的南侵，這時朝中形成兩大陣營，以岳飛為代表的力主抗金一派，而暗地裡與金人勾結的秦檜希望以屈辱的議和來平息戰爭。〔註5〕

　　建炎三年（1129年）苗劉兵變後，宋高宗自動去掉皇帝尊號，一面遣使向金將粘罕求和，從「大宋皇帝構致書大金元帥帳前」，降格改稱「宋康王趙構謹致書元帥閣下」，但粘罕的答覆卻是要高宗投降，於是宋高宗不得不做抗金自救的準備，面對金軍渡江南侵的形勢〔註6〕，宰相呂頤浩曰：「金人之謀，以陛下所至為邊面。今當且戰且避，奉陛下於萬全之地。臣願留常、潤死守」〔註7〕。

　　是年，杜充戰敗出逃後降金，消息傳來，宋高宗驚慌失措，宰相呂頤浩遂進航海之策，並稱：「敵兵多騎，必不能乘舟襲我，江浙地熱，必不久留，俟其退去，復還二浙，彼入我出，彼出我入，此正兵家之奇也。」〔註8〕於是從建炎三年十一月到建炎四年四月，歷經五個月的飄泊避敵，高宗終於回到越州。

　　南宋立國之初直到宋、金先後被元人所滅，宋、金之間的戰爭可說是屢屢興起。然而，除建炎三年（1129年）金兵長驅直入，宋軍幾乎無還手之力，高宗倉促浮海而逃，倖免於難外，其餘則多是互有勝

〔註3〕鞏本棟：《辛棄疾評傳》，南京：南京大學出版社，1998年，頁2。

〔註4〕陳振：《宋史》，上海：商務印書館，2003年，頁427。

〔註5〕劉觀其：《一口氣讀完大宋史》，台北：海鴿出版社，2014年，頁301。

〔註6〕陳振：《宋史》，上海：商務印書館，2003年，頁433。

〔註7〕《景印文淵閣四庫全書史部一一一，冊353，紀事本末類，卷十四》，台北：台灣商務圖書館，1983年，頁42。

〔註8〕《景印文淵閣四庫全書史部一一一，冊353，紀事本末類，卷十五》，台北：台灣商務圖書館，1983年，頁2。

負，以議和為終。〔註9〕

　　金占領者在北方推行一系列的種族歧視政策：金兵任意圈佔民田、侵占民宅、搶奪民財，限制漢人自由（外出須五家連保，申報州縣領取「番漢公據」才能上路），草菅人命，陷漢人於水深火熱中。

　　對南宋採取和戰兩手交替政策：一方面多次發動南侵戰爭，直接掠奪殘害江南人民；一面以講和為條件，逼使南宋稱臣納貢。

　　南宋的統治者為了保全皇位，害怕徽、欽二宗回來爭奪，害怕人民勢力強大，乃推行屈膝求和苟且偷安的投降策，對內任用奸相秦檜，以「莫須有」的罪名，殺死抗金名將岳飛，壓制摧殘主張抗金復國的愛國軍民和官吏，使中原大人民的抗金武裝自生自滅；對外不惜稱臣稱侄，甘當「兒皇帝」，向金俯首貼耳、奴性十足，榨取東南人民膏血，每年向金貢納鉅額財物，換取苟且偷安和自身享受，過著醉生夢死的生活。〔註10〕

　　高宗紹興十年1140年，宋金發生激戰，而辛棄疾就出生於遍地烽煙，震天鼙鼓中的濟南歷城，出生第二年，南宋朝廷與金簽訂紹興和議，從此形成南北分裂的政治局面，而辛棄疾在金人統治的北方度過他的青年歲月。

二、家世淵源

　　辛棄疾（1140年～1207年），是南宋著名的軍事家、文學家，而辛棄疾的生平事蹟在《宋史・辛棄疾傳》有簡略的記載，以下節錄之：

　　　　辛棄疾，字幼安，齊之歷城人。少師蔡伯堅，與黨懷英同學，號「辛黨」。始筮仕，決以蓍，懷英遇《坎》，因留事金，棄疾得《離》，遂決意南歸……棄疾嘗同朱熹遊武夷山，賦《九曲棹歌》，熹書「克己復禮」、「夙興夜寐」，題其二齋室。熹歿，偽學禁方嚴，門生故舊至無送葬者。棄疾為文往哭之曰：

〔註9〕鞏本棟：《辛棄疾評傳》，南京：南京大學出版社，1998年，頁2。
〔註10〕汪誠：《辛稼軒──慷慨豪放的愛國詞家》，台北：幼獅文化，1990年，頁6。

「所不朽者，垂萬世名。孰謂公死，凜凜猶生！」棄疾雅善
長短句，悲壯激烈，有《稼軒集》行世。紹定六年，贈光祿
大夫。咸淳間，史館校勘謝枋得過棄疾墓旁僧舍，有疾聲大
呼於堂上，若鳴其不平，自昏暮至三鼓不絕聲。枋得秉燭作
文，旦且祭之，文成而聲始息。德祐初，枋得請於朝，加贈
少師，諡「忠敏」。〔註11〕

關於辛棄疾的生平事蹟，筆者除參考《宋史‧卷四百一》外，也將參
酌其他文獻資料，加以整理，冀望能對辛棄疾生平有清楚的了解。

　　辛棄疾，字幼安，齊之歷城人。〔註12〕出生於宋高宗（趙構）
紹興十年（1140 年）〔註13〕卒於開禧三年（1207 年）〔註14〕，始
字坦夫，後易曰幼安。〔註15〕別號稼軒居士。〔註16〕關於辛棄疾之形
貌之敘述，可在〔清〕陳亮及劉過詩文中略為窺知。陳亮《龍川文集》
卷十《辛稼軒畫像贊》云：

眼光有稜，足以照映一世之豪；背胛有負，足以荷載四國之
重。出其豪末，翻然震動。不知鬚鬢之既斑，庶幾膽力之無
恐。呼而來，麾而去，無所逃天地之間，撓弗濁，澄弗清，
豈自為將相之種。故曰：真鼠枉用，真虎可以不用；而用也
者，所以為天寵也。〔註17〕

〔註11〕〔元〕脫脫等撰；楊家駱主編：《宋史》，台北：鼎文書局，1985 年，
　　　　頁 12161。

〔註12〕〔元〕脫脫等撰；楊家駱主編：《宋史》，台北：鼎文書局，1985 年，
　　　　頁 12161。

〔註13〕鄧廣銘：《辛棄疾傳──辛稼軒年譜》，北京：三聯書店，2007 年，
　　　　頁 121。

〔註14〕鄧廣銘：《辛棄疾傳──辛稼軒年譜》，頁 270。

〔註15〕轉引自鄧廣銘：《辛棄疾傳──辛稼軒年譜》：「周孚蠹齋鉛刀編卷三
　　　　十有詩題云：『辛棄疾始字坦夫，後易曰幼安，作詞以祝之。』」，北
　　　　京：三聯書店，2007 年，頁 113。

〔註16〕〔元〕脫脫等撰；楊家駱主編：《宋史》：「嘗謂人生在勤，當以力田
　　　　為先，北方之人，養身之具不求於人，是以無甚富甚貧之家，南方多
　　　　末作，以病農而無并之患，與貧富斯不伴矣，故以稼名軒……」，台
　　　　北：鼎文書局，1985 年，頁 12165。

〔註17〕陳亮：《龍川文集》卷十，台北：台灣中華，1965 年，頁 6。

另外在劉過《龍洲集》卷八《呈稼軒》詩中亦說：

> 精神此老健於虎，紅頰白鬚雙青眼。未可瓢泉便歸去，要將
> 九鼎重朝廷。〔註18〕

鄭騫《辛稼軒年譜》記載：「昆弟可考者二人：曰祐之弟，曰茂嘉十二
弟。祐之是族弟，茂嘉是否同胞未詳。」〔註19〕另外鄧廣銘《辛稼軒
年譜》可知其家族世系：

> 始祖維叶，大理評事，由狄道遷濟南——高祖師古，儒林郎
> ——曾祖寂，賓州司戶參軍——祖贊，朝散大夫，隴西郡開
> 國男，亳州譙縣令知開封府，贈朝請大夫——父文郁，贈中
> 散大夫。〔註20〕

在辛氏家族中，除辛贊官宦較顯，其他人難以考證，學者鄧廣銘：辛棄
疾的詩詞從未涉及其父，疑以早卒，稼軒有無兄弟，舊譜及作品中皆無
可考見。〔註21〕他從兒時起就跟隨其祖父宦遊各地。辛棄疾母孫氏，
生前即受封為令人，則表明他已隨辛棄疾南歸，且老壽以終。〔註22〕

辛棄疾夫人范氏，為左宣教郎鎮江通判范邦彥之女，劉宰《漫塘
文集》卷三十四《故公安范人夫及夫人張氏行述》云：

> 公諱如山，字南伯，邢台人。……父諱邦彥，宣、政間入太
> 學。其後陷虜，念唯仕可以行志，乃舉進士。以蔡近邊，求
> 為新息令。歲辛巳，率豪傑開蔡城以迎王師，因盡室而
> 南。……女弟歸稼軒先生辛公棄疾。辛與公皆中州之豪，相
> 得甚。〔註23〕

南歸之初，寓居京口娶妻范氏，詞集《滿江紅》起句為「家住江南，
又過了清明寒食。」既云「又過了」，知是作於南渡後之第二個清明節

〔註18〕〔清〕劉過：《龍洲集》卷八，台北：藝文，1965年，頁4。

〔註19〕鄭騫：《辛稼軒年譜》，台北：華世出版社，1977年，頁2。

〔註20〕轉引自鄧廣銘：《辛稼軒年譜》，上海：上海古籍出版社，1979年，
頁1。

〔註21〕鞏本棟：《辛棄疾評傳》，南京：南京大學出版社，1998年，頁32。

〔註22〕辛更儒：《辛棄疾研究》，北京：人民出版社，2008年，頁2。

〔註23〕鄧廣銘：《辛棄疾傳——辛稼軒年譜》，北京：三聯書店，2007年，
頁114。

日，既有「家住」云云，則知抵達江南不久即已有室有家已。〔註24〕
兩人育有子九人：積、秬、稏、穮、櫶、䄷、秸、襃、薑，薑早殤，
其八子名皆從禾，蓋即名軒之意。……此子稼軒最為鍾愛，故其殤時，
葬之以成人之禮，而哭之有過情之哀也。〔註25〕辛棄疾在〈美芹十論〉
中提到：

> 臣之家世，受廛濟南，代膺閫寄，荷國厚恩。大父臣贊，以
> 族眾拙於脫身，被污虜官，留京師，歷宿、亳，涉沂、海，
> 非其志也。每退食，輒引臣輩登高望遠，指畫山河，思投釁
> 而起，以紓君父所不共戴天之憤。嘗令臣兩隨計吏抵燕山，
> 諦觀形勢，謀未及遂，大父臣贊下世。〔註26〕

辛棄疾由祖父辛贊帶大，辛贊雖在金國為官，但他心向祖國。辛棄疾
從小受祖父教誨，受儒家傳統的「裔不謀夏，夷不亂華」思想的薰陶，
樹立起推翻女真人在中原的統治，恢復北宋領土的堅定信念。〔註27〕

辛棄疾十五歲後，辛贊又令其「兩隨計吏抵燕山，諦觀形勢。」
借應進士試的機會，蒐集金人政治、軍事等方面的情況，使其對兵家
方略和攻守利害做了更實際的了解和認識〔註28〕，為日後抗敵救國的
壯舉奠定心理基礎。

三、師承學養及往來交遊

（一）師承學養

大約在金熙宗皇統六年（1146 年）辛贊任譙縣令時，跟隨在祖父
辛贊身邊的辛棄疾，開始從亳州劉瞻問學。關於劉瞻的生平行事，元
好問《中州集》卷二〈劉內翰瞻小傳〉：

> 瞻字嵒老，亳州人。天德三年南榜登科，大定初召為史館編

〔註24〕鄧廣銘：《辛棄疾傳——辛稼軒年譜》，頁 138。
〔註25〕鄧廣銘：《鄧廣銘全集》卷三，河北：河北教育，2005 年，頁 504。
〔註26〕轉引自鄧廣銘：《辛稼軒詩文抄存》，台北：華正書局，1979 年，頁
1。
〔註27〕辛更儒：《辛棄疾研究》，北京：人民出版社，2008 年，頁 8。
〔註28〕鞏本棟：《辛棄疾評傳》，南京：南京大學出版社，1998 年，頁 42。

修，卒官。黨承旨世傑、酈著作元輿、魏內翰飛卿、皆嘗從之學。嵒老自號攖寧居士，有集行於世。作詩工於野逸，如「廚香炊豆角，并落椿花」之類為多。〔註29〕

劉瞻既為海陵天德二年（1151 年）進士，而金制「凡諸進士舉人，由鄉至府，由府至省，及殿廷，凡四世皆中選，則官之。」（《金史》卷五十一《選舉》一）「初除軍判、丞、薄，從八品」（《金史》卷五十二《選舉》二），則劉瞻當於此年赴官，離開亳州，辛棄疾從師劉瞻，最晚亦止於此年，及辛棄疾十二歲時。〔註30〕辛更儒《辛棄疾研究》提及，劉瞻擅長詩賦，自號攖寧居士。而金朝取士，「止以詞賦，經義學，士大夫往往局於此，不能多讀書。」辛棄疾從學劉瞻，所學大概也只是詩賦之類，士大夫子弟為功名所驅使的舉業。至辛棄疾受劉瞻的影響，今其詞中尚還可見……〔註31〕如《鷓鴣天‧遊鵝湖，醉書酒家壁》：

> 春入平原薺菜花，新耕雨後落群鴉，多情白髮春無奈，晚日青簾酒易賒。閒意態，細生涯。牛欄西畔有桑麻。青裙縞袂誰家女？去趁蠶生看外家。〔註32〕

又《鷓鴣天‧鵝湖歸，病起作》：

> 著意尋春懶便回。何如信步兩三杯。山才好處行還倦，詩未成時雨早催。攜竹杖，更芒鞋，朱朱粉粉野蒿開。誰家寒食歸寧女笑語柔桑陌上來。〔註33〕

劉瞻〈春郊〉：

> 桑芽粒粒破春青，小葉迎風為展成。寒食歸寧紅袖女，外家紙上看蠶生。〔註34〕

辛更儒認為兩相對照後，劉瞻詩中的意境已被辛棄疾擴展為兩首詞，

〔註29〕 轉引自鞏本棟：《辛棄疾評傳》，頁 35。
〔註30〕 轉引自鞏本棟：《辛棄疾評傳》，頁 35。
〔註31〕 轉引自辛更儒：《辛棄疾研究》，北京：人民出版社，2008 年，頁 4。
〔註32〕 鄧廣銘：《稼軒詞編年箋注》，上海：上海古籍出版社，2007 年，頁 193。
〔註33〕 鄧廣銘：《稼軒詞編年箋注》，頁 195。
〔註34〕 轉引自鞏本棟：《辛棄疾評傳》，南京：南京大學出版社，1998 年，頁 38。

說明辛棄疾是擅長學習他人所長的人。

　　劉門弟子以辛棄疾與黨懷英最為聰明穎悟、記誦敏速，黨比辛大七歲，但兩人文章才華，不相上下，當時讀書界把兩人相提並論〔註35〕，號曰「辛黨」。元好問《中州集》卷三〈承旨黨工小傳〉：

　　　　公諱懷英，字世傑。……少穎悟，日授千餘言。師亳社劉嵒老，濟南辛幼安其同舍生也。〔註36〕

《宋史》卷四百一：

　　　　始筮仕，決以蓍，懷英遇「坎」，因留事金，棄疾得「離」，遂決意南歸。金主亮死，中原豪傑並起。耿京聚兵山東，稱天平節度使，節制山東、河北忠義軍馬，棄疾為掌書記。即勸京決策南向。〔註37〕

鞏本棟先生認為辛棄疾起事南歸，乃秉承祖訓，意在恢復，謀劃已久，絕非卜筮所定，自不待言，然起事南歸前，可能與黨懷英相商或酌別，則也不是完全沒有可能的。〔註38〕後來辛棄疾起義南歸，黨懷英留金，做到承旨之官。〔註39〕

　　關於辛棄疾詩承問題，又有以詩詞謁蔡光和少師蔡松年之說。

《宋史》卷四百一記載：

　　　　少師蔡伯堅，與黨懷英同學，號辛、黨。〔註40〕

鞏本棟《辛棄疾評傳》引宋陳模《懷古錄》卷中曰：

　　　　蔡光工於詞，靖康間陷於虜中，辛幼安嘗以詩詞參請之，蔡曰：「子之詩則未也，他日當以詞名家。」故稼軒歸本朝，晚

〔註35〕汪誠：《辛稼軒——慷慨豪放的愛國詞家》，台北：幼獅文化，1990年，頁8。

〔註36〕〔金〕元好問：《中州集》引《四部叢刊三二八》，卷三，上海：上海書店，1989年，頁13。

〔註37〕〔元〕脫脫等撰；楊家駱主編：《宋史》，台北：鼎文書局，1985年，頁12161。

〔註38〕鞏本棟：《辛棄疾評傳》，南京：南京大學出版社，1998年，頁36。

〔註39〕汪誠：《辛稼軒——慷慨豪放的愛國詞家》，台北：幼獅文化，1990年，頁8。

〔註40〕〔元〕脫脫等撰；楊家駱主編：《宋史》，台北：鼎文書局，1985年，頁12161。

年詞筆尤高。〔註41〕

蔡光為何人，事歷如何，已不可考。蔡松年（1107 年～1159 年），字伯堅，父蔡靖，北宋末守燕山府，降金。〔註42〕辛棄疾既已詩詞謁蔡光，又師蔡松年，二說頗致混淆，故學界對此有不同看法。鄧廣銘先生認為：「蔡氏自降金以後即忙於仕途，至海陵篡弒前後，位益高，事益繁，絕無暇兼為童子師。且海陵之遷都燕京，事在貞元元年（紹興二十三年）春季，在此之前，蔡氏既皆居官會寧，而稼軒又從未北至其地，則蔡氏即容有教讀之事，稼軒亦莫得而為之徒也。即使蔡氏教讀事在移都後，稼軒兩赴燕京應試，亦未久居燕山，故也沒有受學機會。」〔註43〕

蔡義江、蔡國黃就據辛棄疾《美芹十論‧察情》提及蔡松年被鴆殺事，以為辛、蔡兩家或有淵源，「蔡與辛、黨均屬宋人仕金，誼屬通家，即命棄疾執經建執見，以師禮事之，亦可謂『師於』，不必定以開館授課也。」〔註44〕

劉揚忠先生也曾提出辛棄疾「有可能於兩次赴燕山時以習作參謁請教此人。」〔註45〕其說法為「作風與蔡酷肖」〔註46〕然龔本棟先生考證後，認為相遇時辛棄疾僅兩歲，應該不識蔡氏。

龔本棟先生贊同劉揚忠、胡傳志諸位先生的說法，即辛棄疾兩赴燕山應試時，有可能以詩詞進謁蔡松年。辛棄疾自幼學於劉瞻，學詞亦當也在此時，且已顯示出對作詞的較大的興趣。蔡松年是在金代享

〔註41〕轉引自龔本棟：《辛棄疾評傳》，南京：南京大學出版社，1998 年，頁 36。「陳模字子宏，南宋末廬陵人。其《懷古錄》三卷，上卷論詩，中卷論詞，下卷論文。書前有序，為此書成於南宋理宗淳祐八年（1248 年）後，距辛棄疾之卒，僅四十餘年，故雖為傳聞之詞，其事則非沒有可能。只是蔡光為何人，事歷如何，已不可考。」

〔註42〕龔本棟：《辛棄疾評傳》，南京：南京大學出版社，1998 年，頁 36。

〔註43〕龔本棟：《辛棄疾評傳》，頁 37。

〔註44〕龔本棟：《辛棄疾評傳》，頁 38。

〔註45〕龔本棟：《辛棄疾評傳》，頁 38。

〔註46〕龔本棟：《辛棄疾評傳》，頁 38。

有盛名的詞作家，元好問《中州集》卷一即謂：「百年以來，樂府推伯堅，與吳彥高（即吳激）號『吳蔡體』。」〔註47〕辛棄疾以一未第士子身分，利用赴京應進士的機會，向蔡松年請教，以取得其獎掖，實在情理之中，此其一。〔註48〕第二龔先生認為辛棄疾南歸後的作品成就高，雖不必然與受名師指點相關，但明其淵源所自，似乎更順理成章。第三為蔡松年為降金宋人，雖逐漸被拔擢顯位，但由宋入金，內心不免矛盾，心態上仍戰戰兢兢，如履薄冰，希望早日從官場抽身，因此志在恢復的辛棄疾，受辛贊之命，利用燕京應試機會，接觸由宋仕金的故歸大臣，也是有可能。

辛棄疾少年時代曾師從亳州劉瞻，廣泛接觸和學習儒家經典、習詩作文，嘗言「要識死生真道理，須憑鄒魯聖人儒。」（〈讀語孟二首其一〉）〔註49〕、「是是非非好讀書，莫將名實自相誣。由來廢冢誰為者，詩禮相傳大小儒。」（〈再用儒字韻二首其二〉）〔註50〕，加之跟隨祖父辛贊南北仕宦拓展視野及言傳身教，十四歲即鄉試中舉，次年（海陵貞元二年，西元 1154 年）及正隆二年（西元 1157 年）兩次赴燕京應進士試，惜皆落第。在未能反金復宋、報君父之仇前，辛棄疾亦廣泛涉獵典籍，在其詞中屢次提及：「算胸中，除卻五車書，都無物。」（〈滿江紅·壽趙茂嘉郎中。前章記兼濟倉事〉）〔註51〕、「平生螢雪，男兒無奈五車何」（〈水調歌頭·即席和金華杜仲高韻，並壽諸友，為醮乃佳耳〉）〔註52〕可知其「五車」書是自幼孜孜矻矻積累而來。

此外，辛棄疾喜結交懂兵法的人，《宋史·辛棄疾傳》記載：「僧

〔註47〕〔金〕元好問：《中州集》卷一，上海：上海書店，1989 年，頁 13。
〔註48〕鞏本棟：《辛棄疾評傳》，頁 39。
〔註49〕傅璇琮主編：《全宋詩》，北京：北京大學出版社，1998 年，頁 30004。
〔註50〕傅璇琮主編：《全宋詩》，北京：北京大學出版社，1998 年，頁 30004。
〔註51〕鄧廣銘：《稼軒詞編年箋注》，上海：上海古籍出版社，2007 年，頁 415。
〔註52〕鄧廣銘：《稼軒詞編年箋注》，頁 468。

義端者喜談兵，棄疾間與之遊。」〔註53〕在其詞作〈念奴嬌・雙陸，和陳仁和韻〉：「少年橫槊氣憑陵，酒剩詩豪餘事」〔註54〕，可知其年少便愛好武藝，再者辛贊又令其兩隨計吏抵燕山，諦觀形勢，並藉由應進士試的機會，搜集金人政治、軍事等方面的情況，使其對兵家攻略有更實際的了解，因此南歸之初便先後上奏《美芹十論》、《九議》等，熟練的分析宋、金形勢，因此時人亦稱其是「詩書帥」〔註55〕、「諳曉兵事」的「帥才」〔註56〕。

（二）往來交遊

《宋史・辛棄疾傳》：「棄疾豪爽尚氣節，識拔英俊，所交多海內知名士。」〔註57〕大陸研究者鄭艷霞已在《辛棄疾帶湖瓢泉退居詞研究》論文中，對辛棄疾於帶湖瓢泉時期來往的好友生平進行梳理，因此筆者不多作陳述，僅節錄詩、詞中重複出現交遊者，羅列於下表表二（空格處即為不詳其情況）。〔註58〕

辛棄疾詩作中出現之人物，筆者另以表三，分類呈現：

表一：節錄《辛棄疾帶湖瓢泉退居詞研究》中帶湖時期交遊

人物類型	人　名	身　分	結交方式	相關詞作數量
朋友	杜叔高	浙江金華人	來信州訪辛	1首
門生	楊民瞻		從遊於稼軒	4首

〔註53〕〔元〕脫脫等撰；楊家駱主編：《宋史》，台北：鼎文書局，1985年，頁12161。
〔註54〕鄧廣銘：《稼軒詞編年箋注》，上海：上海古籍出版社，2007年，頁224。
〔註55〕轉引自楊炎正：《水調歌頭・呈辛隆興》見《全宋詞》第2111頁，中華書局，1965年。
〔註56〕轉引自朱熹：《朱子語錄・論兵刑》《四庫全書》，冊702，卷110，頁281；文見張端義：《貴耳集》冊865，卷下，頁454。
〔註57〕〔元〕脫脫等撰；楊家駱主編：《宋史》，台北：鼎文書局，1985年，頁12161。
〔註58〕節錄自鄭艷霞：《辛棄疾帶湖瓢泉退居詞研究》，華中師範大學，中國古代文學專業，碩士論文，2009年，頁11、25～26。

表二：節錄《辛棄疾帶湖瓢泉退居詞研究》中瓢泉時期交遊

人物類型	人 名	身 分	結交方式	相關詞作數量
信州當地人	趙昌父	玉山章泉人		5 首
朋友	傅岩叟	顎州州學講書	在鉛山相識	6 首
	諸葛元亮			1 首
	趙茂嘉	進士		3 首
	吳克明			1 首
	杜叔高	金華人	到帶湖、瓢泉訪辛	7 首
	郭逢道			1 首
官員	趙國興	知錄事參軍		3 首
	趙晉臣	湖南轉運使	罷官家居鉛山	24 首
親人	茂嘉	稼軒族弟		2 首

表三：辛棄疾詩作中呈現之交遊情況及詩作數量

人物類型	人 名	身 分	結交方式	詩作編號	數量
信州當地人	趙昌父	玉山章泉人		101	1 首
官員	趙晉臣	湖南轉運使進士	罷官家居鉛山	29、91	2 首
	趙國興	知錄事參軍		123	1 首
	李奕	李都統	詩作往來	82	1 首
朋友	吳克明			26、121	2 首
	傅岩叟	顎州州學講書	在鉛山相識	31、32、93、98	4 首
	郭逢道			77、78	2 首
	諸葛元亮	信州人、進士		74、99	2 首
	杜叔高	金華人	到帶湖、瓢泉訪辛	64、65	2 首

	趙茂嘉	進士		60、61、62、63、122	5首
	朱熹			40～49、100、143	12首
宋宗室	趙守〔註59〕			144	1首
族人	主敬	稼軒族人		110	1首
門生	楊民瞻〔註60〕		從遊於稼軒	73	1首
僧人	悟老			20	1首
前人	宋齊邱	南唐謀士	前人	109	1首
其他	申世寧	信州鉛山	孝行事蹟	124	1首
	周顯先		疑為稼軒幕客	75、76	2首
名籍資料不詳	泉上人			105	1首
	延福端老			38、39	2首
	余叔良			23	1首
	趙文遠			97	1首
	趙直中			107	1首
	主敬			110	1首
	任師			70、71、72	3首
	林貴文			58	1首

　　辛棄疾一生廣交朋友，無論在朝在野，朋友都是他生活中不可缺少的一部分，是他內心苦悶傾訴的對象，精神上賴以支持的戰友。與

〔註59〕　據「天孫」、「前去」二句，知「趙守」或為宋宗室。辛棄疾居上饒、鉛山期間宗子守信州者唯趙伯瓚一人，《江西通志》卷一〇《職官表》云：「趙伯瓚字廷瑞，宗室子，知信州，慶元中任。」所壽者蓋即其人。節引自謝永芳：《辛棄疾詩詞全集》，武漢：崇文書局，2016年，頁90。

〔註60〕　楊民瞻名籍失考，其寓居帶湖甚久，稼軒詞中有關他的詞共八首，可看出對楊名瞻的賞識。節引自辛更儒：《辛棄疾研究》，北京：人民出版社，2008年，頁165～166。

之唱和的人很多，根據馮霞《辛棄疾詩歌研究》言：

> 與之唱和的有鄭舜舉、任師、楊民瞻、趙直中、趙昌父、傅
> 岩叟、諸葛元亮、吳克明、郭逢道、趙晉臣、趙國興、趙茂
> 嘉、趙文遠、李都統等等……辛棄疾在唱和詩中時常稱讚友
> 人……，向友人傾訴心事……有的詩中也表現了對友誼的
> 張揚……等。〔註61〕

詩中提及大部分之友人，根據鄧廣銘、辛更儒先生的考證，有許多人
難以找到與之相關的資料，名籍仕歷不詳。筆者僅將所蒐集之資料呈
現於下方作為參考：

1. 傅岩叟

在鉛山與辛棄疾密切往來的友人有傅為棟，字岩叟，因科場不利，
絕意仕宦。家境富裕卻富有同情心，缺糧時主動開倉賑災，無意於官
場，辛棄疾曾把陪伴自己殺敵的劍送與傅為棟〔註62〕，作詩道〈送劍
傅岩叟〉：

> 鏌邪三尺照人寒，試與挑燈子細看。且掛空齋作琴伴，未須
> 攜去斬樓蘭。〔註63〕

以古代名劍鏌邪的典故切入，說明此寶劍可以掛在空冷的房間，與友
人的琴相伴，不必帶至沙場上斬殺樓蘭立功，以平靜又自嘲的口吻訴
說，卻能感受到詩人向朋友訴苦的幽幽無奈。

2. 趙茂嘉

趙不遏字茂嘉，鉛山人趙士稱子，登隆興元年進士第，其弟兄五
人亦皆先後登第，鉛山人稱奇所居為蘭桂坊。五人中最有名的是：趙
不迂字晉臣，紹興二十四年進士，仕至中奉大夫直敷文閣……趙不遏
官至江西提刑，居家不異百姓，在鄉里設置濟倉，冬季收購米穀……
以此賑濟鄉里災民。〔註64〕

〔註61〕 節引馮霞：《辛棄疾詩歌研究》，頁 10～11。
〔註62〕 辛更儒：《辛棄疾研究》，北京：人民出版社，2008 年，頁 253。
〔註63〕 傅璇琮主編：《全宋詩》，北京：北京大學出版社，1998 年，頁 30007。
〔註64〕 辛更儒：《辛棄疾研究》，北京：人民出版社，2008 年，頁 254。

辛棄疾作〈壽趙茂嘉郎中〉二首，讚其義行：

> 玉色長身白首郎，當年庵節幾甘棠。力貧活物陰功大，未老
> 垂車逸興長。久矣如今太公望，山歸然真是魯靈光。朝廷正
> 爾尊黃髮，穩駕蒲輪覲玉皇。〔註65〕

3. 趙晉臣

慶元六年（1200 年），任江西轉運副使的趙不迀罷官歸來，與辛
棄疾相識並成為師酒唱酬的好友。趙不迀字晉臣，年齡比辛棄疾大十
多歲，他的歸來給辛棄疾晚年寂寞的山居生活增添新的樂趣，稼軒詞
中贈答趙晉臣的詞作多達二十四首，足見兩人情誼之深。〔註66〕

4. 杜叔高

杜叔高兄弟五人，俱博學工文，人稱金華五高。杜叔高淳熙十六
年初曾至上饒來訪，辛棄疾同他觀瀑布、游雲洞、飲歧亭、宿山寺，
期間作詩詞十餘首。〔註67〕辛棄疾〈同杜叔高祝彥集觀天保菴瀑布主
人留飲兩日且約牡丹之飲庚申歲二月二十八日也〉：

> 竹杖芒鞋看瀑回，暮年筋力倦崔嵬。桃花落盡無春思，直待
> 牡丹開後來。只要尋花子細看，不妨草草有杯盤。莫因紅紫
> 傾城色，却去摧殘黑牡丹。〔註68〕

5. 趙蕃

趙蕃，字昌父，玉山縣人。他曾在外地做過幾任小官，後來就閑
住在家中。他的詩在當時很負盛名，朱熹、楊萬里等人都很稱讚他。
他的為人是「淡泊自守」，因他的詩也是恬淡而富有逸趣，被人稱為
有陶淵明的風格。〔註69〕辛更儒《辛棄疾研究》亦提到趙蕃，所居在
玉山縣八都雙峰下，地名章泉，據永豐縣僅五里。趙蕃「自幼喜作詩，
答書亦或以詩代」。援筆立成，不經意，而平淡有趣，讀者以為有陶靖

〔註65〕 傅璇琮主編：《全宋詩》，北京：北京大學出版社，1998 年，頁 30004。
〔註66〕 辛更儒：《辛棄疾研究》，北京：人民出版社，2008 年，頁 254。
〔註67〕 辛更儒：《辛棄疾研究》，頁 256。
〔註68〕 傅璇琮主編：《全宋詩》，北京：北京大學出版社，1998 年，頁 30004。
〔註69〕 鄧廣銘：《辛棄疾》，台北：國家出版社，1982 年，頁 123。

節之風。〔註70〕

6. 宋齊邱

宋齊邱，原字超回，後改子嵩，豫章（今江西南昌）人。南唐
烈祖李昇為吳昇州刺史時，齊邱往依之。昇專吳權，齊邱為中書侍
郎、左仆射同平章事。南唐代吳，遷司徒。元宗李（王景）即位，任
中書令，以黨結朋黨，傾軋異己，為元宗賜歸九華山，封青陽公。
周世宗攻淮北，元宗又起用齊邱為太師。其黨陳覺使周歸，欲借周
人勢力殺嚴續，鍾謨使周檢其事，歸言覺奸詐，遂誅覺，放齊邱青
陽，賜死。……宋齊邱當吳、南唐之際，謀權害政，反覆無恥，行為
醜惡。〔註71〕

馮霞《辛棄疾詩歌研究》，提到懷古之作〈江行吊宋齊邱〉，則
感嘆南唐重要謀士宋齊邱，幫助徐溫把政權平安禪讓給其義子李日
拼，開創南唐王朝，卻不免遭人讒害，餓死九華山，命同韓非死於
獄中。〔註72〕

7. 趙國興

趙國興名不詳，為趙茂嘉、晉臣之子姪輩。稼軒和國興詞有多
首，且與傅岩叟、葉仲洽等鉛山諸友並提，見玉樓春詞題。《克齋集》
涉及國興詩作亦甚多。卷一六用〈趙國興梅韻自賦〉云：「西郊有客枕
溪居，特為孤芳小結廬。窗外橫枝疏帶竹，花邊流水暗通渠。伊芬傲
矣百花上，我亦悠然三徑餘。此外不關茅屋事，為誰煙雨自妝梳。」
知錄即諸州之錄事參軍。〔註73〕

8. 諸葛元亮

稼軒詞集有和諸葛元亮韻之《臨江仙》，據詞意，知元亮亦信州

〔註70〕 辛更儒：《辛棄疾研究》，北京：人民出版社，2008 年，頁 241。
〔註71〕 節引自高鐵英：《辛棄疾詩歌研究》，內蒙古，內蒙古民族大學，文學
　　　　院中國古代文學專業，碩士論文，2010 年，頁 10～11。
〔註72〕 節引自馮霞：《辛棄疾詩歌研究》，頁 10。
〔註73〕 轉引自馮霞：《辛棄疾詩歌研究》，頁 10。

人，韓淲《澗泉集》卷五諸葛解元家分韻：「溪橫葛陂水，上有稚川宅。歡言一壺酒，未覺千歲隔。」韓氏卒於嘉定十七年，知元亮於寧宗在位期間曾以榜首領鄉。其家則在鉛山西北弋陽境內之葛溪。《永樂大典》卷二八一一梅字韻載上饒徐安國〈謝諸葛元亮送臘梅〉詩，知與信州文人學士多有往來，唯其名則均無考。〔註74〕

9. 申世寧

信州鉛山少年申世寧，年未及冠，在賊兵入室搶劫之際，引頸願代父親而死。賊兵因其孝行而感動，放過申世寧父子倆，兩人均倖免於難。辛棄疾深受感動，叱問，「何時上書達天聽，詔加旌賞高嵯峨。」〔註75〕

10. 周顯先

名籍事例均無考。稼軒有水調歌頭詞，題為「舟次揚州，和楊濟翁周顯先韻」，滿江紅題詞為「江行簡楊濟翁周顯先」，二詞作於稼軒淳熙五年出領湖北漕之途中，與此二詩為同時之作。疑周氏與楊濟翁均為稼軒幕客，故得相隨唱和也。〔註76〕

11. 李都統

李奕既是韓侂冑的心腹將帥，來鎮江後欲與郡守保持良好關係，曾作詩給辛棄疾。今稼軒詩中乃有和李都統之作。詩云：「破屋那堪急雨淋（官舍皆漏），且喜斷港運篙深，老農定向中宵望，太歲今年合守心。」這首七言絕句寫初夏大雨景象郡守衙門年久失修，處處漏雨。詩人雖身居漏室，卻不慍而喜。所喜者，一是擱淺已久的港口可通航，二是乾涸少雨的農田因此旱情緩解。……李奕禍國殃民，其人本不足道，辛棄疾此詩卻是有關民生的好詩，李奕得此冠其姓氏，亦是其大幸。〔註77〕

〔註74〕 轉引自馮霞：《辛棄疾詩歌研究》，頁 10。
〔註75〕 轉引自馮霞：《辛棄疾詩歌研究》，頁 16。
〔註76〕 轉引自馮霞：《辛棄疾詩歌研究》，頁 29。
〔註77〕 辛更儒：《辛棄疾研究》，北京：人民出版社，2008 年，頁 305。

12. 朱熹

朱熹（1130年～1200年），字元晦，號晦庵，宋安徽婺源（今屬江西）人，生於南劍州尤溪（今屬福建），後徙居建陽（今屬福建）考亭。紹興十八年（1148年）進士，任泉州同安縣（今屬福建）主簿。宋孝宗即位後，數有詔對。淳熙六年，知南安軍。最遲至淳熙八年初，朱熹改官提舉浙東常平茶鹽公事之前，已與時任江西安撫使的辛棄疾相識。淳熙九年秋，朱熹離任自浙江返閩，路過上饒，與當時已退居此地的辛棄疾、韓元吉、徐安國等相會，宴飲語笑，同遊南岩，相得甚歡。朱熹為學師李侗，得二程（程頤、程顥）之傳，又兼采周敦頤、張載等人之說，在乾道年間，已與呂祖謙、張栻齊名，為學者宗師。〔註78〕

四、仕途際遇

紹興三十一年（1161年），金主完顏亮率領十萬大軍南下，在金國內部的統治階層的矛盾以及河北、河南、山東等地漢族百姓因不堪繁重賦稅紛紛揭竿而起，造成「大者連城邑，小者保山澤，或以數十騎張旗幟而行，官軍莫敢進。」〔註79〕的情況，當時南歸的辛棄疾，率眾加入山東起義軍中聲勢最大，以耿京為首的軍營，並擔任掌書記，且說服僧義端歸附，齊力復國，未料僧義端竟竊印私逃，辛棄疾遂自請以三日為限，手刃義端回報耿京。

紹興三十二年（1162年），耿京派賈端、辛棄疾赴宋廷表達歸附及恢復之意，高宗親命為右儒林郎，改右承務郎，然耿京卻於此時被叛將張安國、邵進殺害，向金投降，辛棄疾得知後言：

> 我緣主帥來歸朝，不期事變，何以復命？〔註80〕

〔註78〕轉引自鞏本棟：《辛棄疾評傳》，南京：南京大學出版社，1998年，頁90～91。

〔註79〕楊家駱：《新校本金史1》，台北：鼎文書局，1985年，卷五，〈海陵本紀〉，頁115。

〔註80〕〔元〕脫脫等撰；楊家駱主編：《宋史》，台北：鼎文書局，1985年，頁12161。

便與王世隆、馬全福等人，奔赴金營，擒拿張安國，當時張安國正與金將酣飲，猝不及防，辛棄疾擒獲後，馬不停蹄的南奔過江，並斬殺於市。洪邁《稼軒記》對此過程之敘述如下：

> 侯本以中州雋人，抱忠仗義，彰顯聞於南邦。齊虜巧負國，赤手領五十騎，縛取於五萬眾中，如挾兔免，束馬銜枚，間關西奏准，至通盡夜不粒食。壯聲英概，懦士為之興起，聖天子一見三嘆息，用是簡深知。〔註81〕

隆興元年（1163年）由張浚發動對金的攻勢於符離大敗，主和派在朝廷中抬頭，此時辛棄疾不顧自身官職卑微，挺身發表對宋金前途的具體分析《美芹十論》，於乾道元年（1165年）呈獻宋孝宗，首先在〈審勢〉、〈察情〉、〈觀釁〉三篇中分析金國內部漢族人民對女真統治者的憎恨極大及金國統治階層中互相猜忌、自相殘殺的現況。在〈自治〉、〈守淮〉、〈屯田〉、〈致勇〉、〈防微〉、〈久任〉、〈詳戰〉七篇中，將南宋應如何充實國家實力，積極從事作戰準備，做出具體規畫，並同時附上〈進美芹十論劄子〉，追述自身家世、表達南歸初衷及復國之望，更傳達對符離之敗後朝廷與金求和的深切憂慮，不過未被朝廷君相重視。

乾道六年（1170年），宋孝宗召見，得以向其面呈恢復方略，同年上奏《九議》給宰相虞允文，對宋金實力及戰略作出更具體、詳細的敘述，明確提出：

> 恢復之事，為祖宗、為社稷、為生民而已。〔註82〕

乾道八年（1172年）辛棄疾到任滁州，戰後滁州一片狼藉，如下：

> 辛侯又安至之日，周視郭郭，蕩然成墟，其民編茅藉葦，橋寄於瓦礫之場，廬宿不修，行者露蓋，市無雞豚，晨夕之須無得。〔註83〕

〔註81〕轉引自鄧廣銘：《稼軒詩文鈔存》，文見《洪邁·稼軒記》，台北：華正書局，1979年，頁31。

〔註82〕轉引自鄧廣銘：《稼軒詩文鈔存》，文見《九議》，台北：華正書局，1979年，頁31。

〔註83〕崔敦禮：《宮教集》卷六，《代嚴子文滁州奠枕樓記》，頁四一。

於是上書朝廷請求減少稅收、獎勵商旅販運、招撫移民墾荒、修建邸館樓閣等,自此之後,情況如下:

> 流逋四來,商旅畢集,人情愉愉,上下綏泰,樂生興事,民用富庶,既又揭樓於邸之上名之曰奠枕,使其民登臨而歌舞之,面城邑之清明,俯閭閻之藩畛,荒陋之氣一洗而空矣。〔註84〕

淳熙元年(1174年)滁州任滿改任江東安撫司參議官,被主張恢復和頗通兵法的宰相葉衡所器重,並向宋孝宗極力推薦,淳熙二年(1175年)升任倉部郎中。

淳熙三年(1176年)任命為江西提點刑獄,去追捕以賴文政為首,在湖北、湖南、江西一帶為亂的茶商軍,最終弭平茶商軍之亂,孝宗加封為秘閣修撰,在仕途上邁進一大步。

淳熙三年(1176年)調京西轉運判官,淳熙四年(1177年)差知江陵府兼湖北安撫使,上報率逢原縱容部下毆打百姓,卻因此遷知隆興府兼江西安撫使,辛棄疾〈水調歌頭・我飲不須勸〉

> 我飲不須勸,正怕酒樽空。別離亦復恨?此別恨匆匆。頭上貂蟬貴客。苑外麒麟高冢,人世竟誰雄?一笑出門去,千里落花風。
>
> 孫劉備,能使我,不為公。余發種種如是,此事付渠儂。但覺平生湖海,除了醉吟風月,此外百無功。毫髮皆帝力,更乞鑒湖東。〔註85〕

這首臨別之作,能看出辛棄疾對於頻繁調任、人世掣肘的不平。

淳熙五年(1178年)任大理少卿後為湖北轉運副使,臨行前寫下〈摸魚兒・淳熙己亥自湖北漕移湖南同官王正之置酒小山亭為賦〉:

> 更能消,幾番風雨。匆匆春又歸去,惜春長恨花開早,何況落紅無數。春且住,見說道,天涯芳草迷歸路。怨春不語,

〔註84〕崔敦禮:《宮教集》卷六《代嚴子文滁州奠枕樓記》,頁五一。

〔註85〕鄧廣銘:《稼軒詞編年箋注》,上海:上海古籍出版社,2007年,頁49。

算只有殷勤，畫檐蛛網，盡日惹飛絮。

長門事，準擬佳期又誤。蛾眉曾有人妒。千金縱買相如賦，脈脈此情誰訴。君莫舞。君不見、玉環飛燕皆塵土。閒愁最苦，休去倚危欄，斜陽正在，煙柳斷腸處。〔註86〕

詞中可看出辛棄疾對於接連四年，調轉六次，且此次調轉並非調往前線戰場行復國大業，反而從事錢糧管理的差事，心中不免苦悶。

　　淳熙六年（1179年）任湖南轉運副使，湖南陳峒因官府強行徵收糧米而率眾反抗，辛棄疾奏進《論盜賊札子》，分析農民起義是因官員貪求、橫爭暴斂之故，朝廷因以民為邦本才能治木等思想，是年秋冬之交，改知潭州兼湖南安撫使。淳熙七年（1180年）創建飛虎軍，《宋史·辛棄疾傳》載：

乞依廣東摧鋒、荊南神勁、福建左翼例，別創一軍，以湖南飛虎為名，止撥屬三牙、密院，專聽帥臣節制調度，庶使夷獠知有軍威，望風懾服。時㳂府有不樂之者，數沮撓之，棄疾行愈力，卒不能奪。經度費鉅萬計，棄疾善幹旋，事皆立辦。議者以聚斂聞，降御前金字牌，俾日下住罷。棄疾受而藏之，出責監辦者，期一月飛虎營柵成，違坐軍制。如期落成，開陳本末，繪圖繳進，上遂釋然，時秋霖幾月，所司言造瓦不易，問：「須瓦幾何？」曰：「二十萬。」棄疾曰：「勿憂。」令廂官自官舍、神祠外，應居民家取溝瓦二，不二日皆具，僚屬歎伏。軍成，雄鎮一方，為江上諸軍之冠。〔註87〕

雖遭受樞密院質疑、皇帝降御前各金字牌停工、材料不足等種種阻撓，但辛棄疾仍義無反顧，如期完成後，加右文殿修撰，差知隆興府兼江西安撫。

　　淳熙八年（1181年）江右饑荒嚴重，奉召解救荒災，《宋史·辛棄疾傳》載：

〔註86〕　鄧廣銘：《稼軒詞編年箋注》，頁68。
〔註87〕　節引自〔元〕脫脫等撰；楊家駱主編：《宋史》，台北：鼎文書局，1985年，頁12161。

始至，榜通衢曰：「閉糴者配，強糴者斬。」次令盡出公家
官錢、銀器，召官吏、儒生、商賈、市民各舉有幹實者，量
借錢物，逮其責領運糴，不取子錢，期終月至城下發糴，於
是連檣而至，其直自減，民賴以濟。〔註88〕

辛棄疾以救災有績，轉奉議郎，十一月，改官兩浙西路提點刑獄，隨
即因臺臣王藺論彈劾，指責「用錢如泥，殺人如草芥。」〔註89〕而罷
官。

　　淳熙九年（1182年），歷經二十年的仕宦生涯，開始了南渡後第
一次閒居，便在上饒帶湖待了十年（1182年～1191年），關於帶湖新
居，洪邁《稼軒記》中記載：

國家行在武林，廣信最密邇畿輔。東舟西車，蜂午錯出，勢
處便近，士大夫樂寄焉。環城中外，買宅且百數。其局不能
寬，亦曰避燥濕寒暑而已耳。郡治之北可里所，故有曠土存，
三面傅城，前枕澄湖如寶帶，其從千有二百三十尺，其衡八
百有三十尺，截然砥平，可廬以居，而前乎相攸者皆莫識其
處。天作地藏，擇然後予。濟南辛侯幼安最後至，一旦獨得
之，既築室百楹，度財占地什四。乃荒左偏以立圃，稻田決
決，居然衍十弓。意他日釋位得歸，必躬耕於是，故憑高作
屋下臨之，是為「稼軒」。田邊立亭曰「植杖」，若將真秉未
耨之為者。東岡西阜，北墅南麓，以「青徑」款竹扉，「錦
路」行海棠。「集山」有樓，「婆娑」有室，「信步」有亭，
「滌硯」有渚。皆約略位置，規歲月緒成之，而主人初未之
識也。繪圖畀予曰：「吾甚愛吾軒，為吾記。」〔註90〕

由上文可知帶湖環境優美、地理位置佳，離京畿近、交通便利、地勢
平曠，縱橫幾百尺，無怪乎朱熹「以為耳目所未曾睹。」〔註91〕退居

〔註88〕 節引自〔元〕脫脫等撰；楊家駱主編：《宋史》，頁12161。
〔註89〕 節引自〔元〕脫脫等撰；楊家駱主編：《宋史》，頁12161。
〔註90〕 轉引自鄧廣銘：《稼軒詩文鈔存》，文見洪邁《稼軒記》，台北：華正
　　　　書局，1979年，頁88。
〔註91〕 轉引自楊家駱主編：《陳亮集》卷二十一，文見〈與辛幼安殿撰〉，台
　　　　北：鼎文書局，1978年，頁321。

心境上，面對朝廷猜忌不斷及官場黑暗的打擊、在收復中原和退隱閒
居的猶豫中，可由辛棄疾〈沁園春‧帶湖新居將成〉看出：

> 三徑初成，鶴怨猿驚，稼軒未來。甚雲山自許，平生意氣；
> 衣冠人笑，抵死塵埃。意倦須還，身閒貴早，豈為蓴羹鱸膾
> 哉。秋江上，看驚弦雁避，駭浪船回。
> 東岡更葺茅齋。好都把軒窗臨水開。要小舟行釣，先應種柳；
> 疏籬護竹，莫礙觀梅。秋菊堪餐，春蘭可佩，留待先生手自
> 栽。沈吟久，怕君恩未許，此意徘佪。〔註92〕

上闋「意倦須還」傳達多年仕途跌宕，灰心疲累、「看驚弦雁避，駭浪
船回」象徵官場黑暗，暗潮洶湧，下闋「柳」、「竹」、「梅」「菊」、「蘭」
象徵對歸隱的嚮往，但「沉吟久，怕君恩未許，此意徘佪。」卻暗示
對上位者能再覺醒，留有一絲眷戀及希望，文中明白表達其矛盾的心
跡。

　　而此階段也是辛棄疾生平大量創作的時期，根據鄧廣銘《稼軒詞
編年箋注》〔註93〕一書，將辛棄疾詞創作分為江淮兩湖、帶湖、七
閩、瓢泉、兩浙鉛山等五類，分析後如下表四，可知帶湖時期所作之
詞最多：

表四：辛棄疾詞創作時期之分析

生平分期	時間分期	鄧本箋注卷別	詞篇總數	所占比例
江、淮、兩湖之什	起南歸之初迄宋孝宗淳熙八年（1163年～1181年）	卷一	88	14%
帶湖之什	起宋孝宗淳熙九年迄宋光宗紹熙三年（1182年～1192年）	卷二	228	36.2%

〔註92〕鄧廣銘：《稼軒詞編年箋注》，上海：上海古籍出版社，2007年，頁
　　　95。
〔註93〕鄧廣銘：《稼軒詞編年箋注》，上海：上海古籍出版社，2007年，頁
　　　1～2。

七閩之什	起宋光宗紹熙三年迄紹熙五年（1192 年～1194 年）	卷三	36	5.7%
瓢泉之什	起宋光宗紹熙五年迄宋寧宗嘉泰二年（1194 年～1202 年）	卷四	225	35.8%
兩浙、鉛山諸什	起宋寧宗嘉泰三年迄宋寧宗開禧三年（1203 年～1207 年）	卷五	24	3.8%
	補遺作品	卷六	28	4.5%
合計			629	

根據張蓓在〈辛棄疾帶湖隱居時期詞作題材淺析〉〔註94〕一文的說明：

> 在帶湖隱居期間，辛棄疾的詞作題材跟之前比有了很大的拓展，多達 22 類。在表中所列的交遊、詠物、隱逸、祝頌、寫景、詠懷前六類的題材，佔了該時期題材總數的 80.26%。其中交遊、祝頌和詠懷這三類社會性較強的題材為 41.66%，而隱逸、詠物和寫景這三類社會性較弱的題材為 38.66%。這種構成從側面反映出辛棄疾不甘沉寂，積極用世的人生理想和生活狀態，極其長期被閒置，抱負無法施展而產生的苦悶、慰藉和超脫⋯⋯

除交遊詞作數量頗豐，因信州交通便利，周圍許多山水名勝，如雲洞、鵝湖山、西岩、博山、雨岩、南岩、崇福寺、黃沙嶺等，詞人退居帶湖，有時獨遊、有時共遊，亦寫下許多遊賞之詞，根據鄭艷霞《辛棄疾帶湖瓢泉退居詞研究》：

> 辛棄疾退居帶湖時，往來之朋友有三十多人，還有朋友因名籍不可考沒有列入⋯⋯詞中涉及較多的有韓元吉、范開、辛祐之、楊民瞻、陳仁和、鄭厚卿、陳亮⋯⋯」〔註95〕

淳熙十四年（1187 年），宰相王淮認為辛棄疾盡心國事又有才華，不

〔註94〕 節引自張蓓：〈辛棄疾帶湖隱居時期詞作題材淺析〉，《吉林省教育學院學報》，第 12 期，2010 年，頁 71～72。

〔註95〕 節引自鄭艷霞：《辛棄疾帶湖瓢泉退居詞研究》，華中師範大學，中國古代文學專業，碩士論文，2009 年，頁 12。

應長期賦閒，應給一定的職位，已備緩急，因此退居五年後，得以出任主管冲佑觀的祠官。

淳熙十五年（1188 年），陳亮與辛棄疾會面，同遊鵝湖、開懷暢飲，縱論天下大事，並約朱熹相會紫溪，可惜朱熹並未赴約，僅留下辛、陳兩人多首唱和之作。

紹熙二年（1191 年），被任命為福建提點刑獄，赴閩途中，拜訪住在武夷的朱熹，寫下了〈游武夷做棹歌呈晦翁〉十首、〈仙跡岩〉等詩，朱熹亦有〈九曲棹歌〉十首，兩人同遊不僅探訪遊賞，辛棄疾亦以政治、學術等問題向朱熹請益。自從一一八一年從江西安撫使任上被撤換，到一一九二年再次被起用，在上饒的閑居歲月約有十年之久，而此時累積大量的創作、題材多元，內容上有的「清而麗，婉而嫵媚」，而主要是「悲歌慷慨」、「奮發激越」。〔註96〕

南宋陳模《懷古錄》：

> 然徒狃於風情婉孌，則亦不足以啟人意。回視稼軒所作，豈非萬古一清風也哉。〔註97〕

紹興三年（1192 年），宋光宗重新起用為福建提刑，並上奏《論荊襄上游為東南重地》，提出合荊襄為一，攻守自若。

> 以古準今，盛衰相乘，物理變化，聖人處之，豈非懍懍危懼、不敢自暇之時乎。故臣敢以私憂過計之切，願陛下居安慮危，任賢使能，修車馬，備器械，使國家有屹然金湯萬里之固，天下幸甚，社稷幸甚。〔註98〕

到任後亦認真考核各項治績，雷厲風行的行事風格，令官員心懷怨尤，紹熙五年（1194 年），遭右司諫黃艾彈劾，罪名是「殘酷貪饕，奸贓狼藉。」（《宋會要輯稿・職官》七三之五九）〔註99〕後降為主管寧府

〔註96〕鄧廣銘：《辛棄疾》，台北：國家出版社，1982 年，頁 103。

〔註97〕轉引自鄧廣銘：《辛棄疾》，台北：國家出版社，1982 年，頁 102。

〔註98〕轉引自鄧廣銘：《辛稼軒詩文鈔存》，文見〈紹熙癸丑登對劄子〉，台北：華正書局，1979 年，頁 56。

〔註99〕轉引自鞏本棟：《辛棄疾評傳》，南京：南京大學出版社，1998 年，頁 97。

武夷山沖佑觀，九月，御史中丞謝深甫再以「結交時相，敢為貪酷」（《宋會要輯稿·職官》七三之五九）降充秘閣修撰。

紹熙六年（1195 年）辛棄疾退居上饒，御史中丞何澹彈劾「秘閣修撰」一職，說他「酷虐裒斂，掩帑藏為私家之物，席捲福州，為之一空。」〔註 100〕，隔年又遭言官論列，說他「贓汙恣橫，唯嗜殺戮。累遭白簡，恬不少悛。今俾奉祠，使他得刺一州，持一節，帥一路，必肆故態，為國家軍民之害。」〔註 101〕於是寧府武夷山沖佑觀亦被罷免，此時所有官職盡皆褫去。

辛棄疾閑居帶湖時，曾游至鉛山縣（今江西鉛山縣西南）東期思村，見一泉，名周氏泉，狀如瓢，周圍皆石徑，水自山上流入，清澈見底，當時便寫下〈洞仙歌·訪泉於奇師村得周氏泉為賦〉：

> 飛流萬壑，共千巖爭秀。孤負平生弄泉手。嘆輕衫短帽，幾許紅塵；還自喜：濯髮滄浪依舊。　　人生行樂耳，身後虛名，何似生前一杯酒。便此地結吾廬，待學淵明，更手種門前五柳。且歸去父老約重來，問如此青山，定重來否。〔註 102〕

可見當時就對瓢泉甚是喜愛，遂決定在瓢泉建屋，慶元二年（1196年），帶湖舊居大火，辛棄疾正式遷居瓢泉。此次再度被廢黜，年屆花甲，飲酒成病，且二度閒居免職，心態上對外界一切採聽之任之的態度，〈卜算子·用莊語〉：

> 一以我為牛，一以我為馬。人與之名受不辭，善學莊周者。
> 江海任虛舟，風雨從飄瓦。醉者乘車墜不傷，全得於天地。
> 〔註 103〕

這一詞引莊子應帝王、山木與達生等篇的語句以表出虛已遊世、成德全真的道理。〔註 104〕在帶湖退居時期，辛棄疾往往用儒家傳統的進

〔註 100〕轉引自鄧廣銘：《辛棄疾》，台北：國家出版社，1982 年，頁 121。
〔註 101〕轉引自鄧廣銘：《辛棄疾》，頁 121。
〔註 102〕鄧廣銘：《稼軒詞編年箋注》，上海：上海古籍出版社，2007 年，頁 203。
〔註 103〕鄧廣銘：《稼軒詞編年箋注》，頁 507。
〔註 104〕陳滿銘：《稼軒詞研究》，台北：文津出版社，1980 年，頁 265。

退取適的思想觀念，來自解自慰，以承擔和消弭內心的痛苦和憂憤，至退居瓢泉時期，則除了借助儒家進退取適的思想之外，還往往要取用道家泯滅榮辱是非、順物自然的思想觀念，以自解自嘲。〔註105〕根據陳滿銘《稼軒詞研究》：

> 稼軒於二度出仕，飽經憂患歸來之後，「已知報國之宿願，不復能償」，他的心思遂由積極變而為消極，突破了儒家的藩籬，另闢出道家的畛域，所以他的詞，除了因傷心故交的零落，希冀神州的恢復，而間有冤憤悲壯之作外，大抵皆沖虛閒淡，雅有情趣。〔註106〕

而根據鄭艷霞《辛棄疾帶湖瓢泉退居詞研究》：

> 稼軒無論在朝在野，朋友都是他生活中不可缺少的一部分，是內心苦悶傾訴的對象，精神上的賴以支持的戰友……退居瓢泉期間涉及到和朋友詩酒唱和，為朋友祝壽，送別等內容的詞作共95首……〔註107〕

如〈鷓鴣天‧送歐陽國瑞入吳中〉：

> 莫避春陰上馬遲。春來未有不陰時。人情飜轉閒中看，客路崎嶇倦後知。　　梅似雪，柳如絲。試聽別語慰相思。短篷炊飲鱸魚熟，除卻松江枉費詩。〔註108〕

上片看似勸勉友人歐陽國瑞莫因春陰而逗留不去，實則表達不捨，「人情飜轉閒中看，客路崎嶇倦後知。」是對友人諄諄告誡以及自身宦場浮沉後的體悟，也傾訴己身的抑鬱。

　　嘉泰三年（1203年）辛棄疾六十四歲，結束九年多的閒居生活，被啟用為紹興知府兼浙東安撫使，垂老出山，朱熹的門生黃榦對此的看法為：

> 明公以果毅之姿，剛大之氣，真一世之雄也。而抑遏摧伏，

〔註105〕鞏本棟：《辛棄疾評傳》，南京：南京大學出版社，1998年，頁146。
〔註106〕陳滿銘：《稼軒詞研究》，台北：文津出版社，1980年，頁262。
〔註107〕節引自鄭艷霞：《辛棄疾帶湖瓢泉退居詞研究》，頁25。
〔註108〕鄧廣銘：《稼軒詞編年箋注》，上海：上海古籍出版社，2007年，頁367。

> 不使得以盡其才。一旦有警,拔起山谷間,而委以方面之寄,
> 明公布以久閒為念,不已家事為懷,單車就道,風采凜然,
> 已足以折衝於千里之外。〔註109〕

在此任期間,上疏論〈州縣害農之甚者六事〉〔註110〕,文中僅兩事流傳,一事為「折變」,他舉述了各個地方「疏納歲計有餘,又為折變,高估催納」的弊端;一事為地方官枉法向民戶多要「斗面米」和多收錢貨,對於害民之事,他向南宋官員呼籲「嚴加察核,必罰無赦」。此時金國內部因長期對人民壓榨,反抗者武裝勢力到處集結,已是「兵禍連結,國勢日弱」辛棄疾便派人員偵查金國軍事實力,並掌握敵人動向。

同年四月,寧宗召見,稼軒言金國必亂必亡,務為倉猝可以應變之計。《慶元黨禁》載:

> 嘉泰四年甲子,春正月,辛棄疾入見,陳用兵之利,乞付之
> 元老大臣,侂胄大喜,遂絕意開邊釁。〔註111〕

召見後升為寶謨閣待制,提舉佑神觀,然而,由於當權勢力韓侂胄急於立功北伐,因此主張用兵不可躁進,需有充份準備的辛棄疾,並無被派任重要職務,僅是擔任鎮江知府,在〈永遇樂‧登京口北固亭懷古〉中:

> 千古江山,英雄無覓,孫仲謀處。舞榭歌臺,風流總被,
> 雨打風吹去。斜陽草樹,尋常巷陌,人道寄奴曾住。想當
> 年,金戈鐵馬,氣吞萬里如虎。　　元嘉草草,封狼居胥,
> 贏得倉皇北顧。四十三年,望中猶記,烽火揚州路。可堪
> 回首,佛狸祠下,一片神鴉社鼓。憑誰問,廉頗老矣,尚

〔註109〕《景印文淵閣四庫全書,冊 1168》,台北:台灣商務圖書館,1983
年,頁 1168-53,文見黃榦:《勉齋集》卷四〈與辛稼軒侍郎書〉,頁
十六。

〔註110〕轉引自馬端臨:《文獻通考》,台北:新興出版社,1965 年,冊一,
卷五,頁 66。

〔註111〕轉引自鄧廣銘:《辛棄疾傳——辛稼軒年譜》,文見《慶元黨禁》,北
京:三聯書店,2007 年,頁 254。

能飯否。〔註112〕

由此可看出辛棄疾對於自己未能派任要職頗為憤恨，且對於輕敵冒進的韓侂胄北伐，感到憂心。然而「憑誰問，廉頗老矣，尚能飯否。」可見他對於打擊女真勢力的素志不曾改變，去國十年，在朝無舊交，辛棄疾在〈感懷示兒輩〉一詩中：

> 窮處幽人樂，徂年烈士悲。歸田曾有志，責子且無詩。舊恨
> 王夷甫，新交蔡克兒。淵明去我久，此意有誰知。〔註113〕

表明對當朝所重用者為韓侂胄等人之無奈。辛棄疾到任鎮江知府，除日常政務外，致力成立能與金軍抗衡的軍隊，程珌《丙子輪對劄子》載：

> 諜者，師之耳目也，兵之勝負與大國之安危悉繫焉。……棄
> 疾之遣諜也，必鈞之以旁證，使不得而欺。……北方之地，
> 皆棄疾少年所經行者，彼皆不得而欺也……〔註114〕

儘管辛棄疾對於考察北方敵人軍事部署一事有所準備，但宋廷言官又論奏辛棄疾「好色、貪財、淫刑、聚斂」等罪狀，又改授以「提舉衝佑觀」的空名，開禧元年（1205年），辛棄疾再度返回鉛山。開禧二年（1206年），韓侂胄出兵北伐，果然潰敗：

> 始出師，一出塗地，不可收拾：百年教養之兵，一日而潰；
> 百年葺治之器，一日而散；百年公私之蓋藏，一日而空；百
> 年中原之人心，一日而失。鄧友龍敗，朝廷以邱崇代之，臣
> 從邱密至於淮甸，目擊橫潰，為之推尋其由，無一而非棄疾
> 預言於二年之先者。〔註115〕

同年，宋廷再度起用辛棄疾作浙東安撫使、龍圖閣待制、江陵府知府未赴任便改任兵部侍郎等職，但辛棄疾已是心灰意冷，均上章請辭。

〔註112〕鄧廣銘：《稼軒詞編年箋注》，上海：上海古籍出版社，2007年，頁573。

〔註113〕傅璇琮主編：《全宋詩》，頁29998。

〔註114〕轉引自鄧廣銘：《辛稼軒詩文鈔存》，程珌〈丙子輪對劄子〉，台北：華正書局，1979年，頁90。

〔註115〕轉引自鄧廣銘：《辛稼軒詩文鈔存》，頁90。

　　開禧三年（1207 年）再度要辛棄疾任樞密院都承旨，並要他立即到杭州供職奏事，詔命送達鉛山，辛棄疾已病重，便上章請辭，同年九月，六十八歲的辛棄疾與世長辭。

　　筆者藉由鄧廣銘《辛稼軒年譜》、汪誠《辛稼軒——慷慨豪放的愛國詞家》等書所整理之年譜資料相互參照，簡要列出生辛棄疾平要事；詩作年份主要參照謝永芳《辛棄疾詩詞全集》所載具明確年份者，將其條列於表格中，鄭騫、林玫儀《稼軒詞校注附詩文年譜》及相關期刊論文若有其它對於辛棄疾之詩作年份之見解，則於註解中參照，如下表五：

表五：辛棄疾之生平資料及謝永芳《辛棄疾詩詞全集》詩作年分

紀年	西元	年紀	生平要事	謝永芳《辛棄疾詩詞全集》
紹興十年庚申	1140	1	1. 出生山東歷程四風閘。	
紹興十九年己巳	1149	10	1. 與黨懷英同學於亳州劉瞻，號辛、黨	
紹興二十三年癸酉	1153	14	1. 辛棄疾領相荐。 2. 第一次燕山之行。	
紹興二十七年丁丑	1157	18	1. 第二次燕山之行。	
紹興二十八年戊寅	1158	19	1. 祖父辛贊知開封府。	
紹興三十年庚辰	1160	21	1. 辛贊卒。	

紹興三十一年辛巳	1161	22	1. 金主亮大舉南犯，稼軒聚眾兩千，與耿京共圖恢復。	
紹興三十二年壬午	1162	23	1. 正月，稼軒奉耿京命，奉表南歸，十八日至健康。召見，授右承務郎。 2. 閏二月，耿京為張安國等索殺，稼軒縛張安國獻俘行在，改差江陰簽判。 3. 五月，皇太子眘授禪即皇帝位，是為孝宗。 4. 稼軒獻計張浚，不被採納。 5. 稼軒定居京口及其與范邦彥之女、范如山之女弟之結婚。	
隆興元年癸未	1163	24	1. 在江陰簽判任。 2. 孝宗聽從張浚建議，以李顯忠、邵宏淵二將對金主動出擊，初戰告捷，後屢戰受挫，終致符離慘敗。	
乾道元年乙酉	1165	26	1. 奏進《美芹十論》。 2. 在廣德軍通判任至1167年。	
乾道三年丁亥	1167	28	1. 在廣德軍通判任滿，改建康府通判	
乾道五年己丑	1169	30	1. 擔任健康通判	
乾道六年庚寅	1170	31	1. 對召孝宗，論奏「阻江為險，須藉兩淮」，又上疏請練民兵以守淮。 2. 作《九議》上虞允文。 3. 在司農主簿任至1171年。	

乾道八年壬辰	1172	33	1. 出知滁州至 1174 年，寬征薄賦，招疏散，教民兵，議屯田。 2. 稼軒婦翁范子美之卒，年 74。	
淳熙二年乙未	1175	36	1. 1174 年任倉部郎官 2. 四月，茶商賴文政起事於湖北，其後轉入湖南江西，數敗官軍。 3. 六月，出任江西提點刑獄，節制諸軍，進擊茶商軍。 4. 七月，離臨安，至江西贛州就提刑任，專意督捕茶商軍。 5. 閏九月，誘賴文政殺之，茶商軍平，加秘閣修撰。	
淳熙三年丙申	1176	37	1. 在江西提點刑獄。 2. 調京西轉運判官。	
淳熙四年丁酉	1177	38	1. 差知江陵府，兼湖北安撫。 2. 嚴治盜之法，得賊輒殺，不復窮究，遂致奸盜屏跡。 3. 冬，江陵統制官率逢原縱部曲毆百姓，稼軒以為曲在軍人，因此徙知隆興府兼江西安撫。	
淳熙五年戊戌	1178	39	1. 在江西安撫使任 2. 春二月，奏劾知興國軍黃茂材。 3. 出為湖北轉運副使。	1.〈和周顯先韻二首〉〔註116〕 2.〈憶李白〉〔註117〕

〔註116〕謝永芳：《辛棄疾詩詞全集》，頁 42，鄭騫、林玫儀：《稼軒詞校注附詩文年譜》，頁 583，載此詩所作同此年分。

〔註117〕謝永芳：《辛棄疾詩詞全集》，頁 81，馮霞：《辛棄疾詩歌研究》，頁 16，載此詩所作同此年分。

淳熙六年己亥	1179	40	1. 出為湖南轉運副使。 2. 春三月，改湖南轉運副使。 3. 奏進《論盜賊剳子》。 4. 改知潭州，兼湖南安撫使。	
淳熙七年庚子	1180	41	1. 在湖南安撫使任。 2. 春，奏請以官米募工，浚築陂塘，因而賑給。 3. 創制湖南飛虎軍。 4. 經始構建上饒居第。	
淳熙八年辛丑	1181	42	1. 江右人飢，舉辦荒政。 2. 秋七月，以修舉荒政，轉奉議郎。 3. 帶湖新居落成。 4. 冬十一月，改除兩浙西路堤點刑獄公事，旋以台臣王蘭論列，落職罷新任。	
淳熙九年壬寅	1182	43	1. 上饒家居至1191年。 2. 友人朱熹過信上相會。	1.〈有以事來請者傚康節體作詩以答之〉〔註118〕 2.〈即事〉二首〔註119〕 3.〈送別湖南部曲〉
淳熙十一年甲辰	1184	45		1.〈哭鼉十五章〉組詩〔註120〕
淳熙十二年乙巳	1185	46	1. 鄭舜舉信州守，稼軒與相酬唱甚多。	

[註118] 謝永芳：《辛棄疾詩詞全集》，頁64。
[註119] 謝永芳：《辛棄疾詩詞全集》，頁31、〈送別湖南部曲〉，頁53。
[註120] 謝永芳：《辛棄疾詩詞全集》，頁4，鄭騫、林玫儀：《稼軒詞校注附詩文年譜》，頁581，載此組詩為1182年作。

淳熙十四年丁未	1187	48		1.〈和任師見寄之韻〉三首〔註121〕
淳熙十五年戊申	1188	49	1. 友人陳同甫來訪,相與鵝湖同憩,瓢泉共酌,長歌相答,積極世事,逗留彌旬乃別。	
紹熙三年壬子	1192	53	1. 春,赴福建提點刑獄任。 2. 與朱晦庵游從甚繁,情意甚歡。	1.〈壽朱文公〉〔註122〕 2.〈聞科詔勉諸子〉〔註123〕 3.〈第四第四子學春秋發憤不輟書以勉之子〉 4.〈即事示兒〉 5.〈仙跡岩〉 6.〈和楊民瞻韻〉 7.〈遊武夷作棹歌呈晦翁十首〉〔註124〕 8.〈壽朱晦翁〉〔註125〕
紹熙四年癸丑	1193	54	1. 秋,加集英殿修撰,知福州,兼福建安撫吏。	1.〈郡齋懷隱庵〉二首〔註126〕
紹熙五年甲寅	1194	55	1. 在福建安撫使任。 2. 秋七月,趙擴即位,是為寧宗。	1.〈醉書其壁〉〔註127〕 2.〈書清涼境界壁〉二首〔註128〕

〔註121〕謝永芳:《辛棄疾詩詞全集》,頁39,載此詩作於1187年前後。
〔註122〕謝永芳:《辛棄疾詩詞全集》,頁89。
〔註123〕謝永芳:《辛棄疾詩詞全集》,頁6、〈第四第四子學春秋發憤不輟書以勉之子〉,頁7、〈即事示兒〉,頁10、〈仙跡岩〉,頁15、〈和楊民瞻韻〉,頁40。
〔註124〕謝永芳:《辛棄疾詩詞全集》,頁26,馮霞:《辛棄疾詩歌研究》,頁14,載此組詩作於1193年。
〔註125〕謝永芳:《辛棄疾詩詞全集》,頁58,載此詩作於1192或1193年。
〔註126〕謝永芳:《辛棄疾詩詞全集》,頁81。
〔註127〕謝永芳:《辛棄疾詩詞全集》,頁86。
〔註128〕謝永芳:《辛棄疾詩詞全集》,頁83。

			3. 趙汝愚為右丞相並擢用朱熹等人。 4. 以御史中丞謝深甫論列，降充秘閣修撰。	
慶元元年乙卯	1195	56	1. 家居上饒。 2. 二月，趙汝愚罷右丞相，繼責寧遠軍節度副使，永州安置。 3. 冬十月，以御史中丞何澹奏劾，落職。 4. 期思新居之落成。	1. 〈壽趙守〉〔註129〕 2. 〈重午日戲書〉〔註130〕
慶元二年丙辰	1196	57	1. 徙居鉛山縣期思市瓜山之下。	1. 〈賦葡萄〉〔註131〕 2. 〈讀邵堯夫詩〉 3. 〈止酒〉 4. 〈再用韻〉
慶元三年丁巳	1197	58		1. 〈和趙昌父問訊新居之作〉〔註132〕
慶元四年戊午	1198	59	1. 復集英殿修撰，主管建寧府武夷山沖佑觀。	1. 〈周氏敬榮堂詩〉〔註133〕
慶元五年己未	1199	60	1. 家居鉛山。 2. 友人朱晦庵來書以克己復禮相勉。 3. 友人傅岩叟捐直發廩賑鄉里之飢，稼軒欲諷審堂奏官之。	

〔註129〕謝永芳：《辛棄疾詩詞全集》，頁 90。

〔註130〕謝永芳：《辛棄疾詩詞全集》，頁 32。

〔註131〕謝永芳：《辛棄疾詩詞全集》，頁 25、〈讀邵堯夫詩〉頁 47、〈再用韻〉，頁 48、〈止酒〉，頁 51。

〔註132〕謝永芳：《辛棄疾詩詞全集》，頁 59，鄭騫、林玫儀：《稼軒詞校注附詩文年譜》，頁 573，載此詩作於 1202 年。

〔註133〕謝永芳：《辛棄疾詩詞全集》，頁 17，鄭騫、林玫儀：《稼軒詞校注附詩文年譜》頁 565，載此詩同年所作。

慶元六年庚申	1200	61	1. 三月，友人朱晦庵卒，年七十一。稼軒為文往哭之。	1.〈同杜叔高祝彥集觀天保菴瀑布主人留飲兩日且約牡丹之飲庚申歲二月二十八日也〉〔註134〕 2.〈和郭逢道韻〉〔註135〕 3.〈和趙晉臣送糟蟹〉〔註136〕 4.〈林貴文買牡丹見贈至彭村偶題〉〔註137〕
嘉泰元年辛酉	1201	62		1.〈和趙茂嘉郎中賦梅〉〔註138〕 2.〈和趙茂嘉郎中雙頭芍藥〉二首 3.〈壽趙茂嘉郎中〉二首〔註139〕
嘉泰二年壬戌	1202	63	1. 家居鉛山。 2. 黨禁稍弛，政途久困之人間有起廢進用者，稼軒亦其中一人。	1.〈感懷示兒輩〉〔註140〕 2.〈趙文遠見和用韻答之〉〔註141〕 3.〈傅延叟見和用韻答之〉〔註142〕 4.〈諸葛元亮見和復用韻答之〉〔註143〕

〔註134〕謝永芳：《辛棄疾詩詞全集》，頁 36，鄭騫、林玫儀：《稼軒詞校注附詩文年譜》，頁 585，載此詩同年所作。

〔註135〕謝永芳：《辛棄疾詩詞全集》，頁 43，鄭騫、林玫儀：《稼軒詞校注附詩文年譜》，頁 588，載此詩同年所作。

〔註136〕謝永芳：《辛棄疾詩詞全集》，頁 50。

〔註137〕謝永芳：《辛棄疾詩詞全集》，頁 33。

〔註138〕謝永芳：《辛棄疾詩詞全集》，頁 77、〈和趙茂嘉郎中雙頭芍藥〉二首，頁 34。

〔註139〕謝永芳：《辛棄疾詩詞全集》，頁 35，鄭騫、林玫儀：《稼軒詞校注附詩文年譜》，頁 573，載此詩作於 1199 年。

〔註140〕謝永芳：《辛棄疾詩詞全集》，頁 55，鄭騫、林玫儀：《稼軒詞校注附詩文年譜》，頁 573，載此詩同年所作。

〔註141〕謝永芳：《辛棄疾詩詞全集》，頁 56。

〔註142〕謝永芳：《辛棄疾詩詞全集》，頁 56。

〔註143〕謝永芳：《辛棄疾詩詞全集》，頁 57。

嘉泰三年癸亥	1203	64	1. 夏，起知紹興府兼浙東安撫使。 2. 疏奏州縣害農六事，願詔內外台察劾。 3. 冬，奏請於紹興府諸暨縣增置縣尉，省罷稅官。	1.〈元日〉〔註144〕 2.〈偶題〉 3.〈和趙晉臣敷文積翠巖去纇石〉〔註145〕
嘉泰四年甲子	1204	65	1. 韓侂冑發動對金戰爭。 2. 是月，召見，言法。並言金國必亂必亡，願屬元老大臣預為應變計。 3. 差知鎮江府，賜金帶。 4. 數年來，稼軒屢次遣諜至金，偵察其兵騎之數，屯戍之地，將帥之姓名，帑廩之位置等。並欲於沿邊召募壯丁以應敵。至鎮江，先造紅衲萬領備用。	1.〈感懷示兒輩〉〔註146〕
開禧元年乙丑	1205	66	1. 在鎮江守任。 2. 三月，坐繆舉，降兩官。 3. 夏六月改知隆興府，旋以言者論列，與宮觀。 4. 同月，宋廷下詔加強戰備。 5. 宋備戰，金亦有所對應。 6. 秋，歸鉛山。	1.〈和李都統詩〉〔註147〕

〔註144〕謝永芳：《辛棄疾詩詞全集》，頁3、〈偶題〉同此註。
〔註145〕謝永芳：《辛棄疾詩詞全集》，頁20，鄭騫、林玫儀：《稼軒詞校注附詩文年譜》，頁566，載此詩作於1199年。
〔註146〕謝永芳：《辛棄疾詩詞全集》，頁9。
〔註147〕謝永芳：《辛棄疾詩詞全集》，頁45，辛更儒：《辛棄疾研究》，頁318，載此詩同年所作。

開禧二年丙寅	1206	67	1. 差知紹興府、兩浙東路安撫使，辭免。 2. 在宋金交兵過程中，宋兵呈潰勢。 3. 進寶文閣待制。 4. 又進龍圖閣待制，知江陵府。令赴行在奏事。	1.〈丙寅九月廿八日作，來年將告老〉〔註148〕 2.〈和前人韻〉二首〔註149〕 3.〈丙寅歲山間竟傳諸將有下棘寺者〉〔註150〕
開禧三年丁卯	1207	68	1. 宋金均有罷兵議和的動向。 2. 三月末，敘復朝請大夫。 3. 繼又敘復朝議大夫。 4. 夏四月，以方信孺為國信所參議官如金軍。 5. 歸鉛山，八月得疾。 6. 進樞密都承旨，令疾速赴行在奏事。未授命，並上章陳乞致仕。九月初十日卒，特贈四官。 7. 葬鉛山縣南十五里楊原山中。	1.〈題鶴鳴亭〉〔註151〕 2.〈江山慶雲橋〉兩首〔註152〕

第二節　辛棄疾詩作體裁之選擇

　　詩人創作時，為符合其聲律節奏的抒情性或內容意境的需求，在體裁的選擇上，詩人會有所取捨，以完整傳達其心意。陳師茂仁於《古典詩歌初階》一書說：

〔註148〕謝永芳：《辛棄疾詩詞全集》，頁 73，鄭騫、林玫儀：《稼軒詞校注附詩文年譜》，頁 575，載此詩同年所作。

〔註149〕謝永芳：《辛棄疾詩詞全集》，頁 69。

〔註150〕謝永芳：《辛棄疾詩詞全集》，頁 72，鄭騫、林玫儀：《稼軒詞校注附詩文年譜》，頁 576，載此詩作於 1205 年。

〔註151〕謝永芳：《辛棄疾詩詞全集》，頁 61。

〔註152〕謝永芳：《辛棄疾詩詞全集》，頁 24。

在古典詩歌的世界裡，句法的組成是很重要的。以前的詩歌，特別是唐以前，大抵是可以歌唱的，一直到唐朝的近體詩，雖有些可以被之管弦，但用於歌唱的作品，以較前代為少，所以大多用吟誦的方式來彰顯它優美的韻律，因此句法的組成方式便影響著日後吟誦時聲律節奏感的強弱及詩歌的抒情性。所以句法的組成，有其音樂性的要求，也有它意義上需要，這對於吟誦一首詩歌，或是理解一首詩歌，是非常重要的。〔註153〕

朱庭珍《筱園詩話》亦說：

古詩律詩，體格不同，氣象亦異，各有法度，各有境界分寸。即以使事選材，用意揮筆而論，有宜於古者，有宜於律者，有古律皆宜，古律皆不宜者。是所宜之中，且爭毫釐，分寸略差，失等千里。作者相題行事，各還其本來，各成其當然之詣，不亦善乎。〔註154〕

賈巧梅《劉禹錫詩歌體裁研究》論文中亦提到：

在詩歌發展過程中，體裁與題材屬於兩個不同的方面，對詩人而言，在情感表達的過程中，會習慣將某種情感側重於某種題材的表達……大多詩人會約定俗成的一句情景、內容和題材來選擇詩體，逐漸產生用一種詩歌體裁描寫固定題材的現象。如晚唐詩詩人多以七絕來寫邊塞詩和宮怨詩，七律多用於贈別、詠史懷古等；五律則多用來描寫山水田園風光、閒情逸致等。……〔註155〕

由上述可知，體裁選擇與架構，對於詩情的傳達有其重要性。而本篇章節將呈現辛棄疾詩作中的體裁、平仄格律、首句入韻與否等面向，如下表六、表七，下文所列詩作編號皆為本篇論文於附錄一中羅列《全宋詩》辛棄疾詩作之編號，後文將不再說明：

〔註153〕陳師茂仁：《古典詩歌初階》，臺北：文津出版社有限公司，2003年，頁118。
〔註154〕〔清〕朱庭珍：《筱園詩話》，上海：古籍出版社，2002年，頁2346。
〔註155〕節引自賈巧梅：《劉禹錫詩歌體裁研究》，遼寧：遼寧師範大學，文學院中國古代文學專業，碩士論文，2016年，頁5。

表六：辛棄疾詩作體裁

體　裁		詩作編號	合　計
古體詩	五言	20、25、26、28、29	5 首
	七言	123、124	2 首
近體詩	五絕	1、2、3、4、5、6、7、8、9、10、11、12、13、14、15、16、17、125、126	19 首
	七絕	30、31、32、33、34、35、36、37、38、39、40、41、42、43、44、45、46、47、48、49、50、51、52、53、54、55、56、57、58、59、60、61、64、65、66、67、68、69、70、71、72、73、74、75、76、77、78、79、80、81、82、83、84、85、86、87、88、89、90、91、92、93、94、128、129、131、132、133、134、135、136、137、138、139、140、141、142	77 首
	五律	18、19、21、22、23、24、27	7 首
	七律	62、63、95、96、97、98、99、100、101、102、103、104、105、106、107、108、109、110、111、112、113、114、115、116、117、118、119、120、121、122、130、143、144	33 首
詩作合計			143 首
《全宋詩》收錄辛棄疾詩作共計 146 首，然其中第 127 首〈宿驛〉為誤收陸游詩作、第 145 首〈句〉內容闕漏、第 146 首〈御賜閣額〉為誤收秦檜黨徒作品，扣除此三首因誤收或內容缺漏之作品不列入討論，本論文將以《全宋詩》卷二五八一〈辛棄疾一〉、二五八二〈辛棄疾二〉之 143 首辛棄疾詩作進行分析。			3 首

表七：辛棄疾詩作中的近體詩詩體與格律統整表

近體詩：136 首	五言絕句	共計19首	平起式 12 首	平起首句入韻 1 首
				平起首句不入韻 11 首
			仄起式 7 首	仄起首句入韻 0 首
				仄起首句不入韻 7 首
	七言絕句	共計77首	平起式 43 首	平起首句入韻 32 首
				平起首句不入韻 11 首

		仄起式 34 首	仄起首句入韻 28 首
			仄起首句不入韻 6 首
五言律詩	共計 7 首	平起式 2 首	平起首句入韻 0 首
			平起首句不入韻 2 首
		仄起式 5 首	仄起首句入韻 0 首
			仄起首句不入韻 5 首
七言律詩	共計 33 首	平起式 18 首	平起首句入韻 17 首
			平起首句不入韻 1 首
		仄起式 15 首	仄起首句入韻 15 首
			仄起首句不入韻 0 首

　　古體詩分為五言和七言兩種體裁，分別是五首及兩首，合共七首。可知古體詩創作以五言為上為辛棄疾詩歌作品中所佔比例為數最少者；近體詩則是辛棄疾寫作最為主要之體裁，共有五言絕句、七言絕句、五言律詩、七言律詩之別，其中五絕 19 首、七絕 77 首、五律 7 首、七律 33 首，近體詩合計共 136 首，其中以七言絕句佔 56.6%，為體裁中佔比最高。

　　由此可知辛棄疾創作詩歌之體裁揀擇以近體詩為主，尤其擅以七言絕句呈現，以下就其體裁分別論述：

一、古體詩

　　陳師茂仁在《古典詩歌初階》一書中提到：

> 古體詩的特色是：全篇字數、句數不固定；不講究平仄格律；用韻可押平聲韻，也可押仄聲韻，也可一篇中平、仄聲韻兼出，可以允許換韻（因有的篇幅很長，換韻可避免呆板），可以不用一韻到底，且每句均可押韻，不限特定的押韻句數。〔註156〕

由此可知，相較於近體詩在格律上的規定，古體詩的形式是較為自由

〔註156〕陳師茂仁：《古典詩歌初階》，臺北：文津出版社有限公司，2003 年，頁 18。

的，而汪辟疆於《讀常見書齋小記》中，說明五言古詩之四個境界，如下：

> 五言古詩有四境界：魏漢一也，六朝二也，唐三也，宋四也。
> 漢魏間古詩意味最高，最難學，則學僅得其皮也，神采不可
> 企。六朝人五言古辭采過縟。唐人有漢魏六朝格調，而神采
> 不同，亦意境高耳。宋人則意境尤高，格老氣蒼，又善出新
> 意。故五言古詩為唐人尚可學，至漢魏六朝則惟有涵詠其味
> 而已。〔註157〕

汪辟疆先生將漢魏至宋的古詩，以意境層面切入，加以分析其高下，而吳戰壘《中國詩學》亦對古體詩有以下說明：

> 五古莊重質樸，宜於嚴肅的主題，且有較強的敘事功
> 能。……七古縱橫排宕，抑揚頓挫，宜於表現激昂慷慨或複
> 雜多變的情感和事態，能兼抒情和敘事於一體。〔註158〕

吳戰壘先生則從詩歌內容進行歸納剖析，並得出五言古詩內容偏向「莊重質樸」，宜適用於嚴肅的議題；七言古詩則因單句字句偏長，可以輕易傳遞出跌宕起伏之情緒反應，故多用以表現「激昂慷慨」、「複雜多變」之內容。由此可知，古詩雖然形式自由，但意境及內容仍有許多可探之處，以下就辛棄疾創作之古詩進行統整：

表八：古體詩作統整表

體　裁	詩作編號	詩　題	數　量	合計
五言古詩	20	〈送悟老住明教禪院悟自廬山避寇而來，寓興之資福蓋踰年也〉	5首	7首
	25	〈蔞蒿宜作河豚羹〉		
	26	〈吳克明廣文見和再用韻答之〉		

〔註157〕汪辟疆：《汪辟疆文集》，上海：上海古籍出版社，1988年，文見〈讀常見書齋小記〉，頁800。

〔註158〕吳戰壘《中國詩學》，台北：五南出版社，1993年，文見〈第八章體式〉，頁271。

	28	〈周氏敬榮堂詩〉		
	29	〈和趙晉臣敷文積翠巖去頹石〉		
七言古詩	123	〈和趙國興知錄贈琴〉	2首	
	124	〈贈申孝子世寧〉		

辛棄疾的古詩共七首，分別是五言古詩：〈送悟老住明教禪院〉、〈蔞蒿宜作河豚羹〉、〈吳克明廣文見和再用韻答之〉、〈周氏敬榮堂詩〉、〈和趙普臣敷文積翠巖去頹石〉等五首；七言古詩：〈和趙國興知錄贈琴〉、〈贈申孝子世寧〉等兩首。

五言古詩〈周氏敬榮堂詩〉屬長篇五言古詩，共80句，敬榮堂為鉛山周欽若所建，因慕其舅祖劉軍置義榮社贍族人之貧者而命名。周氏不就祿仕，職書教子，數世同居，慶元中旌其門。辛棄疾不惜筆墨，以洋洋灑灑四百字稱頌其高尚的德行節操，並希望通過採詩以傳於天子。〔註159〕；〈和趙晉臣敷文積翠巖去頹石〉全詩56句，所詠頹石，雖在開篇即點出「兩峰如長喉，有石鯁其內。千金隨侯珠，磊落見微類。」之後卻以多方事例比附，以闡明勿因「小虧」而損「大全」的道理。〔註160〕〈蔞蒿宜作河豚羹〉全詩12句，韻腳「足」，入二沃、「腹」，入一屋、「僕」，入一屋、「肉」，入一屋、「縮」，入一屋、「屋」，入一屋，本詩用字斟酌，內容則藉物言理，頗有悲憤之感；〈吳克明廣文見和再用韻答之〉全詩12句，「足」，入二沃、「腹」，入一屋、「僕」，入一屋、「肉」，入一屋、「縮」，入一屋、「屋」，入一屋，本詩亦少見僅首句不入韻，內容以蛟龍比喻友人，給予友人盛讚；〈送悟老住明教禪院〉全詩12句，「耳」，上四紙、「止」，上四紙、「啟」，上四紙、「喜」，上四紙、「戲」，上平四支、「紙」，上四紙，韻腳整齊，內容有禪意，寓有劫後餘生的慶幸，五言古詩內容大多讚譽友人、藉物言理，而七言古詩〈和趙國興知錄贈琴〉共24句，詠琴，除開篇貼切敘寫贈琴外，之後所寫彈琴、聽琴、期待知音等，皆不正

〔註159〕節引自馮霞：《辛棄疾詩歌研究》，頁16。
〔註160〕節引自馮霞：《辛棄疾詩歌研究》，頁12。

面描摹琴之聽覺聲響，而是用筆靈活，突出了友人所贈之琴的美妙。
〔註161〕；〈贈申孝子世寧〉共 28 句，全詩先敘述叛將盜匪的殺戮之
氣，再到受害者家屬的親人亡故的恐懼奔逃，最後讚賞孝子申世寧面
對惡勢力時，不畏一死，慷慨赴義而感動盜匪之孝心，一再的轉韻，
表達跌宕起伏之情緒反應。

二、絕句

關於絕句的定義，陳師茂仁在《古典詩歌初階》一書中提到：

> 絕句「每首固定以四句組成，有可分為二種，一種是每句
> 五個字，稱為五言絕句，簡稱五絕，全詩二十個字。另一
> 種是每句七個字，稱為七言絕句，簡稱七絕，全詩二十八
> 個字。」〔註162〕

由此可知絕句篇幅短小，對於字數和句數都有一定的限制，元代楊載
於《詩法家數》中亦對絕句的形式有一番見解，如下：

> 絕句之法要婉曲迴還，刪蕪就簡，句絕而意不絕，多以第三
> 句為主，而第四句發之。有實接，有虛接，承接之間，開與
> 合相關，反與正相依，順與逆相應，一呼一吸，官商自諧。
> 大抵起承二句固難，然不過平直敘起為佳，從容承之為是；
> 至如宛轉變化，工夫全在第三句，若於此轉變得好，則第四
> 句如順流之舟矣。〔註163〕

楊載認為絕句創作時，字句要去蕪存菁，言簡意深且意遠，並將絕句
第三句作為全詩轉折之關鍵，而明胡應麟《詩藪》卷六〈近體下‧絕
句〉：

> 五言絕，調易古，七言絕，調易卑。……五言絕，尚真切，
> 質多勝文。七言絕，尚高華，文多勝質。五言絕，昉於兩漢，

〔註161〕節引自馮霞：《辛棄疾詩歌研究》，頁 14。
〔註162〕陳師茂仁：《古典詩歌初階》，臺北：文津出版社有限公司，2003 年，
頁 25。
〔註163〕轉引自〔清〕何文煥編《歷代詩話》載〔元〕楊載《詩法家數》，北
京：北京圖書出版社，2003 年，頁 474。

> 七言絕，起自六朝。源流迴別，體制自殊。至意當含蓄，語
> 勝春容，則二者一律也。」〔註164〕

此處則由詩型所予人的感覺分析五絕和七絕的差異之處，「五言絕，
調易古」、「五言絕，尚真切」一說，套用於此研究中，辛棄疾哀其幼
子夭折皆用五言絕句創作，其情意符合上文所述，說明上文可供筆者
研究辛詩絕句之內涵時作一參考，以下就辛棄疾之絕句進行統整，如
表九：

表九：絕句統整表

體　　裁	詩作編號	數　量	合　計
五言絕句	1、2、3、4、5、6、7、8、9、10、11、12、13、14、15、16、17、125、126、	19 首	96 首
七言絕句	30、31、32、33、34、35、36、37、38、39、40、41、42、43、44、45、46、47、48、49、50、51、52、53、54、55、56、57、58、59、60、61、64、65、66、67、68、69、70、71、72、73、74、75、76、77、78、79、80、81、82、83、84、85、86、87、88、89、90、91、92、93、94、128、129、131、132、133、134、135、136、137、138、139、140、141、142	77 首	

　　藉由上述表九統計可知，辛棄疾絕句有五言和七言之別，辛棄疾
詩之五言絕句共 19 首，佔全體詩作 13.2%；七言絕句共 77 首，佔全
體詩作 53.8%、絕句共計 96 首，佔全體詩作 67.1%，絕句是辛棄疾詩
歌創作中最重要的體裁，而又以七言絕句 77 首，為數最多，故可得
知其創作方向以七言絕句為體裁之偏好。

三、律詩

　　陳師茂仁在《古典詩歌初階》一書中提到：

〔註164〕松浦友久：《中國詩歌原理》，臺北：洪葉文化事業有限公司，1993
　　　　年，頁 252。

律詩每首固定以八句組成，也可分為兩種，一種是每句五個
字，稱為五言律詩，簡稱五律，全詩四十字。另一種是每句
七個字，稱為七言律詩，簡稱七律，全詩五十六個字。〔註165〕

由此可知律詩篇幅稍長，對於字數和句數都有一定的限制，而律詩形
式上的規定又更甚於絕句，規定如下：

律詩八句中間的四句須講究對仗，八句共分四聯，即首聯、
頷聯、頸聯（或稱腹聯）、尾聯。有的人稱起聯、次聯、三
聯、及結聯。每一聯各有兩句，上一句稱出句，下句稱對句。
頷聯、頸聯中的出句、對句，依規定是要對仗的，至於首聯、
尾聯則可對可不對，但原則上以不對為上，以免四聯全對，
又顯得生硬了。〔註166〕

王世貞《藝苑卮言》亦說：

律如音律、法律，天下無嚴於是者。錢木庵《唐音審體》說：
律者，六律也。謂其聲之協律也；如用兵之紀律，用刑之法
律，嚴不可犯。〔註167〕

由此可知，律詩在格律上的規定更加繁瑣，頷聯、頸聯中的出句、對
句，必須對仗，因此寫作上的複雜度又更勝絕句一籌，而五言律詩和
和七言律詩的差異，松浦友久《中國詩歌原理·第七篇詩與詩型》中
提到：

五言律詩代表了中國古典詩諸形式中正統、典雅的表現感
覺，則應該說七言律詩既代表著壯麗、典麗的感覺，又更明
確的代表著對偶性本身。〔註168〕

簡要說明五言律詩和七言律詩之風格和感受，以下就辛棄疾之律
詩進行統整，如表十：

〔註165〕陳師茂仁：《古典詩歌初階》，臺北：文津出版社有限公司，2003年，
　　　　　頁25～26。
〔註166〕陳師茂仁：《古典詩歌初階》，26頁。
〔註167〕張夢機：《古典詩的形式結構》，高雄：駱駝出版社，1997年，頁79。
〔註168〕松浦友久：《中國詩歌原理》，臺北：洪葉文化事業有限公司，1993
　　　　　年，頁256。

表十：律詩統整表

體　　裁	詩作編號	數　量	合　　計
五言律詩	18、19、21、22、23、24、27、	7首	40首
七言律詩	62、63、95、96、97、98、99、100、101、102、103、104、105、106、107、108、109、110、111、112、113、114、115、116、117、118、119、120、121、122、130、143、144	33首	

　　辛棄疾詩之五言律詩共 7 首，佔全體詩作 4.8%、七言律詩共 33 首，佔全體詩作 23%，律詩共計 40 首，佔全體詩作 27.9%。

第三節　辛棄疾詩作格律之分析

一、平起式與仄起式

　　「所謂起式，是指詩為『平起』或『仄起』而言。一般的評判準據，是由該首詩第一句的第二字來判斷，若該字為平聲字，那麼這首詩即為『平起』的詩；反之，如果是仄聲字，那麼這首詩便是『仄起』的詩了。」〔註169〕又簡明勇《律詩研究》第二篇〈律詩之聲律研究〉中言：

> 律詩全首四聯之平仄，自當於平仄譜之同一式中取之。若第一聯用平起式，則其餘三聯均須用平起式平仄譜中所規定之平仄；若第一聯用仄起式，則餘三聯均須用平仄譜中所規定之平仄。〔註170〕

由此可知起式有其遵循的要領，而依循不同的起式，呈現出的音韻，亦有不同的感受，根據陳師茂仁在《古典詩歌初階》一書中提到：

> 詩作之起式，為首句第二字平仄判別，而第二字平或仄，則又可視為創作者創寫初始心境之呈現。詩作格律之平與仄，足以影響詩文語氣輕、重之區別，亦能呈現出情緒感情轉

〔註169〕陳師茂仁：《古典詩歌初階》，臺北：文津出版社有限公司，2003 年，〈詩歌賞析的方法〉（二）起式，頁 146。
〔註170〕簡明勇：《律詩研究》，臺北：文史哲出版社，1990 年，頁 32。

折。平起詩，推之創作者創寫初始時心情較平順，並且冷靜；
仄起詩，則又意味創寫者當下心境激昂、激奮，情感起伏明
顯。〔註171〕

謝雲飛《文學與音律》一書說道：

以前的人把漢字因聲調之異分成兩類，屬於「平聲調」的，
稱之為「平」；屬於「上、去、入聲調」的，稱之為「仄」。
聲調的形成，主要在於「音高」，所以「平仄律」的主要特
徵就是「音的高低」之調配。但是聲調的不同，除了「音的
高低」之外，實際上還有「音的長短」之異的成分在其中，
前人「辨四聲」的歌訣云：平聲平道莫低昂，上聲高呼猛烈
強，去聲分明哀遠道，入聲短促及收藏。〔註172〕

由此可知，聲調的確是和「音的高低」及「音的短長」有密切關係的。

（一）《全宋詩》卷二五八一〈辛棄疾一〉、二五八二〈辛棄疾二〉
之起式

1. 平起式

將《全宋詩》卷二五八一〈辛棄疾一〉、二五八二〈辛棄疾二〉
詩作之平起式做統整與數量統計，藉以其詩作之體裁與起式等外在詩
歌形式，如表十一、表十二：

表十一：平起式統整表

起式	體　　裁		詩作編號	合計
平起式	近體詩	五言絕句	2、3、6、7、11、12、13、15、16、17、125、126	12 首
		七言絕句	32、33、34、36、37、38、39、45、46、48、51、52、53、54、55、56、57、58、59、61、66、68、70、72、76、78、79、80、84、87、88、89、91、92、93、94、128、129、131、132、138、139、140	43 首

〔註171〕陳師茂仁：《古典詩歌初階》，臺北：文津出版社有限公司，2003 年，〈詩歌賞析的方法〉（二）起式，頁 146～148。
〔註172〕謝雲飛：《文學與音律》，台北：東大，1978 年，頁 55。

	五言律詩	22、24	2 首
	七言律詩	63、95、97、99、100、101、105、106、108、111、112、113、114、115、116、118、130、144	18 首
合計			75 首

2. 仄起式

將《全宋詩》卷二五八一〈辛棄疾一〉、二五八二〈辛棄疾二〉詩作之仄起式做統整與數量統計，藉以釐清其詩作之體裁與起式等外在詩歌形式，如表十二：

表十二：仄起式統整表

起式	體　裁		詩作編號	合計
仄起式	近體詩	五言絕句	1、4、5、8、9、10、14	7 首
		七言絕句	30、31、35、40、41、42、43、44、47、49、50、60、64、65、67、69、71、73、74、75、77、81、82、83、85、86、90、133、134、135、136、137、141、142	34 首
		五言律詩	18、19、21、23、27	5 首
		七言律詩	62、96、98、102、103、104、107、109、110、117、119、120、121、122、143	15 首
	合計			61 首

綜觀辛棄疾近體詩共 136 首，五言絕句平起式 12 首、五言絕句仄起式 7 首、七言絕句平起式 43 首、七言絕句仄起式 34 首、五言律詩平起式 2 首、五言律詩仄起式 5 首、七言律詩 18 平起式首、七言律詩仄起式 15 首。總計平起式共有 75 首，佔了 55.1%；仄起式有 61 首，佔了 44.9%，平起式的詩作較多，故可以推之創作者創寫初始時大多心情較平順，並且冷靜。

二、首句入韻與不入韻

　　近體詩的押韻規則，較古體詩來得嚴格，不論是絕句、律詩或排律，只能在偶數句押韻，而首句可以押韻（又稱入韻）也可以不押韻（又稱不入韻），只此一具有容通之處。而其餘不押韻的奇數句最後一個字一定要用仄聲字。〔註173〕然詩「入不入韻，歷來有正格（例）、變格（例）之說，近體詩偶數句必須押韻，而首句押韻與否，歷來自由容通，端視作者自定。據後代學者統計唐詩，知唐人作詩習慣，以五言首句不入韻為多，而七言以首句入韻為眾，因此定為正格；反之，五言首句入韻及七言首句不入韻，則為變格。」〔註174〕

　　（一）《全宋詩》卷二五八一〈辛棄疾一〉、二五八二〈辛棄疾二〉首句入不入韻

　　由上文可知唐人作詩習慣，以五言首句不入韻為多，而七言以首句入韻為眾，以下藉由分析《全宋詩》卷二五八一〈辛棄疾一〉、二五八二〈辛棄疾二〉首句入韻與否，可初步窺探辛棄疾詩歌寫作習慣，以下進行統整與計算，如表十三：

表十三：首句入不入韻統整表

體　裁	起式	首　句	詩作編號	合計
近體詩	五絕	平起	入韻（變格）	2	1首
			不入韻（正格）	3、6、7、11、12、13、15、16、17、125、126	11首
		仄起	入韻（變格）	無	0首

〔註173〕陳師茂仁：《古典詩歌初階》，臺北：文津出版社有限公司，2003年，頁67。

〔註174〕陳師茂仁：〈實業詩人鄭福圳詩作探析〉，《大彰化地區近當代漢詩論文集》，2011年，頁175。

		不入韻（正格）	1、4、5、8、9、10、14	7 首
七絕	平起	入韻（正格）	32、33、37、38、39、45、46、48、51、54、55、56、58、61、68、70、72、76、78、79、80、87、88、89、91、92、93、128、129、131、139、140	32 首
		不入韻（變格）	34、36、52、53、57、59、66、84、94、132、138	11 首
	仄起	入韻（正格）	31、35、40、41、42、43、44、47、49、50、64、65、67、69、71、73、74、75、77、81、82、83、86、90、134、135、136、137	28 首
		不入韻（變格）	30、60、85、133、141、142	6 首
五律	平起	入韻（變格）	無	0 首
		不入韻（正格）	22、24	2 首
	仄起	入韻（變格）	無	0 首
		不入韻（正格）	18、19、21、23、27	5 首
七律	平起	入韻（正格）	63、95、97、99、100、101、105、106、108、112、113、114、115、116、118、130、144	17 首
		不入韻（變格）	111	1 首
	仄起	入韻（正格）	62、96、98、102、103、104、107、109、110、117、119、120、121、122、143	15 首
		不入韻（變格）		0 首
合計				136 首

由上表可知，辛棄疾近體詩首句入不入韻之數量為：五言絕句首句入韻 1 首、五言絕句首句不入韻 18 首、七言絕句首句入韻 60 首、七言絕句首句不入韻 17 首、五言律詩入韻 0 首、五言律詩不入韻 7 首、七言律詩入韻 32 首、七言律詩不入韻 1 首，統計正格詩共 117 首，佔總詩作 136 首中的 86%；變格詩共 19 首，佔總詩作 136 首中的 14%，兩者相差懸殊，據此可知辛棄疾創作時以七言絕句首句入韻為主，近體詩創作以正格詩為主，與唐人偏好之寫作習慣相符。

三、用韻情形

「詩之用韻如能與詩之內容、意境兩相配合，於觀覽吟詠之際，必更能領受詩人所涵賦詩作之聲情美感，以此，擇韻於詩人而言有其重大意義，因之讀者由詩作之用韻，可以體會作者創作時之情思，而歸納作者詩作用韻之多寡，正可以窺見作者寫詩風格之傾向。」〔註175〕而本文所探討的用韻情形主要根據清余照春亭輯《詩韻集成》〔註176〕，古典詩歌的押韻，大多以此書為依據，是目前詩壇最通行的韻書，詩韻共一〇六韻，條列如下：

上平聲

一東、二冬、三江、四支、五微、六魚、七虞、八齊、九佳、十灰、十一真、十二文、十三元、十四寒、十五刪

下平聲

一先、二蕭、三肴、四豪、五歌、六麻、七陽、八庚、九青、蒸、十一尤、十二侵、十三覃、十四鹽、十五咸

上聲

一董、二腫、三講、四紙、五尾、六語、七麌、八薺、九蟹、十賄、十一軫、十二吻、十三阮、十四旱、十五潸、十六銑、十七篠、十八巧、十九皓、二十哿、二十一馬、二十二養、

〔註175〕意引自陳師茂仁：〈實業詩人鄭福圳詩作探析〉，《大彰化地區近當代漢詩論文集》，2011 年，頁 173。

〔註176〕〔清〕余照春亭《詩韻集成》，高雄：高雄復文出版社，1992 年。

二十三梗、二十四迥、二十五有、二十六寢、二十七感、二
十八琰、二十九豏

去聲

一送、二宋、三絳、四寘、五味、六御、七遇、八霽、九泰、
十卦、十一隊、十二震、十三問、十四願、十五翰、十六諫、
十七霰、十八嘯、十九效、二十號、二十一箇、二十二禡、
二十三漾、二十四敬、二十五徑、二十六宥、二十七沁、二
十八勘、二十九艷、三十陷

入聲

一屋、二沃、三覺、四質、五物、六月、七曷、八黠、九屑、
十藥、十一陌、十二錫、十三職、十四緝、十五合、十六葉、
十七洽〔註177〕

而根據詩論家統計，平聲韻依寬、窄程度漸次排列，大致分為四類，
如下：

其一、寬韻：支、先、陽、庚、尤、東、真、虞。
其二、中韻：元、寒、魚、蕭、侵、冬、灰、齊、歌、麻、
豪。
其三、窄韻：微、文、刪、青、蒸、覃、鹽。
其四、險韻：江、佳、肴、咸。〔註178〕

透過各詩論家之統計，將近體詩要求之平聲韻使用程度與涵蓋字彙作
排列而得出平聲韻類目可分成寬、中、窄、險等四個層次，下列將統
計辛棄疾詩歌之平聲韻用韻情形，藉此可更了解辛詩押韻之寬窄偏
好。而韻情部分，根據謝雲飛《文學與音律》中則闡述詩歌韻部與聲
情間關係，如下：

我們欣賞或製作詩詞歌賦等各類韻文中的韻語，也可以歸
納成如下類目，而這一些類目中的韻語，我們完全可以從字
音中去揣摩全詩用韻的情形和思緒了。

〔註177〕張夢機：《古典詩的形式結構》，高雄：駱駝出版社，1997 年，頁 51
～53。
〔註178〕張夢機：《古典詩的形式結構》，頁 54。

一、凡「佳、哈」韻的韻語都有悲哀的情感，是因這兩韻的
發音，開口較大，所以適用於含有發洩意味的作品。
二、凡「微、灰」韻的韻語都含有氣餒抑鬱的情思。
三、凡「蕭、肴、豪」韻的韻語都含有輕佻、妖嬈之意。
四、凡「尤、侯」韻的韻語都似乎含有著千般愁怨，無法申
訴的意味，最適用於憂愁的詩。
五、凡「寒、桓」韻的韻語都含有黯然神傷，偷彈雙淚的情
愫，最適用於獨自情傷的詩。
六、凡「真、文、魂」韻的韻語都含有苦悶、深沉、怨恨的
情調。
七、凡「庚、青、蒸」韻的韻語都含有一種淡淡的哀愁，似
乎又有相當理智的情愫。
八、凡「魚、虞、模」韻的韻語都含有日暮途窮，極端詩意
的情感。
以上所舉八類，大致都是依各韻字音的特質而定其含意
的……。〔註179〕

由此可知，詩歌韻部涵蓋的韻語多有其聲情的涵義，不同韻部呈現出
來的情緒不盡相同，又如王易《詞曲史》中，便有對韻部之聲情更詳
細的分析：

東董寬洪，江講爽朗，支紙縝密，魚語幽咽，佳蟹開展，真
軫凝重，元阮清新，蕭滌飄灑，歌哿端莊，麻馬放縱，庚梗
振厲，尤有盤旋，侵寢沉靜，覃感蕭瑟，屋沃突兀，覺藥活
潑，質術急驟，勿月跳脫，合盍頓落，此韻部之別也。此雖
未必切定，然韻近者情亦相近，其大較可審辨得之。〔註180〕

韻部所代表之韻情，於陳少松《古詩詞文吟誦》一書中有詳盡的分析，
如下：

東冬等韻……給人以寬平、渾厚、鎮靜的感覺；適宜表現莊

〔註179〕謝雲飛：《文學與音律》，台北：東大，1978 年，文見〈韻語的選用
和欣賞〉，頁 61～63。
〔註180〕王易：《詞曲史》：文見〈構律第六〉，台北：五南書局，2013 年，頁
262。

嚴的神態、渾厚的情感和宏壯的氣概。……真文侵等韻……
給人以平穩、沉靜的感覺；適宜表達深沉、憂傷、憐憫等情
思。……支微齊等韻……給人以細聲細氣的感覺；適宜表達
隱微的心曲和細膩的情思。……先寒刪覃鹽咸等韻……給
人以悠揚、穩重的感覺；適宜表達奔放、深厚等感情。……
魚虞等韻……給人以鬱結難吐的感覺；適宜表達纏綿深微、
感嘆不已等情感。……歌韻，給人一種鬱結難吐的感覺，故
適宜表達的情感同魚韻近似。……蕭肴豪等韻……給人的
感覺確如《紅樓夢》中所指出的流利飄蕩；適宜表現瀟灑的
風神，豪邁的氣概，激動而悠長等情感。……尤韻……給人
以滾滾不盡的感覺；適宜表現闊遠的境界和深沉感慨等感
情。……陽江等韻等韻……給人以洪亮、渾厚的感覺；適宜
表達豪放、激動、昂揚等感情。……麻韻……給人以清朗的
感覺；適宜于表達喜悅、快樂等感情。〔註181〕

因此，可從詩作之韻部分類加以理解詩人創作詩歌當下之心境及所呈
現之氛圍，以下就辛棄疾詩歌所運用的平聲韻做統整，以上平聲韻、
下平聲韻分類，檢視辛詩運用韻部的狀況及數量統計，如表十四、表
十五、表十六：

表十四：上平聲韻用韻分類表

韻　部	五絕編號	七絕編號	五律編號	七律編號	合　計
一東		57、137		104、105、121	5 首
二冬				110	1 首
三江					0 首
四支	9	31、32、37、50、51、59、71、131、135	21、24	63、96、97、98、99、106、114	19 首
五微		48、134			2 首

〔註181〕陳少松：《古詩詞文吟誦》，北京：社會科學文獻出版社，2002 年，
　　　　頁 229～233。

六魚				101	1 首
七虞		34、52、66、67、68、69、85、86		95	9 首
八齊		76			1 首
九佳		73			1 首
十灰	2	40、54、55、56、64、79、80、81、91、133、138、139、141、142		122、143	17 首
十一真		45		100、108、117、119	5 首
十二文		43、72、84	23	115	5 首
十三元	6		27		2 首
十四寒		35、65、93、94			4 首
十五刪				109	1 首
上平聲韻用韻合計		73 首			

表十五：下平聲韻用韻分類表

韻　部	五絕編號	七絕編號	五律編號	七律編號	合　計
一先	1	39、47、49、74、92		107、144	8 首
二蕭		44			1 首
三肴					0 首
四豪					0 首
五歌	3	33、42、46、70、83、90		103	8 首
六麻		58、129			2 首
七陽	14	38、60、61、75、77、78、132、140	18	62、130	12 首

韻目					合計
八庚	4、11、17	87、88、89		111、120	8首
九青		41			1首
十蒸			19		1首
十一尤	8	53、136		102、113、116、118	7首
十二侵		30、82、128	22	112	5首
十三覃		36			1首
十四鹽					0首
十五咸					0首
下平聲韻用韻合計		54首			

表十六：平聲韻數量統計

上平聲	用　韻	合計（首）	下平聲	用　韻	合計（首）
上平一東	寬韻	5	下平一先	寬韻	8
上平二冬	中韻	1	下平二蕭	中韻	1
上平三江	險韻	0	下平三肴	險韻	0
上平四支	寬韻	19	下平四豪	中韻	0
上平五微	窄韻	2	下平五歌	中韻	8
上平六魚	中韻	1	下平六麻	中韻	2
上平七虞	寬韻	9	下平七陽	寬韻	12
上平八齊	中韻	1	下平八庚	寬韻	8
上平九佳	險韻	1	下平九青	窄韻	1
上平十灰	中韻	17	下平十蒸	窄韻	1
上平十一真	寬韻	5	下平十一尤	寬韻	7
上平十二文	窄韻	5	下平十二侵	中韻	5
上平十二元	中韻	2	下平十三覃	窄韻	1
上平十四寒	中韻	4	下平十四鹽	窄韻	0
上平十五刪	窄韻	1	下平十五咸	險韻	0
上平聲韻合計		73首	下平聲韻合計		54首

表十七：其他韻部

體　　裁	起　式	韻　部	詩　　作
五言絕句	仄起式	出韻	5.〈哭鱷十五章〉三 念汝雖孩童，氣已負山嶽。 　　　　　上平一東　　入三覺 送汝已成人，行路已悲愕。 　　　　　　　　　　入十藥
	平起式	出韻	13.〈哭鱷十五章〉十一 足音答答來，多在雪樓下。 　　　　　上平十灰　　去二十二禡 尚憶附爺耳，指間壁間畫。 　　　　　　　　　　去十卦
	平起式	出韻	126.〈重葉梅〉 主人情意深，不管江妃怨。 深：下平十二侵／去二十七沁 怨：上平十三元／去十四願 折我最繁枝，還許冰壺薦。 薦：去十七霰
	平起式首句 不入韻	上四紙	7.〈哭鱷十五章〉五 糊塗不成書，把筆意甚喜。 舉頭見爺笑，持付三四紙。
	平起式首句 不入韻	上七麌	12.〈哭鱷十五章〉十 從人索蓮花，手持雙白羽。 蓮花不可見，蓮子心獨苦。
	平起式首句 不入韻	上六語	15.〈哭鱷十五章〉十三 昨宵北窗下，不敢高聲語。 悲深意顛倒，尚疑驚著汝。
	平起式首句 不入韻	去四寘	16.〈哭鱷十五章〉十四 世無扁和手，遺恨歸砭劑。 嗟誰使之然，刻舟寧復記。

平起式首句 不入韻	去十七霰	125.〈重葉梅〉 百花頭上開，冰雪寒中見。 霜月定相知，先識春風面。
仄起式首句 不入韻	入九屑	10.〈哭䢎十五章〉八 淚盡眼欲枯，痛深腸已絕。 汝方遊浩蕩，萬里挾雄鐵。

　　以下總結辛棄疾詩歌所運用之寬窄程度、用韻狀況、數量統計整理，如表十八：

表十八：平聲韻用韻狀況

用　　韻		《全宋詩》中辛詩	合計（首）
寬韻	上平寬韻	38 首	73 首
	下平寬韻	35 首	
中韻	上平中韻	26 首	42 首
	下平中韻	16 首	
窄韻	上平窄韻	8 首	11 首
	下平窄韻	3 首	
險韻	上平險韻	1 首	1 首
	下平險韻	0 首	
合計			127 首
其他韻部，詳如表十七			9 首

　　由上述表十四至表十六的用韻統整表中，可清楚觀察到辛棄疾近體詩的用韻表現，以及其常用韻部分別為：上平聲用韻，上平四支（19首）、上平十灰（17首）、上平七虞（9首）；下平聲用韻，下平七陽（12首）、下平一先（8首）、下平五歌（8首）、下平八庚（8首），在 136 首近體詩中，上平聲韻共 73 首，佔 54%；下平聲韻共 54 首，佔 40%，其他韻部共 9 首，佔 7%。

　　再者，由表十八辛棄疾近體詩之用韻寬窄程度所見，寬韻詩作共

計 73 首，中韻詩作共計 42 首，窄韻詩作共計 11 首，險韻詩作共計 1 首，可知其創作詩歌寬韻使用頻率最高，險韻最少。

在平聲韻通韻狀況，根據簡明勇《律詩研究》中分析歸納平聲韻之通韻狀況，可略分為十類：一、東冬類；二、支微齊佳灰類；三、魚虞類；四、真文元寒刪先類；五、佳麻歌類；六、蕭肴豪類；七、青庚蒸類；八、侵覃鹽咸類；九、江陽類；十、尤類。〔註182〕因此以下總結辛棄疾詩歌之通韻狀況、數量統計進行整理，如表十九：

表十九：通韻情形整理表

通韻類別	體裁	編號	詩　　題	通韻字	合計
一、東冬類	七言律詩	105	〈和泉上人〉	東、冬	2 首
		110	〈新年團拜後和主敬韻並呈雪平〉	東、冬	
二、支微齊佳灰類	七言絕句	48	〈遊武夷作棹歌呈晦翁〉九	支、微	7 首
		50	〈鶴鳴亭絕句〉一	齊、支	
		73	〈和楊民瞻韻〉	灰、佳	
		76	〈和周顯先韻二首〉之一	微、齊	
		79	〈黃沙書院〉	灰、佳	
		131	〈題鵝湖壁〉	微、支	
		134	〈書停雲壁〉	支、微	
三、魚虞類	七言絕句	67	〈讀語孟二首〉之二	魚、虞	5 首
		68	〈再用儒字韻二首〉之一	魚、虞	
		69	〈再用儒字韻二首〉之二	魚、虞	
		86	〈再用韻〉	魚、虞	
	七言律詩	95	〈送別湖南部曲〉	魚、虞	

〔註182〕簡明勇：《律詩研究》，臺北：文史哲出版社，1990 年，頁 101〜102。

四、真文元寒刪先類	七言絕句	43	〈遊武夷作棹歌呈晦翁〉四	真、文	4 首
		72	〈和任師見寄之韻〉之二	元、文	
	七言律詩	109	〈江行弔宋齊邱〉	寒、刪	
		117	〈丙寅九月二十八日作來年將告老〉	元、真	
五、蕭肴豪類	七言絕句	44	〈遊武夷作棹歌呈晦翁〉五	豪、蕭	1 首
六、青庚蒸類	七言絕句	41	〈遊武夷作棹歌呈晦翁〉二	庚、青	1 首
合計					20 首

　　由表十九可知，辛棄疾近體詩共計 20 首有通韻情形，而通韻情況多寡依序為：支微齊佳灰類 7 首、魚虞類 5 首、真文元寒刪先類 4首、東冬類 2 首、蕭肴豪類 1 首、青庚蒸類 1 首，通韻詩所佔比例14.7%。

　　而本節對辛棄疾近體詩進行體裁、起式、首句入韻與否及用韻情形等詩作分析，歸納整理如下：

　　（一）「體裁」方面：辛棄疾詩體裁選擇，分為古詩、絕句、律詩三類，其中又有五言古詩、七言古詩、五言絕句、七言絕句、五言律詩、七言律詩等六種類別，而以七言絕句 77 首為近體詩主要體裁。

　　（二）「起式」方面：近體詩中平起式共有 75 首，佔了 55.1%；仄起式有 61 首，佔了 44.9%，平起式的詩作較多，故可以推知創作者創寫初始時大多心情較平順，並且冷靜。

　　（三）「用韻情形」方面：上平聲韻共計 73 首，下平聲韻共計 54首。其中上平韻以上平四支韻 19 首為最多；下平聲韻以下平七陽韻12 首最多。最後，由辛棄疾近體詩之用韻寬窄程度所見，寬韻詩作共計 73 首，中韻詩作共計 42 首，窄韻詩作共計 11 首，險韻詩作共計1 首，可知其創作詩歌寬韻使用頻率最高，險韻最少。

第三章　辛棄疾詩之辭情與藝術特色

　　孫克寬：《學詩淺說》：「我以為詩的起源有形而上與形而下兩種。前者起於心靈的感受，孕育為詩的意象，再由意象的模擬，走到以文字語言方面來表達。在這裡詩人是接受了自然地啟示，正如宗教創始者的「天啟」作用。後者是官能動作，也就是滿足官能的快感而發洩。對表現周遭的感受愈真實，快感便愈滿足，並把這種快感傳播給讀者，像演大悲劇的演員，他們以真實的眼淚，換取了觀眾的眼淚一樣。」〔註1〕正如同劉熙載《藝概·詩概》中的觀點：「詩品本於文品。」陸游也說：「人之邪正，至觀其文則盡矣決矣，不可復隱矣。」〔註2〕透過閱讀詩作的內容，讀者可以可以穿透古今，與作者共感。

　　再進一步論及內容及音律之關係，「文章之內美，約四端焉：曰理境也，情趣也，此美之託於神者也；曰格律也，聲調也，此美之託於形者也。託於神者，為一切文體所同需，託於形者，則詩歌詞曲所特重也。理境高矣，情趣豐矣，無格律聲調以調節而佐達之。猶鳥獸

〔註1〕許清雲：《近體詩創作理論》：文見〈第一章緒論〉，台北：洪葉文化，1997 年，頁 3。
〔註2〕轉引自高鐵英：〈辛棄疾詩歌探微〉，《赤峰學院學報》，第 31 卷第 5 期，2010 年，頁 86。

之不被羽毛也，猶人體之不著冠服也，猶舞無容而樂無節也。雖自矜
其精神之美，何濟焉？」〔註3〕由上述可知，寫作文章需在內容及聲
調上相輔相成，才能成就一番佳作。

王國維《人間詞話》中有云：

南宋詞人，白石有格而無情，劍南有氣而無乏韻。其堪與北
宋人頡頏者，唯一幼安耳。〔註4〕

稼軒詞作豪邁狂放，開創南宋的愛國詞派，無論在數量或質量上，
皆是文壇巨擘，反觀稼軒詩，自古便極少受到討論，然而，作為辛
棄疾文學創作的一部分，辛棄疾詩歌必定反映其一定的創作思想與
內在心靈世界，由於辛詩創作時間大多於落職閒居期，其寫作風格
與出入沙場、英雄氣概十足之詞作風格迥異。

以下筆者將剖析辛棄疾詩歌之內容，期望能更完整關照詩人之創
作，具體作法為：歸納類型相同之詩歌並加以說明，再探究其詩歌架
構、聲情韻部等，最後可藉此推知詩人詩風特徵、創作動機及藝術風
格，可更全面理解詩人思想性情和內心世界。

第一節　辛棄疾詩之辭情

此節筆者將為辛棄疾詩作之內容分類，並分析各類型詩作中所
蘊含的思想及作法，歸納出辛棄疾詩歌主題特徵。首先依照題材，將
稼軒詩區分為四大類，分別是抒情詩（69 首）、酬酢詩（46 首）、詠
懷詩（18 首）、山水詩（10 首）。抒情詩再依照內容將其細分為哀辭
（15 首）及感懷（54 首）；酬酢詩則細分為唱和（37 首）、贈送（9
首）；詠懷類則細分為詠物（14 首）、詠史（4 首）。筆者將整理、羅
列辛棄疾 136 首近體詩及 7 首古詩之分類呈現於下表，各表格中除
列出類別及細項外，亦呈現對應之體裁、詩作編號及數量，如下表一

〔註3〕轉引自王易：《詞曲史》：文見〈導言〉，台北：五南書局，2013 年，
　　　頁 15。
〔註4〕王國維：《人間詞話》，台北：台灣開明書店，1955 年，頁 30。

至表四所示：

表一：抒情詩類別統整表

類　別		體裁	詩作編號	合計
抒情詩共69首	哀辭（15首）	哀悼輓歌（15首）	五言絕句	3、4、5、6、7、8、9、10、11、12、13、14、15、16、17	15首
	感懷（54首）	人生寄慨（13首）	五言絕句	1	1首
			五言律詩	18、19、21	3首
			七言絕句	54、83、86、87、88、90、92、140	8首
			七言律詩	96	1首
		閒適怡情（22首）	五言絕句	2	1首
			七言絕句	50、51、52、53、55、56、57、84、85、89、128、131、132、133、136、138、139	17首
			五言律詩	22	1首
			七言律詩	102、103、104	3首
		哲理詩（19首）	五言古詩	20	1首
			七言絕句	30、66、67、68、69、79、129、134、135、137、141、142	12首
			七言律詩	106、108、117、118、119、120	6首

表二：酬酢詩類別統整表

類　別		體裁	詩作編號	合計
酬酢詩共46首	唱和（37首）	人生體悟（25首）	五言律詩	23	1首
			五言古詩	26	1首
			七言絕句	70、71、72、73、74、75、76、77、78、80、81、82	12首
			七言律詩	97、98、99、101、105、107、110、111、112、113、114	11首

		藉物抒懷 （12 首）	五言古詩	29	1 首
			七言古詩	123	1 首
			七言絕句	31、32、60、61、64、65、91	7 首
			七言律詩	115、121、122	3 首
	贈送 （9 首）	今人 （3 首）	七言古詩	124	1 首
			七言絕句	38、39	2 首
		祝壽 （5 首）	七言律詩	62、63、100、143、144	5 首
		送別 （1 首）	七言律詩	95	1 首

表三：詠懷詩類別統整表

類　　別			體　　裁	詩作編號	合計
詠懷詩共18首	詠物 （14 首）	植物 （4 首）	五言絕句	125、126	2 首
			七言絕句	58、59	2 首
		蔬果 （2 首）	五言古詩	25	1 首
			七言絕句	35	1 首
		山水雨 雪石 （7 首）	五言律詩	24、27	2 首
			七言絕句	33、34、36、37、94	5 首
		器物類 （1 首）	七言絕句	93	1 首
	詠史 （4 首）	人物 （4 首）	五言古詩	28	1 首
			七言律詩	109、116、130	3 首

表四：山水詩類別統整表

類　　別		體　　裁	詩作編號	合計
山水詩	遊歷（10 首）	七言絕句	40、41、42、43、44、45、46、 47、48、49	10 首

據上述表格可得知辛棄疾詩蘊涵蓋分類歸屬，可細分成數類項目，下文
將逐一羅列所屬類別與對應詩歌，並列舉部分詩歌以作說明，如下：

一、抒情詩

　　辛棄疾近體詩中的抒情詩共有 69 首，筆者將其分為哀辭 15 首、感懷 54 首兩項目。為明確區分二者，此處筆者將一一說明歸納依循，感懷類：多代表辛棄疾內心之抒發懷想、苦悶、閒適、憂戚、激動、愉悅等情感流露映顯之種種感觸，多用以發自內心、即興所作，無其他特殊目的或因應委託。哀辭則與之相反。

（一）哀辭

　　　　《詩經》中，就出現過像《綠衣》那樣哀悼亡妻之作。屈原
　　　　《九歌·國殤》中讚美那些為國捐軀者的忠魂毅魄，顯得其
　　　　常悲壯。到了西晉的潘岳，做了三首頗負盛名的悼亡詩後，
　　　　專以「悼亡」——為哀悼親人的詩題即由此而起。〔註5〕
由此可知「悼念」親友之詩作緣起甚早，而劉勰《文心雕龍·誄碑》則認為悼亡詩之特點：

　　　　詳夫誄之為制，蓋選言錄行，傳體而頌文，榮始而哀終。
　　　　論其人也，曖乎如可覿；述其哀也，悽焉其可傷，此其旨
　　　　也。〔註6〕

為達到這種「觀風四面，聽辭如泣」的境地，悼亡詩人常用人亡物在、觸物傷懷的寫法，〔註7〕透過日常生活的接觸，抒發物是人非之感，此組詩因哀悼對象為亡子，因而以哀辭類名之。

　　辛棄疾詩作中感人至深的〈哭{鬳瓦}十五章〉，為一組五言絕句，內容為哀悼幼子「{鬳瓦}」的詩作，書寫對夭折幼子的想念及悲痛之情，以下以〈哭{鬳瓦}十五章〉組詩作為說明，呈現辛棄疾近體詩中哀辭之內容，如下：

　　　　方看竹馬戲，已作薤露歌。哀哉天喪予，老淚如傾河。〔註8〕

〔註5〕古遠清：《詩歌分類學》，高雄：復文圖書出版社，1991 年，文見〈第
　　　　一篇　從有無較完整的故事情節和人物形象劃分〉，頁 78。
〔註6〕王更生：《文心雕龍讀本·上篇》〈誄碑第十二〉，台北：文史哲出版
　　　　社，1988 年，頁 206。
〔註7〕古遠清：《詩歌分類學》，頁 81。
〔註8〕傅璇琮主編：《全宋詩》，頁 29997。

此了大約出生於辛棄疾於江西任官時,「方看竹馬戲,已作薤露歌。」
可知其年紀大約五、六歲時夭亡,而〈哭齔十五章〉之二(第4首)
又道「玉雪色可愛,金石聲更清。孰知摧輪早,跬步不可行。〔註9〕」
可知辛棄疾對幼子生前的音容情態仍歷歷在目。而〈哭齔十五章〉
之五、六、十一(第7、8、13首):

　　糊塗不成書,把筆意甚喜。舉頭見爺笑,持付三四紙。

　　笑揖索酒罷,高吟關關鳩。至今此篇詩,狼籍在床頭。

　　足音答答來,多在雪樓下。尚憶附爺耳,指間壁間畫。〔註10〕

辛棄疾透過白描方式懷想亡子寫字、吟詩、觀畫的嬌憨稚嫩模樣,一
切還如此鮮明,幼子卻已不在人世,一席「汝父誠有罪,汝母孝且慈。
獨不為母計,倉皇去何之。〔註11〕」(〈哭齔十五章〉之七)(第9首),
深刻傳達出其喪明之痛。

　　中堂與曲室,聞汝啼哭聲。汝父與汝母,何處可坐行。

　　昨宵北窗下,不敢高聲語。悲深意顛倒,尚疑驚著汝。〔註12〕

〈哭齔十五章〉之九、十三兩首(第11、15首),傳達辛棄疾夫婦對
幼子身故難以接受,耳邊彷彿還聽得到孩子的哭鬧聲、怕驚擾幼子不
敢大聲談話,一切呵護幼子的習慣是如此自然而然,如今一切習慣卻
已成一種難以抹滅的錐心之痛,「百年風雨過,達者齊殤彭。嗟我反
不如,其下不及情。〔註13〕」(〈哭齔十五章〉之十五)(第17首),
一位飽經戰場風霜、官場險惡、視死如歸的一代戰將,面對如此天人
永隔,其舐犢情深之柔情,也只能空留嗟嘆。

　　分析組詩之聲情內容,以〈哭齔十五章〉之六(第8首)為例:

　　笑揖索酒罷,高吟關關鳩。至今此篇詩,狼籍在床頭。〔註14〕

〔註 9〕傅璇琮主編:《全宋詩》,頁 29997。
〔註 10〕傅璇琮主編:《全宋詩》,頁 29997。
〔註 11〕傅璇琮主編:《全宋詩》,頁 29997。
〔註 12〕傅璇琮主編:《全宋詩》,頁 29997。
〔註 13〕傅璇琮主編:《全宋詩》,頁 29998。
〔註 14〕傅璇琮主編:《全宋詩》,頁 29997。

本詩平仄格律架構如下：「仄仄仄仄仄，平平平平平。仄平仄平平，平仄仄平平。」每句詩腳用韻為：「罷」，上九蟹、「鳩」，下平十一尤、「頭」，下平十一尤，本詩為仄起式五言絕句，首句不入韻，韻腳採下平十一尤韻，而尤韻的韻語都似乎含有著千般愁怨，無法申訴的意味，最適用於憂愁的詩。〔註15〕王易亦稱「尤有盤旋」之意。〔註16〕由上述可知，此詩「尤韻」韻語予人的感受，正好切合辛棄疾面臨喪子之痛時之心情呈現。

又舉〈哭酈十五章〉之七（第9首）為例：

　　汝父誠有罪，汝母孝且慈。獨不為母計，倉皇去何之。

平仄格律架構如下：「仄仄平仄仄，仄仄仄仄平，仄仄仄仄仄，平平仄平平。」每句詩腳用韻為：「罪」，上十賄、「慈」，上平四支、「之」，上平四支，本詩為仄起式五言絕句，首句不入韻，押上平四支韻，而「支紙縝密」，能傳達縝密、細膩之情感，故可由支韻，感受辛棄疾對亡子的細膩深刻的不捨。

此類再舉〈哭酈十五章〉之九（第11首）為例：

　　中堂與曲室，聞汝啼哭聲。汝父與汝母，何處可坐行。〔註17〕

平仄格律架構如下：「平平仄仄仄，平仄平仄平。仄仄仄仄仄，仄仄仄仄平。」，此詩為平起式，首句不入韻，押下平八庚。庚韻的韻語都含有一種淡淡的哀愁，似乎又有相當理智的情愫。〔註18〕王易稱「庚梗振厲」〔註19〕，亦符合辛棄疾難以承受變故之心情。

（二）感懷詩

感懷詩為詩人抒發心中感慨的作品。這類詩往往因遭逢事由而引

〔註15〕 謝雲飛：《文學與音律》，台北：東大，1978 年，文見〈韻語的選用和欣賞〉，頁 62。
〔註16〕 王易：《詞曲史》：文見〈構律第六〉，台北：五南書局，2013 年，頁 262。
〔註17〕 傅璇琮主編：《全宋詩》，頁 29997。
〔註18〕 謝雲飛：《文學與音律》，頁 62。
〔註19〕 王易：《詞曲史》，頁 262。

發感慨，所以遇到這類作品的時候，須先了解引發作者感慨之事。再者，詩人不是著重於客觀冷靜之敘述，而是較明顯的直抒情懷，故須觀察「事」與「懷」的結合是否高明，觀察詩人所抒的懷是否深摯感人。〔註20〕以下將辛棄疾詩再細分為人生寄慨 13 首、閒適怡情 22 首、哲理詩 19 首等三類，分別論述之。

1. 人生寄慨

此類略分為二，其一，為辛棄疾一生為復國鞠躬盡瘁，仕途卻崎嶇坎坷，屢遭挫敗，落職退居時期，思及過往種種，不免引發心中感慨惆悵，再加之晚年身體病恙，對於人生之波折亦多有感觸；其二，辛棄疾多子女，在詩作中，不時流露出對子女的關愛與勉勵。上述感懷，抒發至詩作中，皆分屬在此類。

以下以〈感懷示兒輩〉（第 96 首）說明：

> 安樂常思病苦時，靜觀山下有雷頤。十千一斗酒無分，六十三年事自知。錯處真成九州鐵，樂時能得幾絇絲。新春老去惟梅在，一任狂風日夜吹。〔註21〕

辛棄疾生於金朝佔領的北地，又心繫南方故國，歷經波折南歸後，卻又仕途多舛、嚐盡官場黑暗，人生的起伏跌宕中，亦常有所感悟，此詩作於宋寧宗嘉泰二年，公元 1202 年春，此時辛棄疾已 63 歲高齡，居鉛山已十年有餘，對世事滄桑多有體會，「六十三年事自知」詩人此時所迸發的人生感慨，更真實也更凝重。〔註22〕

分析此詩聲情內容，平仄格律架構如下：「平仄平平仄仄平，仄平平仄仄平平。仄平仄仄仄平平，仄仄平平仄仄平。仄仄平平仄平仄，仄平平仄仄平平，平平仄仄平平仄，仄仄平平仄仄平。」每句詩腳用韻為：「時」，上平四支、「頤」，上平四支、「知」，上平四支，「絲」，

〔註20〕劉慶美：〈懷古詠史詩和即事感懷詩鑒賞方法淺析〉，《語文學刊》，第二期，2005 年，頁 103。

〔註21〕傅璇琮主編：《全宋詩》，頁 30007。

〔註22〕節引自高鐵英：〈辛棄疾詩歌探微〉，《赤峰學院學報》第 31 卷，第 5 期，2010 年，頁 84。

上平四支,「吹」,上平四支,為仄起式七言律詩,首句入韻,押上平四支韻,一韻到底,「支微齊等韻,給人以細聲細氣的感覺適宜表達隱微的心曲和細膩的情思。」〔註23〕符合詩人當時之心境。

再舉〈鶴鳴亭獨飲〉(第54首)說明:

> 小亭獨酌興悠哉,忽有清愁到酒杯。四面青山圍欲合,不知愁自那邊來。〔註24〕

此詩為作者在四面青山圍繞的小亭中悠然獨酌,愁緒忽然而生,此時藉酒消愁愁更愁。詩人茫然,不禁突發奇想,自嘲的問道:在這青山環抱的小亭裡,愁又是從哪不請自來的呢?〔註25〕是否這份愁,是來自青山之外呢?正所謂「人間自是有情痴,此事不關風與月」辛棄疾退隱時,即使生活較為閒淡愜意,但心靈深處卻仍有一份難以抹滅的牢騷,不自覺的湧上心頭,使詩人空嗟嘆。

分析此詩聲情內容,平仄格律架構如下:「仄平仄仄仄平平,仄仄平平仄仄平。仄仄平平平仄仄,仄平平仄仄平平。」每句詩腳用韻為:「哉」,上平十灰、「杯」,上平十灰、「來」,上平十灰,本詩為平起式七言絕句,一韻到底,押灰韻,「凡微、灰」韻的韻語都含有氣餒抑鬱的情思。」。〔註26〕符合詩人創作時,雖身處於一片明媚風光,心情上愁悵難解之情形。

又舉〈第四子學春秋發憤不輟書以勉之〉(第19首)為例,說明如下:

> 春雨晝連夜,春江冷欲冰。清愁殊浩蕩,莫景劇飛騰。身是歸休客,心如入定僧。西園曾到不,要學仲舒能。〔註27〕

杜甫《秦州雜詩》中有「遲回度隴怯,浩蕩及關愁」句;《漢書·董仲舒傳》:「董仲舒,廣川人也。少治春秋,孝景時為博士,下帷講誦,

---

〔註23〕陳少松:《古詩詞文吟誦》,北京:社會科學文獻出版社,2002年,頁229～233。

〔註24〕傅璇琮主編:《全宋詩》,頁30003。

〔註25〕節引自馮霞:《辛棄疾詩歌研究》,頁27。

〔註26〕謝雲飛:《文學與音律》,頁62。

〔註27〕傅璇琮主編:《全宋詩》,頁29998。

弟子傳久次相授業，或莫見其面。蓋三年不窺園，其精如此。進退容止，非禮不行，學士皆師尊之。」〔註28〕根據上述可知，辛棄疾望子成龍之心與眾人無異，他勉勵孩子讀書要學習古代大儒，要「心如入定僧」，專心致志才能有所成。

　　分析此詩聲情內容，平仄格律架構如下：「平仄仄平仄，平平仄仄平。平平平仄仄，仄仄仄平平。平仄平平仄，平平仄仄平。平平平仄仄，仄仄仄平平。」每句詩腳用韻為：「夜」，去二十二禡、「冰」，下平十蒸、「騰」，下平十蒸，「僧」，下平十蒸、「能」，下平十蒸，本詩為仄起式七言律詩，首句不入韻，一韻到底，押蒸韻，「凡庚、青、蒸韻的韻語都含有一種淡淡的哀愁，似乎又有相當理智的情愫。」〔註29〕稼軒以父親身分，對子女們諄諄教誨，而蒸韻韻語正可展現這份父親的嚴謹及擔憂關愛之心情。

2. 閒適怡情

　　淳熙八年（1181 年），深受猜忌和排擠的辛棄疾即被彈劾落職，在江西上饒的帶湖開始了漫長的賦閒生涯。長期閑居鄉野的平靜生活，讓辛棄疾滿腔的國憂己愁也不得不沉寂下來，進而去反思一生為之勞碌奔波的功名事業，他經常在自然野趣中找尋俗世中失落已久的適意情懷，尋求心靈的平靜、矚目於自然。

　　根據上述，以下以〈題鶴鳴亭〉其二（第 103 首）說明之：

　　　莫被閒愁撓太和，愁來只用暗消磨。隨流上下寧能免，驚世
　　　功名不用多。閒看蜂衙足官府，夢隨蟻鬪有干戈。疏簾竹簟
　　　山茶碗，此是幽人安樂窩。〔註30〕

第一、二聯可以看出作者回顧一生，對於「愁」、「功名」，這些曾經羈絆過的情緒已然跳脫，第三聯「閒看蜂衙足官府，夢隨蟻鬪有干戈。」擺脫了功名的束縛，更能體現「疏簾竹簟山茶碗，此是幽人安樂窩。」

〔註28〕 節引自高鐵英：《辛棄疾詩歌研究》，內蒙古，內蒙古民族大學，文學院中國古代文學專業，碩士論文，2010 年，頁 19。

〔註29〕 謝雲飛：《文學與音律》，頁 63。

〔註30〕 傅璇琮主編：《全宋詩》，頁 30008。

的閒適情懷。

　　此詩作於開禧三年夏到九月，辛棄疾在故居度過了最後的時光，回到鉛山，他清醒的認識到仕宦生涯接近尾聲，而身體又邃然衰病，又使他的生命走向終點，他以平靜、坦然甚至是前所未有的超脫、曠達的心情來對待這一切。〔註31〕

　　分析詩作聲情內容，平仄格律架構如下：「仄仄平平仄仄平，平平仄仄仄平平。平平仄仄平平仄，平仄平平仄仄平。平仄平平仄平仄，仄平仄仄仄平平。平平仄仄平平仄，仄仄平平平仄平。」本詩為仄起式七言律詩，每句詩腳用韻為：「和」，下平五歌、「磨」，下平五歌、「多」，下平五歌，「戈」，下平五歌、「窩」，下平五歌，本詩首句入韻，押下平五歌韻，「歌舒端莊〔註32〕」，歌韻為結尾，且一韻到底，給人一種平穩安定之感，如同作者當時超脫的心情呈現。

　　此類再舉〈即事〉二首（第55、56首）說明之：

　　　野人日日獻花來，只倩渠儂取意栽。高下參差無次序，要令不似俗亭臺。

　　　百憂常與事俱來，莫把胸中荊棘栽。但只熙熙開過日，人間無處不春台。〔註33〕

此詩以日常生活點滴寫進詩中，展現落職生活的閒適感，敘述上更是別出心裁，歐陽脩守滁州時，曾命謝判官植花於瑯琊谷間，並作〈謝判官幽谷種花〉詩：「淺淺紅白宜相間，先後仍需次第栽。我欲四時攜酒去，莫教一日不花開。」而第一首詩中辛棄疾反用其意，主張隨意栽花，令參差不齊以不類面目千篇一律之亭台，語意翻新迭出而意趣橫生。〔註34〕

　　分析詩作聲情內容，平仄格律架構如下：「仄平仄仄仄平平，仄仄平平仄仄平。平仄平平平仄仄，仄仄仄仄仄平平。」本詩為平起式

〔註31〕辛更儒：《辛棄疾研究》，北京：人民出版社，2008年，頁324。
〔註32〕王易：《詞曲史》，頁262。
〔註33〕傅璇琮主編：《全宋詩》，頁30003。
〔註34〕節引自馮霞：《辛棄疾詩歌研究》，頁20。

七言絕句，每句詩腳用韻為：「來」，上平十灰、「栽」，上平十灰、「臺」，上平十灰，首句入韻，押上平十灰韻。

　　第二首詩作第一、二句直抒胸臆，點出生活中的不如意比比皆是，不需庸人自擾，第三、四句則給人一種境隨心轉，如同南宋慧開禪師所言：「若無閒事掛心頭，便是人間好時節。」之意。

　　深究其作法出處，「胸中荊棘」典出《世說新語・輕詆》：「深公云：人謂庾元規名士，胸中荊棘三斗許。」孟郊擇友詩：面結口頭交，肚裡生荊棘。」胸中荊棘本是稱讚人胸有丘壑，才高雅量，辛棄疾卻反用其典，論為「百憂常與事俱來」，還是不要胸中有荊棘。作者在思考世俗之事常把人牽絆而帶來許多憂愁煩惱，還不如將其放下，「熙熙過日」，則「人間無處不春台」了。道出了詩人飽經政治風霜和人生挫折後的反思，是退歸田園寄情山水的自慰。〔註35〕

　　分析詩作聲情內容，平仄格律架構如下：「仄平平仄仄仄平，仄仄平平平仄平。仄仄平平平仄仄，平平平仄仄平平。」本詩為平起式七言絕句，每句詩腳用韻為：「來」，上平十灰、「栽」，上平十灰、「臺」，上平十灰，首句入韻，押上平十灰韻。綜合〈即事〉二首之聲情分析結果，均以上平十灰韻傳達其詩作聲情，「凡微、灰韻的韻語都含有氣餒抑鬱的情思。」〔註36〕

　　作者以灰韻表達生活上難以避免的瑣事紛擾，但只要能不以趨時之心作為衡量標準來審視，一切都是自在寫意的。

　　又舉〈書鶴鳴亭壁〉（第136首）說明之：

　　　翠竹栽成占一丘，清溪映帶極風流。山翁一向貪奇趣，更引
　　　飛泉在上頭。〔註37〕

開頭便以淺白的寫法描繪眼前美景，使讀者如臨其境，再以山翁點綴飛泉的巧思收尾，使畫面一氣呵成，語氣簡明輕快。

〔註35〕節引自馮霞：《辛棄疾詩歌研究》，頁20。
〔註36〕謝雲飛：《文學與音律》，頁62。
〔註37〕傅璇琮主編：《全宋詩》，頁30014。

分析聲情內容，平仄格律架構如下：「仄仄平平仄仄平，平平仄仄仄平平。平平仄仄平平仄，仄仄平平仄仄平。」每句詩腳用韻為：「丘」，上平十一尤、「流」，上平十一尤、「頭」，上平十一尤，本詩為仄起式七言絕句，首句入韻，一韻到底，押尤韻，「尤韻……給人以滾滾不盡的感覺；適宜表現闊遠的境界和深沉感慨等感情。」〔註38〕此韻語用於句尾，上揚的尾音，予人輕巧明快地感受，符合詩人描繪閒居瓢泉時悉心營造的園林之景，翠竹成片，清溪映帶，極得文人風流雅致。詩人自得自適，歡喜之情溢於言表。〔註39〕

3. 哲理詩

辛棄疾的思想極為複雜，表現出崇儒、崇道、崇佛的傾向，但他融合三家又主要以儒家為主。他本身並不是理學家，但其思想又兼收佛道思想以入儒學的宋代理學有相通之處。理學在南宋中期頗為盛行，南歸之後的辛棄疾曾長期退居江西上饒一帶，而江西正是理學家活動的重鎮，這也為辛棄疾接受理學的影響提供一種良好的文化氛圍……辛棄疾因彈劾而長期退居時，儒家「用之則行，舍之則藏」的思想觀念，剛好能撫慰其不得見用、身居鄉里的詩意心態；道家無為任命、順應然的觀念，也能撫慰其心靈的創傷。〔註40〕除此之外，邵雍觀物識理、吟詠情性、不限聲律的詩學觀念亦影響著辛稼軒，他曾說：「飲酒已輸陶靖節，作詩猶愛邵堯夫。」（〈讀邵堯夫詩〉）又謂：「飽飯且尋三益友：淵明、康節、樂天詩」〔註41〕，根據上述各點，辛棄疾詩作中提及儒、禪、道相關者，皆分述於此類。

以下以〈讀語孟二首〉其一、其二（第66、67首）為例，說明如下：

道言不死真成妄，佛語無生更轉証。要識死生真道理，須憑鄒魯聖人儒。

〔註38〕陳少松：《古詩詞文吟誦》，頁229～233。
〔註39〕轉引自馮霞：《辛棄疾詩歌研究》，頁31。
〔註40〕節引自馮霞：《辛棄疾詩歌研究》，頁38～39。
〔註41〕轉引自高鐵英：《辛棄疾詩歌研究》，頁29。

> 屏去佛經與道書，只將語孟味真腴。出門俯仰見天地，日月
> 光中行坦途。〔註42〕

在辛棄疾看來，「要識死生真道理」，就必須讀孔孟聖賢之說法，同時，詩人也道出深刻體悟出《論語》、《孟子》中的真理後，便達到「出門俯仰見天地，日月光中行坦途。」之境界了。

分析〈讀語孟二首〉其一（第66首）聲情內容，平仄格律架構如下：「仄平仄仄平平仄，仄仄平平仄仄平。仄仄仄平平仄仄，平平平仄仄平平。」每句詩腳用韻為：「妄」，去二十三漾、「誣」，上平七虞、「儒」，上平七虞，本詩為平起式七言絕句，首句不入韻，一韻到底，押虞韻。

〈讀語孟二首〉其二（第67首）聲情內容，平仄格律架構如下：「仄仄仄平仄仄平，仄平仄仄仄平平，仄平仄仄仄平仄，仄仄平平平仄平。」每句詩腳用韻為：「書」，上平六魚、「途」，上平七虞、「儒」，上平七虞，本詩為仄起式七言絕句，上平六魚及上平七虞兩者為通韻關係，凡「魚、虞、模」韻的韻語都含有日暮途窮，極端詩意的情感〔註43〕，陳少松云：「魚虞等韻……給人以鬱結難吐的感覺，適宜表達纏綿深微、感嘆不已等感情。」〔註44〕稼軒在詩歌創作中，沒有像詞的創作般展現對國家民族的熱情，描述較多的是對人生體悟，讀書的收穫，所呈現的心理狀態，而魚虞韻語正可呈現此種心情。

再舉〈醉書其壁〉其一（第137首）為例，說明如下：

> 頗覺參禪近有功，因空成色色成空。色空靜處如何說，且坐
> 清涼境界中。〔註45〕

詩人參禪來自我調節，透過參禪打坐和研讀佛經等方式來平靜內心，此詩表達了作者領悟色與空的佛理。〔註46〕

〔註42〕傅璇琮主編：《全宋詩》，頁30004。

〔註43〕謝雲飛：《文學與音律》，頁63。

〔註44〕陳少松：《古詩詞文吟誦》，頁229～233。

〔註45〕傅璇琮主編：《全宋詩》，頁30014。

〔註46〕節引自周蕾：〈論辛棄疾詩歌對自我情志的複雜抒寫〉，《南京工程學院學報》，第17卷第2期，2017年，頁29。

　　分析詩作聲情內容，平仄格律架構如下：「仄仄平平仄仄平，平平平仄仄平平。仄平仄仄平平仄，仄仄平平仄仄平。」每句詩腳用韻為：「功」，上平一東、「空」，上平一東、「中」，上平一東，本詩為仄起式七言絕句，首句入韻，一韻到底，押上平一東韻，「東冬等韻……給人以寬平、渾厚、鎮靜的感覺；適宜表現莊嚴的神態、渾厚的情感和宏壯的氣概。」〔註47〕以東韻韻語表達詩人在佛法中有所頓悟，豁然開朗之心情。

　　又舉〈有以事來請者傚康節體作詩以答之〉（第108首）為例，說明如下：

> 未能立得自家身，何暇將身更為人。借使有求能畫與，也知方笑尸牛嗔。器緣滿後須招損，鏡太明時易受塵。終日閉門無客至，近來魚鳥卻相親。〔註48〕

此詩作於作者被劾職，退歸帶湖之初，詩中先從《孝經·開宗明義》、《尚書·大禹謨》中獲得的人生感悟寫起，雖有自嘲、有感慨，但寫得很平靜。〔註49〕「器緣滿後須招損，鏡太明時易受塵。」則論及做人如器，滿招損，謙受益；做人也像鏡子，太無暇則容易沾染灰塵，如同「水至清則無魚」的道理，最後以《世說新語·言語》中簡文入華林園所言「會心處不必在遠，翳然林水，便自有濠濮間想也。覺鳥獸禽魚，自來親人」之意作結，表達自己要過一種超然物外的隱居生活。〔註50〕

　　分析詩作聲情內容，平仄格律架構如下：「仄平仄仄仄平平，平平平平仄平平。仄仄仄平平仄仄，仄平平仄仄平平，仄平仄仄平平仄，仄仄平平仄仄平。平仄仄平平仄仄，仄平平仄仄平平。」每句詩腳用韻為：「身」，上平十一真、「人」，上平十一真、「嗔」，上平十一真、

〔註47〕陳少松：《古詩詞文吟誦》，頁229～233。

〔註48〕傅璇琮主編：《全宋詩》，頁30009。

〔註49〕節引自吳惠娟：〈論稼軒詩的藝術淵源與其宋詩風調〉，《文學遺產》，第1期，2007年，頁62。

〔註50〕節引自吳惠娟：〈論稼軒詩的藝術淵源與其宋詩風調〉，頁62。

「塵」，上平十一真、「親」，上平十一真，本詩為平起式七言律詩，首句入韻，一韻到底，押上平十一真韻，「真軫凝重」〔註51〕，作者心境已超脫，故本詩在敘述上，顯得平淡淺近，如同說話般沉穩。

二、酬酢詩

辛棄疾詩作中，酬酢詩共有 46 首，再進一步細分為唱和詩 37 首、贈送詩 9 首等兩項。唱和詩根據詩題、內容再區分為二類，分別為人生體悟 25 首、藉物抒懷 12 首；而贈送詩則以詩題中有「贈、送」等專字者即歸屬之，共 4 首，另有為友人祝壽者，共 5 首，以下分別說明之。

（一）唱和詩

古遠清在《詩歌分類學》中，對唱和詩有簡要的介紹，如下：

> 一唱一和這句成語說的是兩人共同配合，彼此呼應。詩詞寫作中，也有唱和的情況。所謂「唱」，是指吟詠歌唱，即一個人先寫了一首詩；「和」是指聲音相應，第二個人依照第一個人作的詩詞的體裁、題材、原韻，或是針對第一個人「唱」的思想內容，作詩詞酬答。〔註52〕

根據上述說明，可以對唱和詩有初步的理解，而其唱和詩之濫觴，書中亦有說明，如下：

> 唱和詩，最早的一部史詩《尚書》終究有帝舜與皋陶「載歌」唱和的記載。《詩經·鄭風·蘀兮》裡，就有「倡，予和女」的說法。但由於當時近體詩還未形成，因而這種唱和主要是指民歌中的「歌唱」、「幫腔」以及「重唱」等形式。這些形式無論是在數字上或是聲韻上，均無嚴格的規定。只有到了唐代格律詩形成之後，唱和詩（尤其是和韻的）才蔚成風氣，並改變了只有雜擬追和之類而無和韻的

〔註51〕王易：《詞曲史》，頁 262。
〔註52〕古遠清：《詩歌分類學》，高雄：復文圖書出版社，1991 年，文見〈第四篇　雜體詩〉，頁 369。

情況。〔註53〕

由此可知類似民歌的唱和形式，流傳已久，但直至唐代格律詩形成才確立了形式，其作詩的原則，古遠清先生有以下的說明：

> 和韻詩，既要給人新鮮感，又要做到每韻自然。為求新鮮感，和詩作者總是盡量避免和原作用字的雷同。如唱詩是平起，和詩往往改為仄起，這樣韻腳上一字就可減少和唱詩的重複。為做到和韻自然，以致使人看不出那句先寫成然後和此韻的痕跡，和詩作者用在原韻原字外，還往往交叉使用「依韻」（即和詩中所用的韻，不全部用其原字，但與唱詩所用的韻在同一韻部中）。〔註54〕

由上述說明可知唱和詩之發展逐漸成熟，亦有創作上約定成俗的習慣，而辛棄疾所處的宋朝，文人相唱和的風氣依然興盛，根據馮霞《辛棄疾詩歌研究》中，亦有對唱和詩的說明，如下：

> 師友學侶作詩唱和，其風濫觴於魏晉南北朝，初盛唐詩唱和一仍六朝之制，至中唐白居易元稹加以改造，大曆晚唐詩人則呼應元和體。及至宋初西崑詩人酬唱之時，則「和意不和韻」，而力求推陳出新，在他人粗淺疏忽處，表現精緻思深。其後，兩宋詩人遂多唱和之作，《全宋詩》所見，幾乎連篇累牘。〔註55〕

由上述可知，唱和詩演變至宋朝，已是「和意不和韻」，力求精益求精，在唱和詩的數量上，也大幅提升，這點從辛棄疾的詩作中也可窺見，辛棄疾所流傳詩作約為 143 首，唱和詩有 37 首，佔 26%，再加上詩作創作時間大多在退職閒居時期，因此來往的新交舊友數量甚多，與之唱和者既無尊長，亦無權貴，大多是志同道合者，如下所述：

> 與之唱和的有鄭舜舉、任師、楊民瞻、趙直中、趙昌父、傅岩叟、諸葛元亮、吳克明、郭逢道、趙昔臣、趙國興、趙茂

〔註53〕古遠清：《詩歌分類學》，頁 369。
〔註54〕古遠清：《詩歌分類學》，頁 370～371。
〔註55〕節引自馮霞：《辛棄疾詩歌研究》，頁 9。

嘉、趙文遠、李都統等等⋯⋯。

然而上列詩人原唱除了朱子《武夷棹歌》外,全宋詩皆失載,無從考見。〔註56〕辛棄疾唱和詩內容廣泛,題材多元,情感豐富,以下依照內容加以分類並說明:

1. 人生體悟

辛棄疾在與友人的唱和詩中,常有不斷反思一生的勞苦奔波,而有體悟,藉由詩作向友人訴苦或交流,以〈和前人韻〉之一(第112首)為例:

> 池魚豈足較浮沉,邱貉何曾異古今。末路長憐鞭馬腹,淡交端可炙牛心。山方高臥雲長亂,松本忘言風自吟。昨日溪南雞酒社,長卿多病不能臨。〔註57〕

辛棄疾回到鉛山後,又作了數首詩詞,多以古喻今,諷刺時事,也都與暮年處處遭遇之感有關。〔註58〕本詩以「城門失火,殃及池魚」,古與今如一丘之貉,這些道理是萬古不變的,這都是辛棄疾在官場屢遭挫敗後,洞悉人世之感。

自聲情角度切入探討,平仄格律架構如下:「平平仄仄仄平平,平仄平平仄仄平。仄仄平平平仄仄,仄平平仄仄平平,平平平仄平平仄,平仄仄平平仄平。仄仄平平平仄仄,平平平仄仄平平。」體裁為七言律詩,平起式,每句詩腳用韻為:「沉」,下平十二侵、「今」,下平十二侵、「心」,下平十二侵、「吟」,下平十二侵、「臨」,下平十二侵。本詩採下平十二侵韻,首句入韻,一韻到底,詩人在此用侵韻,「侵寢沉靜」〔註59〕,符合詩人頓悟世事後,波瀾不驚的心靈狀態。

再以〈和任師見寄之韻〉三首之一(第70首)為例:

〔註56〕 節引自張高評:〈辛棄疾的詠物詩與唐宋詩之流變〉,《華中科技大學學報》,第5期,2004年,頁27。
〔註57〕 傅璇琮主編:《全宋詩》,頁30010。
〔註58〕 節引自辛更儒:《辛棄疾研究》,頁310。
〔註59〕 王易:《詞曲史》,頁262。

老來功業已蹉跎，買得生涯復不多。十頃芰荷三徑菊，醉鄉
容我住無何。〔註60〕

此詩表達老來一事無成，餘日不多，與其繼續奔波辛勞，倒不如學陶
淵明種荷栽菊隱居鄉野，過著清閒的生活。所以他也一再表明自己
歸向田園的立場。〔註61〕

自聲情角度切入探討，平仄格律架構如下：「仄平平仄仄平平，
仄仄平平仄仄平。仄仄仄仄平仄仄，仄平平仄仄平仄。」體裁為七言
絕句，平起式，每句詩腳用韻為：「跎」，下平五歌、「多」，下平五歌、
「何」，下平五歌。本詩採下平五歌韻，首句入韻，一韻到底，詩人在
此用歌韻，「歌哿端莊」〔註62〕，歌韻韻語平順穩定、綿延而去，與
詩人此時心態嚮往陶淵明「歸園田居」之田園生活相符。

又舉〈和趙昌父問訊新居之作〉（第101首）說明：

草堂經始上元初，四面溪山畫不如。疇昔人憐翁失馬，只今
自喜我知魚。苦無突兀千間庇，豈負辛勤一束書。種木十年
渾未辦，此心留待百年餘。〔註63〕

1196年，辛棄疾於帶湖建造的雪樓被焚，而其時鉛山新居剛興建初
成。友人來安慰他，他卻並沒有因家產被焚而沮喪：「疇昔人憐翁失
馬，只今自喜我知魚。」以塞翁失馬為知非福和《莊子・秋水》篇中
知魚之樂的道理來自我安慰。並為得到瓢泉這個好地方而感到欣喜，
頗有一份曠達的情懷。〔註64〕

自聲情角度切入探討，平仄格律架構如下：「仄平平仄仄平平，
仄仄平平仄仄平。平仄平平平仄仄，仄平仄仄仄平平。仄平仄仄平平
仄，仄仄平平仄仄平。仄仄仄平平仄仄，仄平平仄仄平平。」體裁為
七言律詩，平起式，每句詩腳用韻為：「初」，上平六魚、「如」，上平

〔註60〕傅璇琮主編：《全宋詩》，頁30004。
〔註61〕馮霞：《辛棄疾詩歌研究》，頁10。
〔註62〕王易：《詞曲史》，頁262。
〔註63〕傅璇琮主編：《全宋詩》，頁30004。
〔註64〕馮霞：《辛棄疾詩歌研究》，頁10～11。

六魚、「魚」，上平六魚、「書」，上平六魚、「餘」，上平六魚，本詩採上平六魚韻，首句入韻，一韻到底，詩人在此用魚韻，凡「魚、虞、模」韻的韻語都含有日暮途窮，極端詩意的情感，〔註65〕雖遭逢祝融，卻能轉念以塞翁失馬的道理調適心情，以「魚語幽咽」〔註66〕的筆調傳達，甚為合適。

又以〈和諸葛元亮韻〉（第74首）為例：

> 儵泛清溪李郭船，路旁人已羨登仙。看君不似南陽臥，只似哦詩孟浩然。〔註67〕

〈和諸葛元亮韻〉因友人之名近似諸葛亮，所以聯想到南陽躬耕的諸葛亮，但是辛棄疾認為友人更像吟哦田園的孟浩然。拿盛唐的大詩人作比，高度讚美了友人的文學才華。〔註68〕

此詩自聲情分析，其平仄格律為：「仄仄平平仄仄平，仄平平仄仄平平。仄平仄仄平平仄，仄仄平平仄仄平。」，體裁為七言絕句，仄起式，每句詩腳用韻為：「船」，下平一先、「仙」，下平一先、「然」，下平一先。本詩採下平一先韻，首句入韻，一韻到底，詩人在此用先韻細膩、平順的韻語，表達誠摯的讚揚。

2. 藉物抒懷

在稼軒的唱和詩作中，透過「詠物」稱讚友人或寄託心跡者，皆分屬在此類，以下以〈和趙茂嘉郎中雙頭芍藥二首〉之一（第60首）為例說明：

> 昨日梅華同語笑，今朝芍藥並芬芳。弟兄殿住春風了，卻遣花來送一觴。〔註69〕

辛棄疾友人趙茂嘉於慶元五年詔除直秘閣，繼升華文閣，與弟晉臣俱有職名，於是辛棄疾將弟兄二人比作雙頭芍藥，足是一番溢美之

〔註65〕謝雲飛：《文學與音律》，頁61～63。

〔註66〕王易：《詞曲史》，頁262。

〔註67〕傅璇琮主編：《全宋詩》，頁30005。

〔註68〕馮霞：《辛棄疾詩歌研究》，頁10。

〔註69〕傅璇琮主編：《全宋詩》，頁30003。

詞。〔註70〕

　　自聲情角度切入探討，其平仄格律如下：「仄仄平平平仄仄，平平仄仄仄平平。仄平仄仄平平仄，仄仄平平仄仄平。」詩歌體裁為七言絕句，以仄起式作開端，自每詩句之腳字用韻處審視：「笑」，去十八嘯、「芳」，下平七陽、「了」，下平六麻、「觴」，下平七陽。本詩採下平七陽韻，首句不入韻，而陽韻為尾音上揚的平聲韻，至於詩句末端，使全詩充滿朝氣，讓人感受到辛棄疾眉飛色舞的快樂，亦呈現兩人情誼之美好。

　　再舉〈和趙茂嘉郎中賦梅〉（第122首）為例，說明如下：

　　　　空谷春遲懶卻梅，年年不肯冒寒開。怕看零落雁先去，欲伴孤高人未來。解後平生惟酒可，風流抵死要詩催。更憐雪屋君家樹，三十年來手自栽。〔註71〕

前兩句寫梅之語最為可愛，他空谷深居，年年不肯冒著寒冷開放，實在是梅中的懶者。但為何如此？只因最怕看那南去的大雁離別的身影，故不敢早早綻放；又苦苦等著能欣賞它的孤高人來，但孤高之人卻遲遲不來，終把個花期耽誤。這何嘗是寫梅，根本是寫著自己苦守理想的痛楚，無人賞識的孤寂。〔註72〕

　　自聲情角度切入探討，其平仄格律如下：「平仄平平仄仄平，平平仄仄仄平平。仄平平仄平平仄，仄仄平平平仄平。仄仄平平平仄仄，平平仄仄仄平平，仄平仄仄平平仄，平仄平平仄仄平。」詩歌體裁為七言律詩，仄起式，首句入韻，自每詩句之腳字用韻處審視：「梅」，上平十灰、「開」，上平十灰、「來」，上平十灰、「催」，上平十灰、「栽」，上平十灰。本詩採上平十灰韻，凡「微、灰」韻的韻語都含有氣餒抑鬱的情思。〔註73〕正如同此詩辛棄疾以梅不被賞識的境遇暗喻自己，流露出的淡淡憂傷。

〔註70〕 馮霞：《辛棄疾詩歌研究》，頁10。
〔註71〕 傅璇琮主編：《全宋詩》，頁30012。
〔註72〕 王春庭：〈論稼軒詩〉，《九江師專學報》，第128期，2004年，頁41。
〔註73〕 謝雲飛：《文學與音律》，頁62。

又舉〈和傅巖叟梅花〉二首（第 31、32 首）為例，說明如下：

> 月澹黃昏欲雪時，小窗猶欠歲寒枝。暗香疏影無人處，唯有
> 西湖處士知。

> 靈均恨不與同時，欲把幽香贈一枝。堪入離騷文字不，當年
> 何事未相知。〔註74〕

這兩首梅花詩只有「暗香疏影」一句留有些許素描痕跡，其他便都是
意境的勾勒。辛棄疾只用寥寥幾筆，梅花的孤獨氣質就已躍然紙上，
而《離騷》之問遂把一種清高自許的品性賦予了梅花。〔註75〕辛棄疾
時常以梅入詩，那種酷寒之時猶守一縷幽香的韌性，如同屈原「眾人
皆醉我獨醒，舉世皆濁我獨清」的節操，也引發了辛棄疾對一生波折
的自憐。

〈和傅巖叟梅花二首〉其一，自聲情角度切入探討，其平仄格律
分別如下：「仄仄平平仄仄平，仄平平仄仄平平。仄平平仄平平仄，平
仄平平仄仄平。」詩歌體裁為七言絕句，仄起式首句入韻，自每詩句
之腳字用韻處審視：「時」，上平四支、「枝」，上平四支、「知」，上平
四支。

〈和傅巖叟梅花二首〉其二，自聲情角度切入探討，其平仄格律
分別如下：「平平仄仄仄平平，仄仄平平仄仄平。平仄平平平仄仄，平
平平仄仄平平。」詩歌體裁為七言絕句，平起式首句入韻，自每詩句
之腳字用韻處審視：「時」，上平四支、「枝」，上平四支、「知」，上平
四支。

以上兩首詩作皆採上平四支韻，「支微齊等韻……給人以細聲細
氣的感覺；適宜表達隱微的心曲和細膩的情思。」〔註76〕此韻語更能
凸顯辛棄疾內在之心情。

此類再舉〈和趙晉臣送糟蟹〉（第 91 首）為例，說明如下：

〔註74〕傅璇琮主編：《全宋詩》，頁 30001。

〔註75〕王春庭：〈論稼軒詩〉，頁 41。

〔註76〕陳少松：《古詩詞文吟誦》，頁 229～233。

人間緩急正須才，郭索能令酒禁開。一水一山十五日，從來
能事不相催。〔註77〕

從糟蟹能開酒禁切入，引申發揮，託物以寓意，謂人間需材恐急，卻
急催不得。從蟹行走的樣子可以看出心之急躁，然而，「從來能事不
相催」，欲速則不達。……謂北伐大事不得魯莽草率。辛棄疾關心時
局的英雄之心無處不顯露。而此詩亦指金戈鐵馬人材急覓不得，且以
繪事之從容經營為比況，不但想像富於變異，且堪稱獨創。〔註78〕

　　自聲情角度切入探討，平仄格律架構如下：「平平仄仄仄平平，
仄仄平仄仄仄平。仄仄仄平仄仄仄，平平平仄仄平平。」體裁為七言
絕句，平起式，每句詩腳用韻為：「才」，上平十灰、「開」，上平十灰、
「催」，上平十灰，本詩採上平十灰韻，首句入韻，一韻到底，凡「微、
灰」韻的韻語都含有氣餒抑鬱的情思。」〔註79〕得以想見辛棄疾雖處江
湖之遠，對國家大事仍擔憂關切。

（二）贈送詩

　　古清遠在《詩歌分類學》中，對贈答詩之起源有簡要的介紹，如
下：

用詩歌作贈答，最早可以追溯到我國最早的一部詩歌總集
《詩經》。如《召南·采芣》所採用的就是問答式的對唱形
式。不過，這是一首詩中的一問一答，並不是一人贈詩一人
作答，因而遠未合乎繩檢。到了魏晉六朝時期，用詩歌或贈
或答，才逐漸蔚成風氣。〔註80〕

而贈答詩的與唱和詩的相異之處，《詩歌分類學》中也有以下的說明：

贈答，或叫獻酬（酬，是寫詩回答別人），他和唱和詩有相
似之處，前者是甲贈乙答，後者是甲唱乙答。但也有區別：

〔註77〕傅璇琮主編：《全宋詩》，頁30007。
〔註78〕馮霞：《辛棄疾詩歌研究》，頁27。
〔註79〕謝雲飛：《文學與音律》，頁61～63。
〔註80〕古清遠：《詩歌分類學》，高雄：復文圖書出版社，1991年，文見〈第
　　　　四篇　雜體詩〉，頁372。

「唱」詩題材範圍廣，一般不是專為某一人所寫，而且在寫作時，事先也不可能預料到有人和。而贈詩，寫作對象明確，一般只為一人所寫（自然，有時也可能是一群）。「和」詩，是指跟著別人吟詠歌唱，按「唱」詩的意思（或韻腳）寫。而「答」詩，顧名思義，著重點在回答別人提出的問題，在通常情況下一般不求與別人聲音相應和彼此配合，在寫作時不大考究別人詩歌的用韻形式。〔註81〕

贈答詩的定義，王令樾於《文選詩部探析》之解釋，如下：

以詩往來，有贈有答，藉贈答表相思之情，感謝之意，或勉勵勸戒，此類即稱贈答詩。一般贈答詩多敘離別思念，相勸相勉，有的不免稍流於形式，實際上此類詩乃表情達意之作。〔註82〕

又黃志群於〈南朝贈答詩與士人文化研究〉中亦有對贈答詩之見解，並明確指明關鍵字以判別贈答詩內容，於下：

可見得贈答詩的特質是在「人我」、「群己」關係上的著墨與發揚，其之所以被寫作，亦是聚焦於「人」的身上，向投贈者表明內心的所感、所求。而用以辨認贈答詩類的標準，則是在其詩題或內容上探察是否具有贈答概念的語言文字，其中「贈」、「答」二字佔絕大多數，為贈答詩之正題，其餘的關鍵題眼有：呈、上、獻、見、與、示、美、嘲、諷、送、寄、誡、授、賜、貽、詒、遺、問等這些均為「贈」概念的文化語言，「答」的概念部分則以酬、和、報等詞語為代表，藉此判知贈達詩群的身分。〔註83〕

根據上文所述，可知向投贈者表明內心的所感、所求為分類的方式之一，且亦歸納出贈答詩之詩題範疇，清楚羅列出詩題關鍵字眼有贈、送……等，此處便以此將贈送詩類別進行分類與剖析。

〔註81〕古清遠：《詩歌分類學》，頁 372。

〔註82〕王令樾：《文選詩部探析》，台北：國立編譯館，1996 年，文見〈第二章　綜論〉，頁 20。

〔註83〕黃智群：《南朝贈答詩與士人文化研究》，新北：花木蘭文化出版社，2011 年，文見〈第一章　緒論〉，頁 15。

1. 贈送類

以下舉〈贈延福端老二首〉之二（第 39 首）為例，說明如下：

> 我來欲問小乘禪，慚愧塵埃未了緣。忽憶去年秋夜話，共聽
> 山雨不成眠。〔註 84〕

首句便開宗明義表明來意，卻赫然發覺無法跳脫俗世，想起去年秋夜的一席話，有如當頭棒喝般使詩人輾轉難眠。自聲情角度切入探討，其平仄格律分別如下：「仄平仄仄仄平平，平仄平平仄仄平。仄仄平平仄仄，仄平平仄仄平平。」詩歌體裁為七言絕句，平起式首句入韻，自每詩句之腳字用韻處審視：「禪」，下平一先、「緣」，下平一先、「眠」，下平一先。本詩押先韻，一韻到底，「先寒刪覃鹽咸等韻……給人以悠揚、穩重的感覺；適宜表達奔放、深厚等感情。……」〔註 85〕先韻較為細膩平順，詩人以此韻語表達滿腹心事、夜不成眠的狀態。

2. 送別類

辛棄疾送別詩主要描寫對送行的感受及心情，以下舉〈送別湖南部曲〉（第 95 首）為例，說明如下：

> 青衫匹馬萬人呼，幕府當年急急符。愧我明珠成薏苡，負君
> 赤手縛於菟。觀書到老眼如鏡，論事驚人膽滿軀。萬里雲霄
> 送君去，不妨風雨破吾廬。〔註 86〕

此詩是淳熙七年（1180 年）稼軒任湖南安撫使時為送別部屬而作。詩中既有對所送部屬在萬眾歡呼聲中接下軍令，騰躍向前，赤手縛於菟這一壯舉的追憶，又有因自己橫遭讒害而連累部下以致沒有得到應得賞賜的愧疚，既有對至老未變的過人膽識的敘寫，又有忘我助人的誠摯感情的抒發，全詩充滿豪宕不平、傲岸磊落之氣，可謂悲歌慷慨，壯懷激烈，具有踔厲風發、暗鳴沉雄的陽剛美。〔註 87〕

〔註 84〕傅璇琮主編：《全宋詩》，頁 30002。

〔註 85〕陳少松：《古詩詞文吟誦》，頁 229～233。

〔註 86〕傅璇琮主編：《全宋詩》，頁 30007。

〔註 87〕王少華：〈沉雄悲壯稼軒詩——試論辛棄疾詩歌的藝術風格〉，《山東師大學報》，第 3 期，1989 年，頁 72。

　　分析此詩聲情內容，平仄格律架構如下：「平平仄仄仄平平，仄仄平平仄仄平。仄仄平平平仄仄，仄平仄仄仄平平。平平仄仄仄平仄，仄仄平平仄仄平。仄仄平平仄平仄，仄平平仄仄平平。」本詩為平起式七言律詩，每句詩腳用韻為：「呼」，上平七虞、「符」，上平七虞、「莬」，下上平七虞、「軀」，上平七虞、「廬」，上平六魚，上平六魚及上平七虞兩者為通韻關係，凡「魚、虞、模」韻的韻語都含有日暮途窮，極端詩意的情感。〔註88〕此韻語符合詩作內容辛棄疾對部下的慚愧之情。

3. 祝壽類

　　辛棄疾來往友人眾多，自然也有不少祝壽之詩，而這些祝壽詩中，辛棄疾亦多稱讚友人學識及才華，如以〈壽趙守〉（第144首）為例：

> 天孫錦字織雲烟，來向紅塵了世緣。前去中秋猶十日，後來甲子更千年。牆南竹韻調琴譜，堂北萱香載酒船。且與剪圭舊約（此句奪一字），不妨卻伴橘中仙。〔註89〕

詩中則直面祝壽之題旨，說道天上一日人間千年的神仙生活，又借用成仙的典故，表達壽極成仙之意，意在祝福朋友高壽。〔註90〕

　　此詩自聲情分析，其平仄格律為：「平平仄仄仄平平，平仄平平仄仄平。平仄平平平仄仄，仄平仄仄仄平平。平平仄仄平平仄，平平平平仄仄平。仄仄仄平仄仄，仄平仄仄仄平平。」體裁為七言律詩，平起式，每句詩腳用韻為：「烟」，下平一先、「緣」，下平一先、「年」，下平一先、「船」，下平一先、「仙」，下平一先，本詩採下平一先韻，首句入韻，一韻到底，而先韻韻語發音細密入微〔註91〕，平靜的心情，將綿延的祝福表露無遺。

〔註88〕謝雲飛：《文學與音律》，頁63。

〔註89〕傅璇琮主編：《全宋詩》，頁30015。

〔註90〕馮霞：《辛棄疾詩歌研究》，頁10。

〔註91〕轉引自鄭心媛：《楊億詩之研究》，嘉義：國立嘉義大學，中國文學系，碩士論文，2017年，頁81。

再舉〈壽趙茂嘉郎中〉兩首其二（第 63 首）為例：

> 鵝湖山麓湛溪湄，華屋昽昽照綠漪。子姪日為真率會，弟兄
> 媵有唱酬詩。楊花榆莢渾如許，苦笋櫻桃正是時。待酌西江
> 援北斗，摩挲金狄與君期。〔註92〕

本詩內容以優美景色入筆，一派歡暢娛樂後，在繁花燦爛的時節，期
待著與友人日後把酒言歡，共敘情誼，而「待酌西江援北斗，摩挲金
狄與君期」，更以雄闊的筆調，以英雄自許，並以英雄許人，期待再聚
首的一天。

　　此詩自聲情分析，其平仄格律為：「平平平仄仄平平，平仄平平
仄仄平。仄仄仄平平仄仄，仄平平仄仄平平。平平平仄平平仄，仄仄
平平仄仄平。仄仄平平平仄仄，平平平仄仄平平。」體裁為七言律
詩，平起式，每句詩腳用韻為：「湄」，上平四支、「漪」，上平四支、
「詩」，上平四支、「時」，上平四支、「期」，上平四支，本詩採上平
四支韻，首句入韻，一韻到底，而「支先韻細膩」〔註93〕，以此細膩
筆調，傳達對未來相逢的激昂和期待。

三、詠懷詩

（一）詠物

　　劉勰《文心雕龍・物色》中，認為人的情感，由於景物的感觸而
發生，並隨著景物的不同而變化，因此才會「目既往還，心意吐納」，
觸景生情：

> 歲有其物，物有其容，情以物遷，辭以情發。一葉且或迎
> 意，蟲聲有足引心。況清風與明月同夜，白日與春林共朝
> 哉！是以詩人感物，聯類不窮。流連萬象之際，沉吟視聽
> 之區；寫氣圖貌，既隨物以宛轉；屬采附聲，亦與心而徘

〔註92〕傅璇琮主編：《全宋詩》，頁 30004。
〔註93〕〔清〕周濟：《宋四家詞選》，文見〈序論〉，台北：藝文印書館，1967
　　　　年，頁 3。

徊。〔註94〕

又《文心雕龍‧詮賦》中,提及創作者取材多元,而用詞上則多言詞細膩、說理準確:

> 至於草區禽族,庶品雜類,則觸興致情,因變取會,擬諸形容,則言務纖密;象其物宜,則理貴側附;斯又小制區畛,奇巧之機要也。〔註95〕

近代學者古遠清《詩歌分類學》中,對於詠物詩之定義,有明確的解釋,如下:

> 詠物詩,本是我國傳統詩歌的一大品類。如果從屈原的《橘頌》算起,它已有兩千多年的歷史,其中先秦至六朝為詠物詩形成期,唐朝為發展期,宋朝為成熟期。不管是哪一朝代的詠物詩,它的主要特徵是通過維妙維肖的比喻與豐富巧妙的聯想,寄託詩人的抱負和志向。這類詩,最理想的是既描寫了物,又將作者的人格蘊含在物的形象之中,從而達到形神俱似、人物一體的境界。在這裏,關鍵是立意。袁枚說:「詠物詩無寄託,便是兒童猜謎。」〔註96〕

由此可知詠物詩發展甚早,而詠物詩在各朝各代的共通點即是透過聯想,寄託詩人的理想抱負,而達到人物和一的境界。而古先生認為詠物詩,無論是詠花果還是山水,一方面要有象徵意義,一方面又不能失卻物的形狀、特徵,再者要做到亦虛亦實,不即不離,要能入於物又能出於物。所謂「入於物」,就是詠什麼,像什麼;「出於物」,就是不膠黏窘迫,為所詠對象所囿。〔註97〕

　　以下對辛棄疾詩作中,以詠物為詩題之內容,區分為四類,如表五:

〔註94〕王更生:《文心雕龍讀本‧下篇》〈物色第四十六〉,台北:文史哲出版社,1988 年,頁 302。

〔註95〕王更生:《文心雕龍讀本‧下篇》〈詮賦第八〉,台北:文史哲出版社,1988 年,頁 133。

〔註96〕古遠清:《詩歌分類學》,高雄:復文圖書出版社,1991 年,文見〈第一篇　從有無較完整的故事情節和人物形象劃分〉,頁 65。

〔註97〕意引自古遠清:《詩歌分類學》,頁 67～68。

表五：辛棄疾詩作中詠物種類

種類	花木			蔬果		山水雨雪石				器物
名稱	梅花	牡丹	竹子	蘴蒿	葡萄	岩石	泉水	山	雪	劍
詩作數量	2首	1首	1首	1首	1首	1首	2首	3首	1首	1首
詩作編號	125、126	58	59	25	35	27	36、37	33、34、94	24	93

　　辛棄疾詠物詩大致分為四類，一、植物類，共4首，詠梅花2首，詠牡丹1首、竹子1首，二、蔬果類，共2首，詠蘴蒿1首，詠葡萄1首，三、山水雨雪石類，共7首，詠岩石1首、詠泉水2首、詠山3首、詠雪1首，四、器物類，共1首，詠劍1首，綜合上述，詠物詩共計14首

1. 植物

　　稼軒詠物詩類別中，分屬植物類別，以〈林貴文買牡丹見贈至彭村偶題〉（第58首）為例，說明如下：

> 寶刀和雨剪流霞，送到彭村刺史家。聞道名園春已過，千金
> 還買暨家花。〔註98〕

本詩題中「買牡丹」，卻無任何筆墨描寫牡丹具體形貌，只言「聞道名園春已過，千金還買暨家花。」花費「千金」買花，則牡丹的珍貴就不言而喻了。

　　自聲情角度切入探討，平仄格律架構如下：「仄平仄仄仄平平，仄仄平平仄仄平。平仄平平平仄仄，平平平仄仄平平。」體裁為七言絕句，平起式，每句詩腳用韻為：「霞」，下平六麻、「家」，下平六麻、「花」，下平六麻，本詩押下平六麻韻，首句押韻，一韻到底。王易曰：「麻馬放縱」，麻韻韻語較為放縱、激昂，可推知辛棄疾在強調牡丹之珍貴時，較為高昂之情緒。

〔註98〕傅璇琮主編：《全宋詩》，頁30003。

再舉〈移竹〉（第 59 首）為例，說明如下：

　　每因種樹悲年事，待看成陰是幾時。眼見子孫孫又子，不如
　　栽竹繞園池。〔註 99〕

此詩第一句化用李商隱詩句：「手種悲年事，心期玩物華。」（〈永樂縣
所居衣草一木無非自栽今春意悉已芳茂因書即事〉），第三句則語出
《列子・湯問》：「我之死，有子存焉，又子生孫，孫又生子，子子孫
孫無窮匱也。」〔註 100〕古代文人雅士愛竹，勁節是它的個性，但又充
滿彈性；虛心是它的特質，但又如此堅貞。可以象徵瀟灑脫俗，又有
「黃蘆苦竹繞宅生」的現實面〔註 101〕，一如詩人的一生的縮影，此詩
敘述時光無情的流逝，以植樹成長的等待過程，使作者感到悲傷，那
不如以栽種竹子吧！也許能淡化時光流轉的惆悵。栽竹繞園是借口・
種樹悲年方是立身感慨。〔註 102〕

　　自聲情角度切入探討，平仄格律架構如下：「仄平仄仄平平仄，
仄仄平平仄仄平。仄仄仄平平仄仄，仄平平仄仄平平。」體裁為七言
絕句，平起式，首句不入韻，一韻到底。每句詩腳用韻為：「事」，去
四寘、「時」，上平四支、「池」，上平四支，本詩押上平四支韻，「支微
齊等韻⋯⋯給人以細聲細氣的感覺；適宜表達隱微的心曲和細膩的情
思。」〔註 103〕此韻語恰好能表現作者對自己年事已高，報國未果的無
力感。

2. 蔬果

　　稼軒詠物詩類別中，分屬蔬果類別，以〈賦葡萄〉（第 35 首）為
例，說明如下：

　　高架金莖照水寒，纍纍小摘便堆盤。喜君不釀涼州酒，來救

〔註 99〕 傅璇琮主編：《全宋詩》，頁 30001。
〔註 100〕 節引自馮霞：《辛棄疾詩歌研究》，頁 21。
〔註 101〕 黃永武：《中國詩學思想篇》，高雄：巨流出版社，2009 年，頁 8。
〔註 102〕 張高評：〈辛棄疾的詠物詩與唐宋詩之流變〉，《華中科技大學學報》，
　　　　　第 5 期，2004 年，頁 26。
〔註 103〕 陳少松：《古詩詞文吟誦》，頁 229～233。

衰翁舌本乾。〔註104〕

詩作開端以敘事口吻，描述葡萄攀爬於藤架，映照在水面上，結實纍纍後摘下放入盤中的日常，但第三句卻話鋒一轉，想到涼州古戰場上所出現的葡萄美酒，將詩作意境由家常帶至沙場，也讓人聯想到王翰〈涼州詞〉：「葡萄美酒夜光杯，欲飲琵琶馬上催，醉臥沙場君莫笑，古來征戰幾人回。」中，戰士們對生命的淡薄、對戰事的義無反顧之精神，正好體現辛棄疾雖已年逾花甲，退隱閑居，但胸中那份難以排遣的憂思，抗敵復國的無奈，仍時常浮現在腦海。

自聲情角度切入探討，平仄格律架構如下：「平仄平平仄仄平，仄仄仄仄仄平平。仄平仄仄平平仄，平仄平平平仄平。」體裁為七言絕句，仄起式，每句詩腳用韻為：「寒」，上平十四寒、「盤」，上平十四寒、「乾」，上平十四寒，本詩採上平十四寒韻，首句入韻，一韻到底，「凡寒、桓」韻的韻語都含有黯然神傷，愉彈雙淚的悽愴，最適用於獨自情傷的詩。」〔註105〕，由此可知，辛棄疾對己身的遭遇，壯志難伸的悲苦，仍不免流洩於詩作中。

3. 山水雨雪石

稼軒詠物詩類別中，分屬山水雨雪石類別，以〈詠雪〉（第24首）為例，說明如下：

書窗夜生白，城角曉增悲。未奏蔡州捷，且歌梁苑詩。餐氈懷雁使，無酒羨羔兒。農事勤憂國，明年喜可知。〔註106〕

稼軒帶湖時期作此詩，從題外寫意，而且託物興寄。全詩主場景為「城角曉增悲」，和以增悲？「未奏蔡州捷」是主因，導致「書窗夜生白」，悲憤未成眠，無可奈何，只得「且歌梁苑詩」。……「餐氈懷雁使」用蘇武餐雪懷歸事，亦貼切詠雪，寫絕望中之希望。〔註107〕

〔註104〕傅璇琮主編：《全宋詩》，頁30001。
〔註105〕謝雲飛：《文學與音律》，頁62。
〔註106〕傅璇琮主編：《全宋詩》，頁29999。
〔註107〕節引自張高評：〈辛棄疾的詠物詩與唐宋詩之流變〉，頁29。

　　自聲情角度切入探討，平仄格律架構如下：「平平仄平仄，平仄
仄平平。仄仄仄平仄，仄平平仄平，平平平仄仄，平仄仄平平。平
仄平平仄，平平仄仄平。」體裁為七言律詩，平起式，每句詩腳用
韻為：「白」，入十一陌、「悲」，上平四支、「詩」，上平四支，「兒」，
上平四支、「知」，上平四支韻，本詩採上平四支韻，首句不入韻，支
紙縝密〔註108〕，表面上詠雪，實際上則多憂國憂民的情懷。

　　又舉〈江山慶雲橋〉之一、之二（第33、34首）為例，說明如
下：

　　　草梢出水已無多，村路彌漫奈雨何。水底有橋橋有月，只今
　　　平地怕風波。
　　　斷崖老樹互撐柱，白水綠畦相灌輸。焉得溪南一邱壑，放船
　　　畫作歸來圖。〔註109〕

詩中描寫的是江山縣的普通一景，慶雲橋橋沉水底，水天瀰漫，露出
水面的草尖也不多。但第一首末句一語雙關，水已淹沒了橋梁，如果
再有風波的話，不知道會帶來什麼更嚴重的災難。再以此來關照辛棄
疾，眼前景與其自身經歷何其相似，大雨襲擊的橋景圖，恰如他坎坷
多災的人生仕途經歷……最末一句「放船畫作歸來圖」，又似乎反映
了辛棄疾遁世賦閒的思想心態。〔註110〕

　　自聲情角度切入探討，〈江山慶雲橋〉之一平仄格律架構如下：
「仄平仄仄仄平平，平仄平仄仄仄平。仄仄仄平平仄仄，仄平平仄仄
平平。」體裁為七言絕句，平起式，每句詩腳用韻為：「多」，下平五
歌、「何」，下平五歌、「波」，下平五歌，本詩採下平五歌韻，首句入
韻，「歌韻……給人一種鬱結難吐的感覺，故適宜表達的情感同魚韻
近似。」〔註111〕。

　　〈江山慶雲橋〉之二平仄格律架構如下：「仄平仄仄仄平仄，仄

〔註108〕王易：《詞曲史》，頁262。
〔註109〕傅璇琮主編：《全宋詩》，頁30001。
〔註110〕馮霞：《辛棄疾詩歌研究》，頁16。
〔註111〕陳少松：《古詩詞文吟誦》，頁229～233。

仄仄平平仄平。平仄平平仄平仄，仄平仄仄平平平。」體裁為七言絕句，平起式，每句詩腳用韻為：「柱」，上七麌、「輸」，上平七虞、「圖」，上平七虞，本詩採上平七虞韻，首句不入韻，「魚虞等韻……給人以鬱結難吐的感覺。」〔註112〕

　　綜合兩首詩的韻語，皆屬鬱結難吐之感，由此可見，辛棄疾眼中的山水景物其實都是其心靈世界的外化，是其不能直言的心事的流露。

　　此類再以〈江郎山和韻〉（第94首）為例，說明如下：

　　　　三峰一一青如削，卓立千尋不可干。正直相扶無倚傍，撐持
　　　　天地與人看。〔註113〕

　　開禧三年夏，在辛棄疾一再要求下，免去了在京宮觀，畀與外祠，使他能夠回歸鉛山養病。……歸途中經過衢州的江川縣，他看到江郎山三峰挺拔聳立，心有所感，寫下此詩。內容上表明自己絕無依傍之心，貪慕富貴之意，此心之光明磊落，是可以坦然面對天地的。〔註114〕

　　自聲情角度切入探討，平仄格律架構如下：「平平仄仄平平仄，仄仄平平仄仄平。仄仄平平平仄仄，平平平仄仄平平。」體裁為七言絕句，平起式，每句詩腳用韻為：「削」，入十藥、「干」，上平十四寒、「看」，上平十四寒，本詩押上平十四寒韻，首句不入韻，「凡寒、桓韻的韻語都含有黯然神傷，偷彈雙淚的情愫，最適用於獨自情傷的詩。」〔註115〕，此詩創作之時，已屆辛棄疾人生之末年，其身心俱疲下，僅以挺立於天地間的山脈，自勉自勵。

4. 器物

　　稼軒詠物詩類別中，分屬器物類別，以〈送劍與傅巖叟〉（第93首）為例，說明如下：

〔註112〕陳少松：《古詩詞文吟誦》，頁229～233。

〔註113〕傅璇琮主編：《全宋詩》，頁30007。

〔註114〕辛更儒：《辛棄疾研究》，頁322。

〔註115〕謝雲飛：《文學與音律》，頁62。

鏌邪三尺照人寒，試與挑燈仔細看。且掛空齋作琴伴，未須
攜去斬樓蘭。〔註 116〕

詩人只用一個「寒」字，就寫出了鏌邪寶劍的與眾不同。然而，如此出
色之劍也只能「且掛空齋作琴伴」。作者在第四句中雖然感嘆「未須攜
去斬樓蘭」，當屬正話反說，寄託當攜寶劍斬樓蘭的豪邁。辛棄疾力主
抗金，致力國家中興，然而，其終不能為奸讒所容，不得不歸隱，壯志
難酬的心境，使得詩人在看到「且掛空齋作琴伴」的寶劍而生發感慨，
借詠寶劍以表達自己空懷壯志的情境。〔註 117〕

自聲情角度切入探討，平仄格律架構如下：「仄平平仄仄平平，
仄仄平平仄仄平。仄仄平平仄平仄，仄平平仄仄平平。」體裁為七言
絕句，平起式，每句詩腳用韻為：「寒」，上平十四寒、「看」，上平十
四寒、「蘭」，上平十四寒韻，本詩採上平十四寒韻，首句入韻，一韻到
底，寒韻韻語，根據謝雲飛言，「寒、桓」韻的韻語都含有黯然神傷，
偷彈雙淚的情愫，最適用於獨自情傷的詩〔註 118〕，本詩雖非情傷，但
在仕途上的委屈及收復失土的挫敗，心情上的確是落寞、無奈的，符
合寒韻韻語。

（二）詠史

古遠清《詩歌分類學》中，對於詠史詩之發源及解釋如下：
　詠史詩，是根據史實進行構思的一種詩歌樣式。他最早始於
　東漢的班固。但他寫的詠史，僅局限在歌詠緹縈上書救父一
　事，沒有借以抒懷寄慨，是典型的單純歌詠史事。到了六朝
　的左思，詠史詩才發展為托史寄興，借古人古事抒寫自己的
　抱負或抨擊當時的現實的一種獨立的文學樣式。〔註 119〕

由此可知詠史詩的興起，然而發展到後期，仍是屬托史寄興，借古喻
今的形式，而詠史詩的內容上，古先生亦有說明，如下：

〔註 116〕傅璇琮主編：《全宋詩》，頁 30007。
〔註 117〕節引自高鐵英：《辛棄疾詩歌研究》，頁 13。
〔註 118〕謝雲飛：《文學與音律》，頁 62。
〔註 119〕古遠清：《詩歌分類學》，頁 72。

　　詠史詩的內容是描述政治事件的變遷和評述歷史人物的功
　　過。東漢班固最早寫作這種詩。到了唐代，詠史詩和懷古詩
　　互相滲透，很難將它們去分開來。寫這類詩，常常要抒發議
　　論，但詩人們不作抽象議論，而把對歷史人物或事件的評價
　　與具體的形象結合起來，讓嚴肅的歷史教訓作人生圖畫，使
　　詩句既有無限情韻，又發人深省。〔註120〕

辛棄疾的一生，可以說是將抗金作為畢生事業，然而南宋的統治階層
的腐敗退縮，已然注定失敗的結局，無法改變現實的詩人是痛苦的，
而現實難以改變之時，就只好借古抒今，托史寄興。辛棄疾詩作中，
本類以〈憶李白〉（第130首）為例，分析說明：

　　當年宮殿賦昭陽，豈信人間過夜郎。明月入江依舊好，青山
　　埋骨至今香。不尋飯顆山頭伴，卻趁汨羅江上狂。定要騎鯨
　　歸汗漫，故來濯足戲滄浪。〔註121〕

此詩將李白生平經歷、作品、及與友人往來贈和之詩作，化用於自己
之創作中，如李白曾意氣風發，也曾「流放夜郎」，一如辛棄疾著作
《美芹十論》時的躊躇滿志，以及遭彈劾落職時的鬱鬱不得志，將李
白仕途中備受禮遇及懷才不遇之經歷映照己身。又第一句「當年宮殿
賦昭陽」為李白五言律詩《宮中行樂》第一句：「宮中誰第一，飛燕在
昭陽」之化用，而第五、六句「不尋飯顆山頭伴，卻趁汨羅江上狂。」
為李白曾贈杜甫詩：「飯顆山頭逢杜甫，頭戴笠子日卓午。借問和來
太瘦生？總為從前作詩苦。」以及杜甫懷李白詩：「涼風起天末，君子
意如何？……應共冤魂語，投詩贈汨羅。」等詩作之化用，表達出自
己尚俠任氣、追求不懈的品質。〔註122〕

　　此詩自聲情角度切入探討，平仄格律架構如下：「平平平仄仄平
平，仄仄平平仄仄平。平仄仄平平仄仄，平平平仄仄平平。仄平仄平
平平仄，仄仄仄平平仄平。仄仄平平平仄仄，仄平仄仄仄平平。」體

─────────────

〔註120〕古遠清：《詩歌分類學》，頁10。
〔註121〕傅璇琮主編：《全宋詩》，頁30013。
〔註122〕意引自高鐵英：〈辛棄疾詩歌探微〉，頁83～84。

裁為七言律詩，平起式，每句詩腳用韻為：「陽」，下平七陽、「郎」，下平七陽、「香」，下平七陽、「狂」，下平七陽、「浪」，下平七陽，本詩採下平七陽韻，首句入韻，一韻到底，陽韻之發音及聲調為上揚音，置於詩句末尾有歡快之氣氛，符合上述本詩所言，作者以李白自比，雖然受讒遭貶，但依然是樂觀向上的。

又舉〈江行弔宋齊邱〉（第 109）首）為例，分析說明之：

　　嘗笑韓非死說難，先生事業最相關。能令父子君臣際，常在干戈揖遜間。秋浦山高明月在，丹陽人去晚風閑。可憐千古長江水，不與渠儂洗厚顏。〔註 123〕

本詩首聯以將宋齊邱比為韓非，而韓非為戰國謀士，善用權謀、善辯，卻也因此招致殺身之禍。第二聯則說明宋齊邱使李昇父子反目，大動干戈，第三聯話鋒一轉，則以一種「是非成敗轉頭空，青山依舊在，幾度夕陽紅」之感慨，末聯則道出宋齊邱的歷史定位，不論歲月如何流逝，終會被後人唾棄。

　　自聲情角度切入探討，平仄格律架構如下：「平仄平平仄仄平，平平仄仄仄平平。平仄仄仄平平仄，平仄平平仄仄平。平仄平平平仄仄，平平平仄仄平平。仄平平仄平平仄，仄仄平平仄仄平。」體裁為七言律詩，仄起式，每句詩腳用韻為：「難」，上平十四寒、「關」，上平十五刪、「間」，上平十五刪、「閑」，上平十五刪、「顏」，上平十五刪，本詩上平十五刪韻，首句入韻，上平十四寒及上平十五刪兩者為通韻關係，刪韻置於句尾，有無奈無助之情，符合本詩內容較為沉重之氛圍。

四、山水詩

　　辛棄疾山水詩主要是〈遊武夷作櫂歌呈晦翁十首〉，這十首詩歌，主要以詠武夷山水為主，詩作於光宗紹熙四年（1193 年），時年辛棄疾因奉詔出仕福建，在途中路經建陽，與朱熹同遊。〔註 124〕以下以

〔註 123〕傅璇琮主編：《全宋詩》，頁 30009。
〔註 124〕節引自馮霞：《辛棄疾詩歌研究》，頁 14。

〈遊武夷作棹歌呈晦翁十首〉之七（第 46 首）為例，說明如下：

> 巨石亭亭缺齧多，懸知千古也消磨。人間正覓擎天柱，無奈
> 風吹雨打何。〔註125〕

光宗紹熙五年（1194 年），七月，辛棄疾罷福建安撫使職。九月，訪
朱熹同遊武夷山，共賦《九曲棹歌》。此詩第三句「人間正覓擎天柱，
無奈風吹雨打何。」見石生情，吟詠寄意：大廈將傾，有待梁柱支撐，
天地將傾，需要一柱擎天，國家急需中流砥柱之人才，可以想見。無
奈政治之風暴消磨了忠良，令人嘆惋痛惜。〔註126〕

自聲情角度切入探討，平仄格律架構如下：仄仄平平仄仄平，
平平平仄仄平平。平平仄仄平平仄，平仄平平仄仄平。」體裁為七
言絕句，平起式，每句詩腳用韻為：「多」，下平五歌、「磨」，下平
五歌、「何」，下平五歌，本詩採下平五歌韻，首句入韻，「歌哿端莊」
〔註127〕此韻語發音平順流暢，可呈現與友人同遊的閒適。

再舉〈遊武夷作棹歌呈晦翁十首〉之四（第 43 首）為例，說明
如下：

> 見說仙人此避秦，愛隨流水一溪雲。花開花落無尋處，彷彿
> 吹簫月夜聞。〔註128〕

「仙人此避秦」，「流水」、「花開花落無尋處」，不免令人聯想到陶淵
明《桃花源記》中的躲避亂世的「避秦人」以及漁夫武陵人在迷路誤
闖桃花源的描述：「緣溪行，忘路之遠近，忽逢桃花林，夾岸數百步，
中無雜樹，芳草鮮美，落英繽紛」，有相同的畫面感，末句則把此畫面
化為簫聲嗚咽，虛無縹緲，將現實之景寫得清奇高逸，不同凡響。

自聲情角度切入探討，平仄格律架構如下：「仄仄平平仄仄平，
仄平平仄仄平平。平平平仄平平仄，仄仄平平仄仄平。」體裁為七言
絕句，仄起式，每句詩腳用韻為：「秦」，上平十一真、「雲，上平十二

〔註125〕傅璇琮主編：《全宋詩》，頁 30002。
〔註126〕節引自張高評：〈辛棄疾的詠物詩與唐宋詩之流變〉，頁 26。
〔註127〕王易：《詞曲史》，頁 262。
〔註128〕傅璇琮主編：《全宋詩》，頁 30002。

文、「聞」，上平十二文，上平十一真與上平十二文為通韻關係，「真文侵等韻……給人以平穩、沉靜的感覺；適宜表達深沉、憂傷、憐憫等情思。」〔註129〕此韻語可傳達辛棄疾與友人朱熹同遊時的心情較為平靜。

又舉〈遊武夷作棹歌呈晦翁十首〉之五（第44首）為例，說明如下：

> 千丈攙天翠壁高，定誰狡獪插遺樵。神仙萬里乘風去，更度槎枒箇樣橋。〔註130〕

詩作內容將翠壁千丈、高聳入雲的景物描寫，與神仙乘風萬里、飄然渡橋的奇妙想像相結合，使詩境闊大壯麗、雄奇多姿，沉鬱格調中又有一種飄逸感，曲折的書寫了詩人崢嶸不平的鬱怒情懷。〔註131〕

自聲情角度切入探討，平仄格律架構如下：「平仄平平仄仄平，仄平仄仄仄平平。平平仄仄平平仄，仄仄平平仄仄平。」體裁為七言絕句，仄起式，每句詩腳用韻為：「高」，下平四豪、「樵」，下平二蕭、「橋」，下平二蕭，下平四豪與下平二蕭為通韻關係，「蕭肴豪等韻……給人的感覺確如《紅樓夢》中所指出的『流利飄蕩』；適宜表現瀟灑的風神、豪邁的氣概、激動而悠長等感情。」〔註132〕此韻語正如同詩作內容所描述之場面，給人奔放豪情之感。

第二節　辛棄疾詩歌之藝術淵源與特色

王國維評價南宋詞人稱：「堪與北宋人頡頏者，唯一幼安耳。」陳廷焯：「辛稼軒詞，運用唐人詩句，如淮陰將兵，不可數限，可謂神勇。」繆鉞先生說：「宋詞之有辛稼軒，幾如唐詩之有杜甫。」陸游：「稼軒落筆凌鮑謝。」蔡嵩雲：「稼軒詞沉鬱頓挫，氣足神定，於詩似

〔註129〕陳少松：《古詩詞文吟誦》，頁229～233。
〔註130〕傅璇琮主編：《全宋詩》，頁30002。
〔註131〕節引自馮霞：《辛棄疾詩歌研究》，頁15。
〔註132〕陳少松：《古詩詞文吟誦》，頁229～233。

少陵。」〔註133〕黃梨庄：「負管樂之才，不能盡展其用，一腔忠憤，無處發洩。」故而「悲歌慷慨，抑鬱無聊之氣，一寄之於詞。」〔註134〕梁啟超評陸游詩云：「辜負胸中十萬兵，百無賴聊以詩鳴。」稼軒之詩，亦當作如是觀，劉臣翁評價辛詞：「橫豎爛漫，乃如禪宗棒喝，頭頭皆是；又如悲笳萬鼓，平生不平事并厄酒，但覺賓主酣暢，談不暇願。」〔註135〕蔡光：「子之詩則未也，他日當以詞名家。」劉辰翁：「願稼軒胸中古今，只用資為詞，非不能詩，不事此爾。」鄒祗謨：「其詞極工矣，而詩殊不強人意。」〔註136〕。

　　辛棄疾為南宋偉人愛國詞人，稼軒詞收作品 620 餘首，為宋代詞作數量流傳流傳後世最多的作家，〔註137〕他以英雄之氣魄寫詞，開闊了詞境，提高了詞的品味，〔註138〕前人不乏對辛詞之盛讚，而辛詩現存數量約 140 餘首，多創作於 40 歲後退居上饒帶湖與鉛山瓢泉期間，然其平生以氣節自負，以功業自許，被迫蟄居鄉間後，平靜生活時而使他自苦悶中解放出來，時而流露內心之抑鬱難平，〔註139〕因而造就其詩歌豐富多元之面貌。

一、辛棄疾詩歌之藝術淵源

　　辛棄疾寫詩取徑甚廣，如屈原、陶淵明、鮑照、杜甫〔註140〕、

〔註133〕轉引自曾子炳：〈辛棄疾詩詞創作的不同心態及表現〉，頁 53。
〔註134〕轉引自程正宇、甘松：〈辛稼軒詩心探微〉，頁 53。
〔註135〕轉引自王春庭：〈論稼軒詩〉，《九江師專學報》，第 128 期，2004 年，頁 42。
〔註136〕轉引自曾子炳：〈辛棄疾詩詞創作的不同心態及表現〉，《上饒書院學報》，第 22 卷第 5 期，2002 年，頁 52。
〔註137〕意引自洪樹華：〈論辛棄疾詩詞中的批評旨趣〉，《濟寧學院學報》，第 40 卷第 1 期，2019 年，頁 12。
〔註138〕轉引自曾子炳：〈辛棄疾詩詞創作的不同心態及表現〉，頁 52。
〔註139〕意引自程正宇、甘松：〈辛稼軒詩心探微〉，頁 52。
〔註140〕辛棄疾引用杜甫相關詩作之典故，此處舉〈水調歌頭·醉吟〉為例說明之：「四坐且勿語，聽我醉中吟。池塘春草未歌，高樹變鳴禽。鴻雁初飛江上，蟋蟀還來牀下，時序百年心。誰要卿料理，山水有清音。　　歡多少，歌長短，酒淺深。而今已不如昔，後定不如今。闋

白居易、邵雍、朱熹等〔註141〕，辛棄疾自身亦不乏於詩詞中表露對古、今賢者之崇仰，一如〈有以事來請者傚康節體作詩以答之〉〔註142〕，在詩名即自述詩學邵雍、〈讀邵堯夫詩〉：「飲酒已輸陶靖節，作詩猶愛邵堯夫。」、〈和任師見寄之韻〉：「剩喜風情筋力在，尚能詩似鮑參軍。」〈鶴鳴偶作〉：「飽飯且尋三益友，淵明康節樂天詩。」〔註143〕、〈生查子・獨遊西巖〉：「山頭明月來，本在高高處。夜夜入清溪，聽讀《離騷》去。」〔註144〕、〈水調歌頭・賦松菊堂〉：「淵明最愛菊，三徑也栽松。何人收拾，千載風味此山中。手把《離騷》讀遍，自掃落英餐罷，杖屨曉霜濃。」由上述可知，因辛棄疾不僅喜愛，且師法於古、今大家，因此於其詩、於其詞之創作中，便自然流瀉相仿之風格、情調，然而卻又能駕馭眾體，獨樹一幟。

　　蘇軾亦曾表露對屈原、陶淵明之景仰，〈赤壁賦〉：「桂棹兮蘭槳，擊空明兮泝流光。渺渺兮予懷，望美人兮天一方」，藉美人寄寓懷君遠離、反映謫居黃州時的幽思。仕宦遭遇多舛的蘇軾，更以「持我萬家春，一酬五柳陶。夕英幸可掇，繼此木蘭朝」，除了持酒酬敬陶潛，亦繼承屈子「朝飲木蘭之墜露兮，夕餐秋菊之落英」的清貧固持之況，將屈、陶同時擺在人生困頓時精神依憑的崇高地位。〔註145〕

處直須行樂，良夜更教秉燭，高曾惜分陰。白髮短如許，黃菊倩誰簪。」中「時序百年心」典出杜甫〈春日江村五首〉其一：「乾坤萬里眼，時序百年心。」、「白髮短如許，黃菊倩誰簪。」化用杜甫〈春望〉：「白髮搔更短，渾欲不勝簪。」意引自洪樹華：〈論辛棄疾詩詞中的批評旨趣〉，《濟寧學院學報》，第40卷第1期，2019年，頁18。

〔註141〕　轉引自馮霞：《辛棄疾詩歌研究》，頁32。

〔註142〕　傅璇琮主編：《全宋詩》，頁30009。下文〈讀邵堯夫詩〉，頁30006、〈和任師見寄之韻〉頁30005。

〔註143〕　〈鶴鳴偶作〉：「朝陽照屋小窗低，百鳥呼簷起更遲，飯飽且尋三益友，淵明康節樂天詩。」引自謝永芳：《辛棄疾詩詞全集》，頁92。此詩輯自《詩淵》，《全宋詩》失收。

〔註144〕　鄧廣銘：《稼軒詞編年箋注》，頁310。下文〈水調歌頭・賦松菊堂〉，頁457。

〔註145〕　節引自陳麗珠：《未悔與不恨──屈原、蘇軾生命情懷比較》，明道大學，中國文學學系，碩士論文，2018年，頁29。

　　王國維取「天才、人格、文學」審視三代以下之詩人，其中又以「人格」為最，淘瀝中華文化幾千年，唯餘屈、陶、杜、蘇四人，認為此四人均有「高尚偉大之人格」，都是「感自己之感，言自己之言者也」，傾向主觀自覺之「感、言」強調，也即主體情志自胸臆出的自然展現。屈原「雖九死其猶未悔」，陶淵明「不能為五斗米折腰」，杜甫「為詩歌，傷時橈弱」，蘇軾「九死南荒吾不恨」。〔註146〕

　　根據上述，不僅可見北宋文豪蘇軾對屈原、陶淵明之傾慕，王氏所認為具高尚情操之四位詩人，恰巧亦為辛棄疾取法之對象，辛棄疾身為歸正人，對國家苟求和偏安一隅之時勢備感憂心，力圖改變卻屢遭讒言受盡冷落，胸懷大志卻被迫退居閒職之生平，與屈原、陶淵明、杜甫、蘇軾多舛之生平際遇及顛簸之仕途宦場際遇不謀而合，然而前人們的處事態度又如同指引了辛棄疾一條明路，使其於亂世中安定了疲困之心靈，因此不難體會辛棄疾何以鍾愛並取法這些古今大家之緣由。

　　以下將簡述辛棄疾創作詩歌與屈原、陶淵明、鮑照、白居易、邵雍、朱熹等人之淵源，並羅列相關作品之典故出處。

（一）辛棄疾詩歌與屈原之關聯

　　《楚辭‧招魂》：「與王趨夢兮，課先後，君王親發兮，憚青兕。」「青兕」一詞首見於楚辭，意即希望成為能讓君王忌憚的青兕，為國效力。辛棄疾的文化背景和人生經歷與屈原客觀相似，因此當時人以青兕稱之。〔註147〕由《宋史‧辛棄疾傳》：「義端曰：『我識君真相，乃青兕也，力能殺人，幸勿殺我。』」〔註148〕可知時人對辛棄疾之看法。

　　屈原自敘氏族與楚國同宗，交代祖考寄寓以自我期許，他以宗

〔註146〕轉引自陳麗珠：《未悔與不恨——屈原、蘇軾生命情懷比較》，頁2。
〔註147〕意引自黃震云、管亞平：〈辛棄疾詩歌創作與楚辭〉，《廈門教育學院學報》，第4期，2004年，頁12。
〔註148〕〔元〕脫脫等撰；楊家駱主編：《宋史》，台北：鼎文書局，1985年，頁12161。

國而為世卿，有過一段「惜往日之曾信兮，受命詔以昭詩」的引人稱
羨之貴胄寵臣歲月。〔註149〕依《史記》記載，懷王因讒言「疏屈平」，
之後復因頃襄王聽信讒言「怒而遷之」。再依〈漁父〉篇所見，屈原
形容枯槁行於澤畔，殆因眾人皆濁我獨清的孤寂愁容，他憂思的是己
身不被理解，滿懷抱負無處施展，更不能忍受國之將傾，是以捐軀赴
淵，為自己的美政理想殉身，期盼能夠喚醒楚王及國人。〔註150〕

辛棄疾雖非貴胄之裔，也無以死明志，然而兩人皆憂國憂民，堅
守志節，在仕途屢遭打擊下，辛棄疾以〈讀書〉：「是非得失兩茫茫，
閑把遺書細較量。掩卷古人堪笑處，起來摩腹步長廊。」〔註151〕〈書
停雲壁二首〉之一：「斜陽草舍迷歸路，卻與牛羊作伴歸。」呈顯不同
於屈原之處事態度。

表六〔註152〕：辛棄疾詩歌與屈原相關

辛棄疾詩作編號及詩題	詩句內容節錄	典故出處
第19首〈第四子學春秋發憤不輟書以勉之〉	第一、二句：「春雨晝連夜，春江冷欲冰」	與《招魂》亂中氣氛相近。
	第三句：「清愁殊浩蕩」之「浩蕩」	《離騷》：「怨靈修之浩蕩兮，終不察夫民心。」《河伯》：「登昆崙兮四望，心飛揚兮浩蕩。」
第21首〈感懷示兒輩〉	第一句：「窮處幽人樂」之「幽人」	《九歌·山鬼》：「余處幽篁兮終不見天，路險難兮獨後來。」
第80首〈信筆再和二首〉之一	第三句：「何處幽人來問訊」之「幽人」	《涉江》：「幽獨處乎山中。」

〔註149〕節引自陳麗珠：《未悔與不恨──屈原、蘇軾生命情懷比較》，頁37。
〔註150〕節引自陳麗珠：《未悔與不恨──屈原、蘇軾生命情懷比較》，頁52。
〔註151〕傅璇琮主編：《全宋詩》，頁30014。下文〈書停雲壁二首〉之一，同此註。
〔註152〕節引自馮霞：《辛棄疾詩歌研究》，頁32～34，除了「自古蛾眉嫉者多」不為此註，其餘表六之典故均出自此註。

第 26 首〈吳克明廣文見和再用韻答之〉	第五、六句：「君詩窮草木，命騷可奴僕。」	認為其詩近《離騷》
	第十句：「正作蛟龍縮。」之「蛟龍」	《悲回風》：「魚葺鱗以自別兮，蛟龍隱其文章」，以「蛟龍」喻友人
第 83 首〈再用韻〉	第一句：「自古娥眉嫉者多」	《離騷》：「眾女嫉予之蛾眉兮，謠諑謂余以善淫。」寫出辛棄疾遭受讒言，被閒退在家的苦悶。〔註153〕
第 123 首〈和趙國興知錄贈琴〉	第九句：「芙蓉清江薜荔塘」	《九歌・二湘》中屈原所創造的場景。
	第十句：「靈均一去乘鸞鳳」之「乘鸞鳳」	乘鸞鳳為《離騷》中屈原游仙境時對自我的描繪。
	第十一句：「荷衣蕙帶芳椒堂。」之「荷衣蕙帶」	《九歌・少司命》：「荷衣兮蕙帶，儵而來兮忽而逝。」
	第十二句：「荷衣蕙帶芳椒堂。」之「芳椒堂」	《九歌・湘夫人》中的花草之房
第 124 首〈贈申孝子世寧〉	第一至四句：「六月烈日日止中，時有叛將號羣兇。平人血染大溪浪，比屋焰照鵝湖峰。	《哀郢》：「皇天之不純命兮，何百姓之震愆。民離散而相識兮，方仲春而東遷。」
	第五至八句：「白刃紛紛避行路，六合茫茫何處去。妻見夫亡不敢啼，母棄兒奔那忍顧。	《招魂》的四方六和之害。

（二）辛棄疾詩歌與陶淵明之關聯

〈瑞鷓鴣・京口有懷山中故人〉：「暮年不賦短長辭，和得淵明數首詩。君自不歸歸甚易，今猶未足足何時？偷閒定向山中老，此意需

〔註153〕意引自高鐵英：《辛棄疾詩歌研究》，頁 36。

教鶴輩知。聞道只今秋水上，故人曾榜《北山移》。」〔註154〕辛棄疾在詞中抒發歸隱之情，以自己晚年不寫短長詞，追和陶淵明的詩歌為開端。〔註155〕辛棄疾欣賞陶淵明「出乎其外〔註156〕」之路，〈書淵明詩後〉：「淵明避俗未聞道，此是東坡居士云。身似枯株心似水，此非聞道更誰聞。」此詩推翻蘇軾之言，認為陶淵明是「聞道」且「避俗」之人，陶淵明雖遭受讒言，才華難以施展，但依然能心似流水，寵辱不驚，回歸田園尋求生活樂趣，這便是「聞道」即「出乎其外」〔註157〕，也是辛棄疾精神上追尋之目標。

　　陶淵明愛慕自然、企羨隱逸，不滿汙濁的現實，不願為五斗米折腰之志趣及性格於詩作中體現，如〈歸園田居〉第一首：〈少無適俗韻〉、第三首：〈種豆南山下〉都表明對自然的喜愛，因而辛棄疾曾自稱：「身是歸休客」，並多次於詩詞中提及陶淵明，如〈止酒〉：〔註158〕「淵明愛酒得之天，歲晚還吟止篇。日醉得非促齡具，只今病渴已三年。」、〈感懷示兒輩〉：「淵明去我久，此意有誰知。」將陶淵明視為知音。

　　甚至多次在詞中化用陶詩，如〈新荷葉‧再題傅巖叟悠然閣〉：「種豆南山，零落一頃為萁。歲晚淵明，也吟草盛苗稀。風流劃地，向尊前采菊題詩。悠然忽見，此山正繞東籬。千載襟期，高情想像當時。小閣橫空，朝來翠撲人衣。是中真趣，問騁懷遊目誰之。無心出岫，白雲一片孤飛。」〔註159〕「種豆南山」化用〈歸園田居〉：「種豆

〔註154〕鄧廣銘：《稼軒詞編年箋注》，頁570。
〔註155〕節引自洪樹華：〈論辛棄疾詩詞中的批評旨趣〉，頁15。
〔註156〕王國維在《人間詞話‧人間詞》中提出了詩人對於宇宙人生應該有的態度：「詩人對宇宙人生，須入乎其內，又須出乎其外。入乎其內，故能寫之。出乎其外，故能觀之。入乎其內，故有生氣。出乎其外，故有高致。」節引自自周蕾：〈論辛棄疾詩歌對自我情志的複雜抒寫〉，《南京工程學院學報》，第17卷第2期，2017年，頁28。
〔註157〕意引自周蕾：〈論辛棄疾詩歌對自我情志的複雜抒寫〉，頁29。
〔註158〕傅璇琮主編：《全宋詩》，頁30007。〈感懷示兒輩〉，頁29998。
〔註159〕鄧廣銘：《稼軒詞編年箋注》，頁505。

南山下，草盛苗稀」、「向尊前采菊題詩。悠然忽見，此山正繞東籬」
化用〈飲酒〉其二：「問君何能爾，心遠地自偏。採菊東籬下，悠然見
南山。」、「無心出岫，白雲一片孤飛。」化用〈歸去來兮辭〉：「雲無
心以出岫，鳥倦飛而知還。」等〔註160〕，皆可見得辛棄疾無論於歸隱
之志或詩作風格，皆浸染陶淵明之風。

表七：辛棄疾詩作與陶淵明相關

辛棄疾詩作編號及詩題	詩句內容節錄	典故出處
第22首〈即事示兒〉	第三句「貧須依稼穡」	陶淵明〈丙辰歲八月中於下潠田舍穫〉：「貧居依稼穡，戮力東林隈。」〔註161〕
第107首〈和趙直中提幹韻〉	第三、四句：「折腰曾愧五斗米，負郭元無三頃田。」	我豈能為五斗米，折腰向鄉里小兒。〔註162〕
第110首〈新年團拜後和主敬韻並呈雪平〉	第五、六句：「今是昨非當謂夢。富妍貧醜各為容」	陶淵明〈歸去來辭〉：「實迷途其未遠，覺今是而昨非。」
第139首〈書壽寧寺壁〉	第一至八句：「門前幽徑踏蒼苔，猶憶前回信步來。午醉正酣歸未得，斜陽古殿橘花開。	呈顯其田園生活的悠然自得

（三）辛棄疾詩歌與鮑照之關聯

　　鍾嶸《詩品》認為鮑照詩：「骨節強於謝混，驅邁疾於顏延。」
杜甫亦有「俊逸鮑參軍」之說。〔註163〕朱熹：「鮑明遠才健，其詩乃
《選》之變體，李太白專學之……」、敖器之：「鮑明遠如飢鷹獨出，

〔註160〕節引自洪樹華：〈論辛棄疾詩詞中的批評旨趣〉，頁16。
〔註161〕節引自高鐵英：《辛棄疾詩歌研究》，頁31，下列「折腰曾愧五斗米」、
　　　　「今是昨非當謂夢」、「門前幽徑踏蒼苔」之典故來源同此註。
〔註162〕蕭統：《陶淵明傳》，見《陶淵明研究資料彙編陶淵明詩文彙評》，台
　　　　北：明倫出版社，1970年，頁6。
〔註163〕轉引自程正宇、甘松：〈辛稼軒詩心探微〉，頁53。

奇矯無前。」〔註164〕可見得鮑照詩風以「矯健俊逸」聞名，而辛棄疾更曾自謂：「剩喜風情筋力在，尚能詩似鮑參軍。」（〈和任師見寄之韻〉）又陸游讚賞：「稼軒落筆凌鮑謝。」可知辛棄疾創作受鮑照詩風之影響。

　　鮑照是南朝宋著名詩人，自命為「英才異士」，可是孤直難容，在官場中長期受到壓抑，只得退出官場，無奈的發出「自古聖賢近貧賤，何況我輩孤且直。」的悲嘆。〔註165〕鮑照有強烈的用世之心，曾言：「千載上有英才異士沉沒而不聞者，安可數哉！大丈夫豈可遂蘊智能，使蘭艾不辨，終日碌碌，與燕雀相隨乎？」陸時雍《詩鏡總論》：「鮑照材屬標舉，凌厲當年，如五丁鑿山，開人世之所未有。當其得意時，直前揮霍，目無堅壁矣。駿馬輕貂，雕弓短劍，秋風落日，馳騁平岡，可以想此君意氣所在。」〔註166〕

　　辛棄疾年少率眾參與耿京之抗金義軍、又生擒叛徒張安國，韓玉稱他：「風蘊機權才略，早歲來歸明聖，驚聳漢庭臣。」（〈東浦詞〉）〔註167〕，其英雄才幹之氣與鮑照如出一轍。而鮑照一生得意少、失意多，始終沒有擺脫微臣下僚之生活，一生壯志未酬，又與辛棄疾北伐大志未果，多次招受誣陷，退居田園之遭遇相仿，因而兩人皆有「如五丁鑿山，開人世之所未有」的筆力與與「倔強不肯甘心」之意。〔註168〕

　　兩人皆具備英雄豪傑之氣息，因而辛棄疾創作中不乏體現「雅健峭拔」之感，如〈江郎山和韻〉〔註169〕：「三峰一一青如削，卓立千尋不可干。正直相扶無倚傍，撐持天地與人看。」、〈傅巖叟見和用韻

〔註164〕轉引自吳惠娟：〈論稼軒詩的藝術淵源與其宋詩風調〉，頁59。
〔註165〕轉引自程正宇、甘松：〈辛稼軒詩心探微〉，頁53。
〔註166〕轉引自吳惠娟：〈論稼軒詩的藝術淵源與其宋詩風調〉，頁60。
〔註167〕轉引自王少華：〈沉雄悲壯稼軒詩──試論辛棄疾詩歌的藝術風格〉，1989年，頁74。
〔註168〕意引自吳惠娟：〈論稼軒詩的藝術淵源與其宋詩風調〉，頁60。
〔註169〕傅璇琮主編：《全宋詩》，頁29997。〈傅巖叟見和用韻答之〉，頁30007、〈哭䣊十五章〉之八、頁29997。

答之〉：「萬里魚龍會有時，壯懷歌罷涕交頤。一毛未許楊朱拔，三戰空懷鮑叔知。明月夜光多白眼，高山流水自朱絲。塵埃野馬知多少，擬倩撩天鼻孔吹。」、〈哭𪁗十五章〉之八：「淚盡眼欲枯，痛深腸已絕。汝方遊浩蕩，萬里挾雄鐵。」等，辛棄疾於詩作無論於悼亡幼子抑或和詩中，皆流露「健筆」之勢、展現強勁之筆力。

（四）辛棄疾詩歌與白居易、邵雍、朱熹之關聯

　　邵雍（1011 年～1077 年），字堯夫，號安樂先生、伊川翁等，卒謚康節，北宋范陽人，隱居洛陽三十年，終身未仕，是宋代著名的理學家〔註170〕，也是理學詩派的創始人，有詩集《伊川擊壤集》，他在理學者作《皇極經世書》中闡述了其「觀物」思想，認為凡事應避免個人的私心和偏見，而應按照事物中所蘊含的「理」，去解釋一切，就能達到儒家所謂的至高境界。其詩語言淺近，風格通俗，淺易平淡，富有理趣，詩文主張「煉意得餘味」、「真勝則華去」，於宋詩中被稱為「邵康節體」。〔註171〕

　　《四庫全書總目》卷一五三《擊壤集提要》：「邵子之詩，其源亦出白居易，而晚年絕意世事，不復以文字為長，意所欲言，白抒胸臆，原脫然於詩法之外。」這段話正好羅列了「淵明康節」二人，表明了邵康節雖為理學家，但寫詩風格顯然是如白居易般平易近人，強調其作詩重「意」不重文，不可以尋常詩法框限。〔註172〕又邵雍在

〔註170〕「理學在南宋中期頗為盛行，南歸之後的辛棄疾曾長期退居江西上饒一帶，而江西正是理學家活動的重鎮，他與多位理學家，如：呂祖謙、陳傅良、陳亮、陸九淵、朱熹等交往甚密，而又獨鍾邵雍的理學家詩情，稼軒時代，江西詩派逐漸衰落，擊壤一派參錯流行，辛棄疾寫評儒論道的說理詩，詩味稍欠而理趣至濃，呈現理學詩派平易自然的特點，另一方面在說理同時又用典，押難韻、造奇句，留有江西痕跡，如古詩〈蔞蒿宜作河豚羹〉、〈吳克明廣文見和再用韻答之〉」等。以上意引自馮霞：《辛棄疾詩歌研究》，頁 39。
〔註171〕轉引自馮霞：《辛棄疾詩歌研究》，頁 36～37。
〔註172〕意引自王雅雍：〈辛稼軒詩中的佛道儒面向〉，《佛光人文學報》，第 2 期，2019 年，頁 5。

《讀陶淵明歸去來》一詩中即坦白自己是陶詩的繼承者：「可憐六百
餘年外，復有閑人繼後塵。」〔註173〕

　　由上文可知，邵雍與陶潛、白居易之淵源，因而更能明瞭辛棄
疾何以詩法邵雍之緣由，辛棄疾〈書停雲壁二首〉之一：「學作堯夫
自在詩，何曾因物說天機。」表明要學邵雍詩歌的立場，並且崇尚
如〈自在吟〉詩中樂天自適的情懷。邵雍〈自在吟〉：「心不過一寸，
兩手何拘拘。身不過數尺，兩足何區區，何人不飲酒，何人不讀書，
奈何天地間，自在獨堯夫。」邵雍對自在、不受拘束的自由生活的
追求，正是力圖超脫世事浮沉煩擾的辛棄疾所嚮往追尋的，可見其
在邵雍人生觀或詩作中尋求到自我慰藉以及情感疏導之處。〔註174〕

　　辛棄疾受其影響，因而詩作中不乏吟詠性情、宣諭哲理之作，如
〈偶題三首〉〔註175〕之三：「閑花浪蕊不知名，又是一番春草生。病
起小園無一事，杖藜看得綠陰成。」、〈重午日戲書〉：「青山吞吐古今
月，綠樹低昂朝暮風。萬事有為應有盡，此身無我自無窮。」等，將
邵雍詩作平易淡雅之特色表露無遺。

　　辛棄疾雖然不是理學家，但他融合儒、道、佛三家歸宗於儒而以
儒家面貌出現的思想傾向，與吸收釋道思想改造儒學的理學有某些相
似之處。辛棄疾在詩中常有談禪說佛的作品。〔註176〕他曾以參禪打
坐和研讀佛經來平靜內心，如〈醉書其壁〉：「頗覺參禪近有功，因空
成色色成空。色空靜處如何說，且坐清涼境界中。」、〈戲書圓覺經
後〉：「圓覺十二菩薩問，吾取一二餘鄙哉。若是如來真實語，眾生卻
自勝如來。」但最終認為「道言不死真成妄，佛說無生更轉誣。要識
死生真道理，須憑鄒魯聖人儒。」、「屏去佛經與道書，只將語孟味真

〔註173〕轉引自馮霞：《辛棄疾詩歌研究》，頁37。
〔註174〕意引自周蕾：〈論辛棄疾詩歌對自我情志的複雜抒寫〉，頁27。
〔註175〕傅璇琮主編：《全宋詩》，頁30006。下文〈重午日戲書〉頁30003、
　　　　〈醉書其壁〉，頁30014、〈戲書圓覺經後〉，頁30015、〈讀語孟二
　　　　首〉，頁30004。
〔註176〕轉引自吳惠娟：〈論稼軒詩的藝術淵源與其宋詩風調〉，頁62。

腴。出門俯仰見天地，日月光中行坦途。」（〈讀語孟二首〉）仍是屏去了佛道虛無之說，堅信儒家聖人之語。〔註177〕

　　辛棄疾自幼便深受儒家思想影響，又與一代理學宗師頗多來往，朱熹在淳熙十六年〈答杜叔高〉寫到：「辛丈相會，想極款曲，今日如此人物，豈易可得，向使早向裡來有用心處，則其事業俊偉光明，豈但如今所就而已耶。彼中見聞，豈不有小為安者？想亦具以告之。渠既不以老拙之言為嫌，亦必不以賢者為其忤也。」所謂「向裡來有用心處」指理學體系中「格物致知」的認識論思想和「持敬」的涵養功夫，辛棄疾由福建被召回京，途經武夷，朱熹書「克己復禮」、「夙興夜寐」題其二齋以相勖，可見得朱熹對辛棄疾有期望。〔註178〕而這些理學思想或多或少都影響了辛詩的創作。

二、辛棄疾詩歌之藝術特色

（一）善於用典

　　「說理」本為宋詩特點之一，稼軒詩亦與詞一般，大量使用理語、廋語，明徵古人作品，暗用古籍掌故，且富含議論之理趣。〔註179〕

　　吳衡照《蓮子居詞話》評論說：「辛稼軒別開天地，橫絕古今」，《論》、《孟》、《詩小序》、《左氏春秋》、《南華離騷》、《史》、《漢》、《世說》、《選學》、《李杜詩》，拉雜運用，彌見其筆力之峭。」〔註180〕樓敬思：「稼軒驅使《莊》、《騷》、經、史無一點斧鑿痕，筆力甚峭。」〔註181〕辛棄疾自幼受過良好的儒家傳統思想教育薰陶，博覽群書，於創作時亦將其文學底蘊活用於詩作中，因而時常化用〔註182〕書中

〔註177〕轉引自周蕾：〈論辛棄疾詩歌對自我情志的複雜抒寫〉，頁29。

〔註178〕節引自鞏本棟：〈作詩猶愛邵堯夫──論辛棄疾的詩歌創作〉，《南京大學學報》，第1期，1999年，頁103。

〔註179〕轉引自王雅雍：〈辛稼軒詩中的佛道儒面向〉，頁8。

〔註180〕轉引自徐漢明：《稼軒集》，台北：文津出版社，1991年，頁412。

〔註181〕轉引自馮霞：《辛棄疾詩歌研究》，頁18。

〔註182〕化用，即根據創作的需要，將典故加以改寫融入作品之中。轉引自馮霞馮霞：《辛棄疾詩歌研究》，頁21。

典故於詩詞創作中，劉熙載說：「仟古書中理語、瘦語，一經運用，便得風流。」〔註183〕然此特色亦不免招致謗議，一如南宋劉克庄言稼軒詞：「高則高矣，但時時掉書袋，要是一癖。」〔註184〕稼軒詩詞好用典故於古之學者雖評價不一，然而，「用典」儼然為其創作詩歌之一大特色，綜觀辛棄疾之詩作，其典故之運用不勝枚舉，以下將分別列舉辛棄疾詩作中以古人之際遇入詩以及化用古代典籍或他人詩句入詩之作品及其典故出處，如表八、表九：

1. 以古人之際遇入詩

表八：辛棄疾詩作中以古人之際遇入詩

辛棄疾詩作編號及詩題	詩句內容節錄	典故出處
第 19 首〈第四子學春秋發憤不輟書以勉之〉	第八句：「要學仲舒能。」	《漢書・董仲舒傳》：「董仲舒，廣川人也。少治春秋，孝景時為博士，下帷講誦，弟子傳久次相授業，或莫見其面。蓋三年不窺園，其精如此。進退容止，非禮不行，學士皆師尊之。」〔註185〕
第 32 首〈和傅巖叟梅花二首〉之二	第一句：「靈均恨不與同時」之「靈均」	屈原《離騷》：「名余曰正則兮，字余曰靈均。」〔註186〕
第 68 首〈再用儒字韻二首〉之一	第三、四句：「方朔長身無飯喫，人間飽死幾侏儒。」	《漢書・東方朔傳》東方朔向皇上抱怨侏儒長三尺餘卻飽欲死，自己長九尺卻飢欲死一事。辛棄疾自比為東方朔，懷才不遇，並暗諷朝廷賢愚不分，致使佞臣得志。〔註187〕

〔註183〕轉引自馮霞：《辛棄疾詩歌研究》，頁 21。
〔註184〕轉引自馮霞：《辛棄疾詩歌研究》，頁 18。
〔註185〕轉引自高鐵英：《辛棄疾詩歌研究》，頁 19。
〔註186〕轉引自高鐵英：《辛棄疾詩歌研究》，頁 12。
〔註187〕轉引自馮霞：《辛棄疾詩歌研究》，頁 19。

第 77 首〈和郭逢道韻〉	第一句：「棗樹平生歎子陽」之「子陽」	《漢書・王吉傳》：「王吉字子陽，琅邪虞人……吉少時學問，居長安。東家有大棗樹，垂吉庭中。吉婦取棗以啖吉。吉後知之，乃去婦。
		東家聞而欲伐其樹，鄰里共止之，因故請吉令還婦。」里中為之歌曰：『東家有樹，王陽去婦。東家棗完，去婦復還。』其厲志如此。」〔註188〕
第 109 首〈江行弔宋齊邱〉	第一句：「嘗笑韓非死說難」	戰國韓非能言善辯，善用權謀，但也凶此死於非命，蘇軾〈寄題清溪寺〉：「口舌安足恃，韓非死說難。」〔註189〕
	第三、四句：「能令父子君臣際，常在干戈揖遜間。」	宋齊邱為己利，亂用權謀，使李昇父子反目，大動干戈一事。
第 116 首〈丙寅歲山間競傳諸將有下棘寺者〉	第八句：「李陵門下至今羞。」	《史記・李將軍列傳》記載漢代將軍李陵投降匈奴，家人被族，身敗名裂，隴西之士居門下者皆以為恥。辛棄疾以此事抒發對南宋屈辱求和派之不滿。〔註190〕
第 130 首〈憶李白〉	第一句：「當年宮殿賦昭陽」	李白《宮中行樂》：「宮中誰第一，飛燕在昭陽。」〔註191〕
	第二句：「豈信人間過夜郎。」之「夜郎」	李白曾流放夜郎

〔註188〕轉引自馮霞：《辛棄疾詩歌研究》，頁 28。
〔註189〕轉引自高鐵英：《辛棄疾詩歌研究》，頁 11，下句「能令父子君臣際，常在干戈揖遜間。」典故出處同此註。
〔註190〕轉引自馮霞：《辛棄疾詩歌研究》，頁 19。
〔註191〕轉引自高鐵英：《辛棄疾詩歌研究》，頁 10，下列「夜郎」、「不尋飯顆山頭伴」、「卻趁汨羅江上狂」之典故出處同此註。

| | 第五句：「不尋飯顆山頭伴」 | 李白曾贈杜甫詩：「飯顆山頭逢杜甫，頭戴笠子日卓午。借問和來太瘦生？總為從前作詩苦。」 |
| | 第六句：「卻趁汨羅江上狂」 | 杜甫也有懷李白詩：「涼風起天末，君子意如何？……應共冤魂語，投詩贈汨羅。」 |

2. 化用古籍或他人詩句入詩

表九：辛棄疾詩作中化用古籍或他人詩句入詩

辛棄疾詩作編號及詩題	內容節錄	典故出處
第 19 首〈第四子學春秋發憤不輟書以勉之〉	第三句：「清愁殊浩蕩」之「浩蕩」	杜甫《秦州雜詩》中有「遲回度隴怯，浩蕩及關愁」〔註192〕
第 22 首〈即事示兒〉	第一句：「掃跡衡門下」之「掃跡」	掃跡意為絕郊遊，孔稚圭《北山移文》：「乍低枝而掃跡。」〔註193〕
	第一句：「掃跡衡門下」之「衡門」	《詩‧陳風‧衡門》：「衡門之下，可以棲遲。」橫木為門，即淺陋之意。
	第二句：「終朝抱膝吟」	《三國志‧蜀書‧諸葛亮傳》：「亮躬耕隴畝，好為梁父吟。」注引魏略：「每晨夜從容，常抱膝長嘯。」
	第三句：「貧須依稼穡」	陶淵明〈丙辰歲八月中於下喜田舍穫〉：「貧居依稼穡，戮力東林隈。」
	第四句：「老不厭山林」	《莊子‧徐無鬼》：「徐無鬼見武侯，武侯曰：『先生居山林，食茅栗，厭蔥韭，已賓寡人久矣夫，今老邪？其欲干酒肉之味邪？其寡人亦有社稷之福

〔註192〕轉引自高鐵英：《辛棄疾詩歌研究》，頁 19。此出處亦有源自《離騷》之說法，見表六〈辛棄疾詩歌與屈原相關〉。

〔註193〕轉引自馮霞：《辛棄疾詩歌研究》，頁 21，下列「衡門」、「終朝抱膝吟」、「貧須依稼穡」、「老不厭山林」來源，同此註。

		邪?』徐無鬼曰:『無鬼生於貧賤,未嘗敢飲君之酒肉,將來勞君也。』」辛棄疾以有才而被隱之諸葛亮、陶淵明、徐無鬼等高風亮節之上,抒發　己才高而不能為國所用之憾恨。
第24首〈詠雪〉	第三句:「未奏蔡州捷」之「蔡州捷」	隋唐鄧節度使李愬大雪之夜突襲蔡州,生俘判首節度使吳元濟一事。〔註194〕
	第四句:「且歌梁苑詩。」之「梁苑詩」	梁孝王不悅以游兔園,於下密雪之濟吟詠風雅一事。
	第五句:「餐氈懷雁使」	漢代蘇武死不降匈奴,寧願吃雪和吞氈為生以待歸國之事。
	第六句:「無酒羨羔兒」	蘇軾〈趙成伯家有麗人〉詩中自注所指陶谷學士遇雪,取雪水烹團茶一事。
第48首〈游武夷作棹歌呈晦翁〉之九	第二句:「日日吟詩坐釣磯」	姜太公坐釣渭濱,後被周文王知遇,成為帝王之師的歷史故事。辛棄疾以姜太公自喻,慨嘆南宋缺少像周文王這樣善於識別、重用人才的英主。〔註195〕
第55首〈即事二首〉之一	「野人日日獻花來,只倩渠儂取意栽。高下參差無次序,要令不似俗亭臺。」	歐陽脩守滁州時,曾命謝判官植花於瑯琊谷間,並作《謝判官幽谷種花》詩:「淡淺紅白宜相間,先後仍需次第栽。我欲四時攜酒去,莫教一日不花開。」此處辛棄疾反用其意,主張隨意栽花,令參差不齊以不類面目千篇一律之亭台。〔註196〕

〔註194〕轉引自馮霞:《辛棄疾詩歌研究》,頁26,下列「梁苑詩」、「餐氈懷雁使」、「無酒羨羔兒」典故出處同此註。

〔註195〕轉引自王少華:〈沉雄悲壯稼軒詩──試論辛棄疾詩歌的藝術風格〉,頁73。

〔註196〕轉引自馮霞:《辛棄疾詩歌研究》,頁20～21,下列「胸中荊棘」、「熙熙」來源,同此註。

第 56 首〈即事二首〉之二	第一、二句:「百憂常與事俱來,莫把胸中荊棘栽。」之「胸中荊棘」	《世說新語・輕詆》:「深公云:『人謂庾元規名士,胸中荊棘三斗許。』」孟郊擇友詩:面結口頭交,肚裡生荊棘。」胸中荊棘本是稱讚人胸有丘壑,才高雅量,辛棄疾卻反用其典,論為「百憂常與事俱來」,還是不要胸中有荊棘。作者在思考世俗之事常把人牽絆而帶來許多憂愁煩惱,還不如將其放下,「熙熙過日」,則「人間無處不春台」了。
	第三句:「但只熙熙開過日」之「熙熙」	《老子》中有:「眾人熙熙,如享太牢,如登春台。」典故的反用,其實道出了詩人飽經政治風霜和人生挫折後的反思,是退歸田園寄情山水的自慰。
第 59 首〈移竹〉	第一句:「每因種樹悲年事」	李商隱〈永樂縣所居一草一木無非自栽,今春意悉已芳盛因書即事〉:「手種悲年事,心期玩物華。」〔註197〕
	第三句:「眼見子孫孫又子」	《列子・湯問》:「我之死,有子存焉,子又生孫,孫又生子,子子孫孫無窮匱也。」辛棄疾表達其流年易逝而功名未就,任憑歲月磋跎的無限感傷之情。
第 60 首〈和趙茂嘉郎中雙頭芍藥二首〉之一	第三、四句:「弟兄殿住春風了,卻遣花來送一觴。」	蘇軾〈雨晴後步至四野亭下魚池上,遂自乾明寺前東崗上歸〉:「殷勤木芍藥,獨自殿餘春。」、陳師道在〈謝趙生惠芍藥三絕句〉:「九十風光次第分,天憐獨得殿餘春。」〔註198〕

〔註197〕轉引自馮霞:《辛棄疾詩歌研究》,頁 21,下列「眼見子孫孫又子」
　　　　來源,同此註。
〔註198〕轉引自高鐵英:《辛棄疾詩歌研究》,頁 23。

第 61 首〈和趙茂嘉郎中雙頭芍藥二首〉之二	第一句：「當年負鼎去干湯」	《史記·殷本紀》中有記載：「伊尹名阿衡。何衡欲干湯而無由，乃為有莘氏媵臣，負鼎俎，以滋味說湯，至於王道，……湯舉任以國政。」〔註199〕
第 83 首〈再用韻〉	第四句：「聽取當年孺子歌。」之「孺子歌」	《孟子·離婁·章句上》：「不仁者，可與言哉？安其危而利其菑，樂其所以亡者。不仁而可與言，則何亡國敗家之有？有孺子歌曰：『滄浪之水清兮，可以濯我纓；滄浪之水濁兮，可以濯我足。』」〔註200〕，以表明只能清者自清，濁者自濁。
第 90 首〈偶作〉	第二句：「善人何少惡人多」	《世說新語·文學》：「殷中軍問『自然無心於稟受，何以正善人少，惡人多？』諸人莫有言者。劉尹答曰：『譬如瀉水著地，正自縱橫流漫，略無方圓者』一時絕歎，以為名通。」〔註201〕
第 93 首〈送劍與傅巖叟〉	第一句：「鏌邪三尺照人寒」之「鏌邪」	鏌邪為劍名之典故〔註202〕
	第一句：「鏌邪三尺照人寒」之「三尺」	《史記·高祖本紀》：「吾以布衣提三尺劍取天下。」
	第四句：「未須攜去斬樓蘭」之「斬樓蘭」	《漢書·傅介子傳》：「樓蘭王安歸常為匈奴間，候遮漢使者，發兵殺略……盜取節印獻物，甚逆天理。平樂監傅介

〔註199〕 轉引自高鐵英：《辛棄疾詩歌研究》，頁 24。
〔註200〕 〔清〕阮元審定，盧宣旬校：《重刊宋本十三經注疏附校勘記》，台北：藝文印書館，1989 年，頁 128-2。
〔註201〕 轉引自馮霞：《辛棄疾詩歌研究》，頁 22。
〔註202〕 轉引自馮霞：《辛棄疾詩歌研究》，頁 20，下列「三尺」、「斬樓蘭」來源，同此註。

		子持節使誅斬樓蘭王歸首，懸之北闕，以直報怨，不煩師眾。」辛棄疾反用此典，暗喻自己有豪情壯志、忠心報國卻只能被迫歸隱，耕種田園，以平靜自嘲的口吻、將英雄無用武之地之無奈感推向更深一層。
第95首〈送別湖南部曲〉	第三句：「愧我明珠成薏苡」之「薏苡」	「薏苡」是一種南方穀物，與明珠外型相似，漢代名將馬援在交趾作戰時，以此充作軍糧，歸來還帶回一車薏苡，但遭人誣告他帶回的是南土珠寶，侵吞明珠。辛棄疾便以此事暗喻自己也因身遭誣陷而落職。〔註203〕
第99首〈諸葛元亮見和復用韻答之〉	第五句：「此生能著幾緉屨」	《世說新語・雅量》：「祖士少好財，阮遙集好屐……或有詣阮，見自吹火蠟屐，因嘆曰：『未知一生當著幾緉屐？』」意指人生短暫，一輩子能穿幾雙鞋。辛棄疾引用此典，表達人生苦短，對生命虛拋的感慨。
第114首〈和人韻〉	第五句：「谿山能破幾緉屨」	
第102首〈題鶴鳴亭三首〉之一	第五句：「用力何如巧作湊	《漢書・王莽傳》：「欲求封，過張柏松；力戰鬥，不如巧為奏。」〔註204〕
	第六句：「封侯原自曲如鉤。」	《後漢書・五行志一》：「順帝之末，京都童謠曰：『直如弦，死道邊；曲如鉤，反封侯。』」意指奮力殺敵不如巧言進奏；忠言直諫死於非命而圓滑世故者反加官晉爵，暗示此世道賢愚不分、黑白顛倒。

〔註203〕轉引自馮霞：《辛棄疾詩歌研究》，頁19。
〔註204〕轉引自馮霞：《辛棄疾詩歌研究》，頁22，下列「封侯原自曲如鉤」來源，同此註。

第 108 首〈有以事來請者 傚康節體作詩以答之〉	第五句:「器纔滿 後須招損」	《尚書‧大禹謨》:「滿招損, 謙受益。」〔註205〕
	第七、八句:「終 日閉門無客至,近 來魚鳥卻相親。」	《世說新語‧言語》:「簡文入 華林園,顧謂左右曰:『會心 處不必在遠,翳然林水,便自 有濠濮間想也。覺鳥獸禽魚, 自來親人。』」、蘇軾〈留別雱 泉〉:「二年飲泉水,魚鳥亦相 親。」
第 117 首〈丙寅九月二十 八日作來年將告老〉	第一句:「漸識空 虛不二門」	《維摩詰經‧入不二法門品》 中的說法:「如我意者,於一 切法無言無說,無示無識,離 諸問答,是為入不二法門。」 〔註206〕
	第二句:「掃除諸 幻絕根塵」	《圓覺經卷上》中:「幻身滅 故,幻心亦滅,幻心滅故,幻 塵亦滅。」
	第七、八句:「西 山病叟支離甚, 欲向君王乞此 身。」	蘇軾〈此韻王定國馬上見寄 詩〉中「晚來病體更支離」。

　　由表八、表九可知辛棄疾化用典故已是寫詩作詞的常態,《文心
雕龍‧事類篇》:「用舊合機,不啻自其口出。」〔註207〕,意即引用古
人的話,要像從自己口中說出來,應該跟上下文意及語調妥貼才好,
不要使人有用舊布補新衣的感覺。〔註208〕一如吳衡照《蓮子居詞話》
云:「詞有襲前人語而得名者,雖大家不免。如……幼安『是他春帶愁
來,春歸何處,卻不解帶將愁去』等句,惟善於調度。正不以有藍本

〔註205〕轉引自馮霞:《辛棄疾詩歌研究》,頁21,下列「近來魚鳥卻相親」
　　　　來源,同此註。
〔註206〕轉引自高鐵英:《辛棄疾詩歌研究》,頁24。下列「掃除諸幻絕根塵」、
　　　　「西山病叟支離甚,欲向君王乞此身。」來源,同此註。
〔註207〕王更生:《文心雕龍讀本‧下篇》〈事類第三十八〉,台北:文史哲出
　　　　版社,1988年,頁170。
〔註208〕黃慶萱:《修辭學》,臺北:三民書局出版,2007年,頁116。

為嫌。」〔註209〕所言，正因辛棄疾飽讀詩書，耳濡目染古聖先賢的著作，因而能於浩瀚的書海中，化用典故於詩作中而絲毫不費吹灰之力，一切渾然天成，的確是「別開天地，橫絕古今」。

（二）詩作「語拙意真」

稼軒曾坦承自己作詩缺乏才思：「詩肩想見高如舊……自知才思不如君。」、「我無妙語酬春事，慚愧新歌值鳳吹。」、〈佚詩一聯〉又云：「酒腸未減長鯨吸，詩思如抽獨繭絲。」更道出自己寫詩是如抽絲般耗費。〔註210〕其中不免有自謙之意，姑不論此，整體而言，其於閒退時期之詩作，更顯親切感人、語真情真，一如辛棄疾於〈偶作三首〉之二：「一氣同生天地人，不知何者是吾身，欲依佛老心難住，卻對漁樵語益真。」直言其「語益真」、〈周氏敬榮堂〉詩：「我詩聊復再，語拙意則真。此書君勿嗤，倘俟採詩人。」便說自己的詩「語拙」，但「意真」。

稼軒曾作詞稱讚陶淵明其人其詩，說陶詩：「千載後，百篇存，更無一字不清真。」（〈鷓鴣天‧讀淵明詩不能去手，戲作小詞以送之〔註211〕〉）、「歲晚情親，老語彌真。」（〈行香子‧博山戲呈趙昌甫、韓仲止〔註212〕〉），其詩少有「撫時感事之作」，亦少有「文字婉約含蓄」者，多半直抒讀書與生活的所思所感以及與親友、僧人往來唱和。綜觀其詩，往往作於不吐不快，如〈趙晉臣敷文積翠巖去纇石〉暢快淋漓，而無論是讀書所發的議論、對生命的主張、都直接抒發而毫不避諱，有不必強解的真實力量，如〈哭䪼十五章〉：「哀哉天喪予，老淚如傾河」、「送汝已成人，行路已悲愕」、「淚盡眼欲枯，痛深腸已

〔註209〕轉引自王雅雍：〈辛稼軒詩中的佛道儒面向〉，《佛光人文學報》，第2期，2019年，頁10。

〔註210〕節引自王雅雍：〈辛稼軒詩中的佛道儒面向〉，頁6。

〔註211〕鄧廣銘：《稼軒詞編年箋注》，頁431，下文〈行香子‧博山戲呈趙昌甫、韓仲止〉，頁500。

〔註212〕轉引自程正宇、甘松：〈辛稼軒詩心探微〉，頁53。

絕」、「我痛須自排」、「悲深意顛倒」等直抒胸中喪兒悲痛〔註213〕，又如〈鶴鳴亭獨飲〉：「小亭獨酌興悠哉，忽有清愁到酒杯。四面青山圍欲合，不知愁自那邊來。」、〈鶴鳴亭絕句〉四首之一：「飽飯閑遊遶小溪，卻將往事細尋思。有時思到難思處，拍碎闌干人不知。」詩人於小亭獨飲時，興盡愁來，卻不知愁因何而起，小溪閑繞，又悲憤難遣，原是心事難遣，愁也好，悲也罷，詩人都將自己的心緒情感真實的表達出來。〔註214〕

而以「拙」作為其詩的語言特色，或表現為平易質樸之拙，或表現為拗折峭拔之拙，稼軒詩的題材多七言絕句，不少絕句都寫得平易質樸，明白如話，如〈元旦〉：「老病忘時節，空齋曉尚眠。兒童喚翁起，今日是新年。」此詩不加雕琢，為平易質樸之拙或〈蔞蒿宜作河豚羹〉：「河豚挾鴆毒，殺人一饟足。蔞蒿或濟之，赤心置人腹。力其在野中，葡青混奴僕。及登君子堂，園綺成骨肉。暴乾及為脯，挙曲蝟毛縮。寄君頻咀嚼，去翳如折屋。」此詩字句瘦硬，風格拗峭，頗具江西詩風風味，此為峭拔之拙。〔註215〕在辛棄疾詩作中，「語拙」、「意真」是貫穿其作品之精神。

〔註213〕節引自王雅雍：〈辛稼軒詩中的佛道儒面向〉，頁 10。
〔註214〕節引自程正宇、甘松：〈辛稼軒詩心探微〉，頁 53。
〔註215〕節引自程正宇、甘松：〈辛稼軒詩心探微〉，頁 53。

第四章　辛棄疾詩作之韻情及
聲韻編排特色

　　《禮記‧樂記》中，說明一切音樂的產生，都源於人的內心。人們的內心的波動，是受到外物影響的結果。人心受到外物的影響而有體會，因此透過聲音表現出來，顯見聲情足以映顯內心所想，因此，本節筆者將嘗試探討辛棄疾近體詩之聲情：

　　　　凡音之起，由人心生也。人心之動，物使之然也。感於物而
　　　　動，故形於聲。聲相應，故生變；變成方，謂之音；比音而
　　　　樂之，及干戚羽旄，謂之樂也。詩言其志也，歌詠其聲也，
　　　　舞動其容也，三者本於心，然後樂器從之。〔註1〕

詩作之聲情在文章中至關重要，《文心雕龍‧聲律》中，說明「語言」，是寫作文章的關鍵，更是表情達意、心靈溝通的樞紐：

　　　　言語者，文章關鍵，神明樞機，吐納律呂，唇吻而已。〔註2〕

而陸機《文賦》中亦說：

　　　　其為物也多姿，其為體也屢遷。其會意也尚巧，其遣言也貴
　　　　妍。暨音聲之迭代，若五色之相宣。雖逝止之無常，故崎錡
　　　　而難便。苟達變而相次，猶開流以納泉；如失機而後會，恆

〔註1〕《禮記‧樂記》，台北：藝文印書館，十三經注疏本，1989年，文見
　　　　卷37，頁1左半，總頁第662。
〔註2〕王更生：《文心雕龍讀本‧下篇》〈聲律第三十三〉，台北：文史哲出
　　　　版社，1988年，頁105。

操末以續顛。謬玄黃之秩敘，故淟涊而不鮮。」〔註3〕

上述說明可知，文章若構思巧妙、詞藻華美、音律和諧，就如同五色
絲線錯雜相間，能編織出華美的錦繡，反之，則黯然失色，由此可見
文章之辭情與聲情足以影響文章之美感，而聲情美感要領，李元洛《詩
美學》中提到：

> 詩的音樂美，除了詩人感情的狀態和律動所形成的內在韻
> 律之外，其外在的表現就是語言的音樂美。詩的語言音樂
> 美，主要表現在韻、節奏和音調三個方面。〔註4〕

語言的音樂美，透過字音傳遞情感，因此所用的韻腳居功至偉，正如
同沈德潛《說詩晬語》說：

> 詩中韻腳如大廈之有柱石，此處不牢，傾折立見。故有看去
> 極平，而斷難更移者，安穩故也。安穩者，牢之謂也。杜詩：
> 「懸崖置屋牢。」〔註5〕

根據沈德潛所言，乃強調韻腳在詩作中的重要性，詩人要表達的情感
可以透過聲音的方式，不斷得到強調。韻腳使用得宜，足以為詩人恰
如其分的表情達意，謝雲飛認為押韻是一種「音色律」，它使詩歌有
規則的韻律感：

> 詩歌中所謂的「押韻」，就是用音色去表現音律的一種方
> 法。也就是把同一音色的「音節」間格多少時間就讓他重複
> 出現一次，使這種「重複出現」顯得相當的規則化，而這時
> 在詩歌的語言中便出現一種因音色而形成的音律，稱為「音
> 色律」。在中國詩歌裡，古體詩和近體詩的習慣是隔句押
> 韻，韻腳都落在偶數句的最後一字上，惟第一句是自由的，
> 它可以入韻，也可以不入韻。〔註6〕

〔註3〕〔晉〕陸機撰，張少康集釋：《文賦集釋》，台北：漢京文化，1987年，
頁94。
〔註4〕李元洛：《詩美學》，台北：東大圖書公司，2007年，頁548。
〔註5〕胡幼峯：〈沈德潛的創作論（下）〉，《中外文學》：第14卷第9期，
1986年，頁139。
〔註6〕謝雲飛：《文學與音律》，台北：東大，1978年，文見〈語言音律與
文學音律的分析研究〉，頁23。

而辛棄疾詩歌聲情探討的另一要點則是詩作的平仄起式，平仄本身具有一定的意義。「平聲為陽，仄聲為陰……平聲如擊鐘鼓，仄聲如擊土木石。仄聲為上聲、去聲和入聲，就像敲擊土木石的聲音，較鈍，不洪亮，不明快。這種陽性的聲調更利於表達陽性情感。」〔註7〕因此詩人以詩作抒發心情，使用合宜之起式對其聲情表現更是相得益彰。又平聲與仄聲在詩作中運用之特色，如下文所述：

> 詩詞押平聲韻得比較多，因為平聲比較舒緩和諧，音長也比較長，能產生前後呼應的音響效果，更加符合中國古代「對稱」的審美傾向。相比之下，仄聲的讀音起伏比較大，特別是入聲，音長也短，所以用仄聲韻的詩詞比較少。然而，有的作家曾特意選擇仄聲韻，尤其是入聲韻，來表達自己特殊的情感，增強作品的感染力。〔註8〕

由上述可知，平仄聲調的使用，除了能映顯詩人創作時的心志感受，亦可帶給讀者更強人的情緒感受。又依據陳師茂仁於《臺灣傳統吟詩研究》一書中所言，古漢語有平、上、去入四聲調，此四聲調又按古聲母清濁之異，而分為陰聲調及陽聲調。因此，古四聲變為八聲。又因「濁上歸去」，使陽上聲的字大抵歸入陽去聲，形成「八音七調」。調值如下：陰平〔55：〕、陰上〔53：〕、陰去〔21：〕、陰入〔30：〕；陽平〔13：〕、陽上（空音）、陽去〔33：〕、陽入〔50：〕。而趙元任先生提倡的「五度制調值標記法」，將現代中的陰平、陽平、上聲、去聲等四聲以調值數據呈現之，並藉由座標縱軸與橫軸來表示聲調的音高與音長，標示出刻度，從一至五。陰平聲調5：5，陽平聲調3：5，上聲調值2：1：4，去聲調值5：1。〔註9〕藉由對詩句之音高與音長的了解，進而體會詩中情感所在。

〔註7〕節引自程宇昂：〈李清照《聲聲慢‧尋尋覓覓》聲情之美的建構〉，《韶關學院學報》，第38卷第7期，2017年，頁24～27。

〔註8〕豐玉芳、周穎：〈稼軒詞入聲韻聲情研究〉，《現代語文》，第1期，2019年，頁30～33。

〔註9〕陳師茂仁：《臺灣傳統吟詩研究》，臺北：博揚文化事業有限公司，2011年，頁261～264。

　　以下將辛棄疾詩歌分為四大類別：抒情詩、酬酢詩、詠懷詩、山水詩等，並進行聲、韻情之分析，透過檢視詩歌之體裁、起式和用韻方式等層面，與辭情、韻情相互對照並加以說明，最後再詮釋辛棄疾詩歌中聲情與辭情間之關聯。下文將對辛棄疾詩歌四大類別及其聲情、用韻關係進行分析：

第一節　韻情與辭情的關聯

　　結合上述分類論點，將以上各類之要點與辛棄疾自身情感際遇作整體論述，主要探究詩中之「韻情」層次。具體分析方式，將採取「聲律音韻」作為分類畫分，例如：從起式而言，將辛棄疾詩之平起或仄起進行區別，而輔以詩人可能寄託其中之情感多寡；從格律而言，則是全詩運用之體裁、平仄格律的狀況，從中推敲出辛棄疾當下之情緒反應；又自用韻情形視之，藉詩人採用之不同的韻部、韻目，推敲辛棄疾賦予詩歌之氛圍。

　　本節將整合辛棄疾於詩作中呈現之音樂性及聲韻特色，再加以詮釋其詩之聲情最後將其聲情與辭情相互參照分析，審視辛棄疾詩之類別有無特定聲韻格律之傾向。因此，將由抒情詩、酬酢詩、詠懷詩、山水詩等四大類別之詩歌內容作出統整，就當中之體裁、起式與用韻情形進行分析，結果如下：

一、抒情詩及其韻情

　　抒情詩之分類有感懷及哀辭兩類，以下將分析各類別之韻情，以歸納出辭情與韻情間之關聯，如下：

（一）感懷

　　藉由感懷詩之詩歌體裁、平仄起式及用韻情形進行統整，可更清楚瞭解辛棄疾詩之格律、詩作及相關數據資料，並加以確認感懷詩韻情與辭情之關聯，統整如下：

表一：感懷詩平起式統計表

起　式	體　裁	詩作編號	數量（首）
平起式	五言絕句	2	1 首
	五言律詩	22	1 首
	七言絕句	51、52、53、54、55、56、57、66、68、79、84、87、88、89、92、128、129、131、132、138、139、140、142	23 首
	七言律詩	106、108、118	3 首
28 首			
備註：1.框起為感懷詩中分類在「閒適怡情」類別，共計 16 首，佔「閒適怡情」類 22 首中之比例高達 72.7%。			

表二：感懷詩仄起式統計表

起　式	體　裁	詩作編號	數量（首）
仄起式	五言絕句	1	1 首
	五言律詩	18、19、21	3 首
	七言絕句	30、50、67、69、83、85、86、90、133、134、135、136、137、141	14 首
	七言律詩	96、102、103、104、117、119、120	7 首
25 首			
備註：1.反灰為教誨子女相關詩作。2.加底線：分屬哲理詩。			

表三：感懷詩上平聲韻統整表

	一東	二冬	三江	四支	五微	六魚	七虞	八齊	九佳	十灰	十一真	十二文	十三元	十四寒	十五刪	合計
平起	1	0	0	3	0	0	3	0	0	8	1	1	0	0	0	17 首
仄起	2	0	0	4	1	0	2	2	0	2	2	0	0	0	0	15 首
合計	3	0	0	7	1	0	5	2	0	10	3	1	0	0	0	32 首

表四：感懷詩下平聲韻統整表

	一先	二蕭	三肴	四豪	五歌	六麻	七陽	八庚	九青	十蒸	十一尤	十二侵	十三覃	十四鹽	十五咸	合計
平起	1	0	0	0	0	2	1	3	0	0	2	0	0	0	0	9首
仄起	1	0	0	0	3	0	1	1	0	1	2	0	0	0	0	9首
合計	2	0	0	0	3	2	2	4	0	1	4	0	0	0	0	18首

表五：感懷詩之聲韻統整表

類別	體　裁				起　式		用韻最多	
感懷	近體	絕句	五言	2首	平起	28首	上平十灰	10首
			七言	37首				
		律詩	五言	4首	仄起	25首		
			七言	10首				

　　感懷詩類別，從體裁審視，有近體及古體之別，其中古體詩僅〈關悟老住明教禪院〉（第20首）一首，其餘為近體詩，共53首。使用體裁最多為七言絕句，共有37首；自起式角度切入，兩者無明顯差異，分別是28首及25首；自用韻狀況，可看出最常使用的為上平十灰韻，共計10次。

　　辛棄疾感懷詩共計54首，七言絕句佔37首，佔了68.5%，可見此體裁詩人喜用七言絕句發揮。自起式而言，兩者相距不大，此處就內容探討起式規律，可發現感懷詩中分類在「閒適怡情」類別者，共計22首，以平起式為架構者，共計16首，其比例高達72.7%。根據陳師茂仁《古典詩歌初階》言：「平起詩，推之創作者創寫初始時心情較平順，並且冷靜。」〔註10〕，可推知作者創作時之起式安

〔註10〕陳師茂仁：《古典詩歌初階》，臺北：文津出版社有限公司，2003年，〈詩歌賞析的方法〉（二）起式，頁146～148。

排與辭情之關聯性高；而對子女的教誨部分，共計有四首，則全數用使用仄起式為架構，「仄起詩，則又意味創寫者當下心境激昂、激奮，情感起伏明顯。〔註11〕」可感知辛棄疾對孩子在學習上的擔憂及求好心切之情意；哲理詩共計 19 首，分屬平起式 9 首、仄起式 10 首，相距不大，可知作者書寫時之心情時而平靜，時而激昂，隨當下之境況而有不同。

　　自用韻情形審視，感懷詩類詩人使用上平十灰韻十次、上平四支韻七次，而根據簡明勇《律詩研究》中分析歸納平聲韻之通韻狀況，第二類為「支微齊佳灰類」〔註12〕，可知兩者聲情意涵雷同，根據陳少松於《古詩詞文吟誦》所言：「支微齊等韻……給人以細聲細氣的感覺；適宜表達隱微的心曲和細膩的情思。」〔註13〕，藉此呼應辛棄疾感懷詩內容多寫平常生活以及偶爾的感悟，又或者對儒、佛、道思想的哲理體悟，其心靈層面是豐富且細膩的，故可見感懷詩中辭情和韻情兩者相互影響之關係。

（二）哀辭

　　藉由哀辭之詩歌體裁、平仄起式及用韻情形進行統整，可更清楚瞭解辛棄疾詩之格律、詩作及相關數據資料，並加以確認哀辭之韻情與辭情之關聯，統整如下：

表六：哀辭起式統計表

起　式	體　裁	詩作編號	數量（首）
平起式	五言絕句	3、6、7、11、12、13、15、16、17	9首
仄起式		4、5、8、9、10、14	6首
15首			

〔註11〕陳師茂仁：《古典詩歌初階》，頁 146〜148。
〔註12〕簡明勇：《律詩研究》，臺北：文史哲出版社，1990 年，頁 101〜102。
〔註13〕陳少松：《古詩詞文吟誦》，頁 229〜233。

表七：哀辭上平聲韻統整表（數字為詩作編號）

	一東	二冬	三江	四支	五微	六魚	七虞	八齊	九佳	十灰	十一真	十二文	十三元	十四寒	十五刪	合計
平起													6			1首
仄起					9											1首
合計					1								1			2首

表八：哀辭下平聲韻統整表（數字為詩作編號）

	一先	二蕭	三肴	四豪	五歌	六麻	七陽	八庚	九青	十蒸	十一尤	十二侵	十三覃	十四鹽	十五咸	合計
平起					3			11、17								3首
仄起							14	4			8					3首
合計					1		1	3			1					6首

表九：哀辭其它韻部統整表

	上四紙	上六語	上七麌	去四寘	入九屑	其 他
平起	7	15	12	16		13
仄起					10	5
合計	1首	1首	1首	1首	1首	2首

表十：哀辭之聲韻統整表

類別	體　裁			起　式		用韻最多	
哀辭	近體	絕句	五言	15首	平起	9首	下平八庚	3首
					仄起	6首		

　　哀辭一類，體裁全數使用五言絕句，呼應前文胡應麟《詩藪》卷六〈近體下・絕句〉所述：「五言絕，調易古……五言絕，尚真切，質

多勝文……五言絕，昉於兩漢……」〔註14〕，由此可知，五言絕句型式相較之下較為古樸真切、由於每句字數僅五字，因此多直白的表情達意、不加修飾，因此辛棄疾哀辭體裁以五言絕句呈現，主要內容為哀悼孩子早夭，更顯情真意摯。

自起式分析，平起式共 9 首，仄起式共 6 首，自內容審視起式，可發現此類仄起式詩作中，多出現「悲」（第 5 首）、「淚」（第 10 首）、「痛」（第 9、14 首）等字，表書寫當下的情緒相當濃烈、感到強烈悲痛，而平起式詩作內容，內容多呈現辛棄疾在腦中懷想亡子音容及感慨為多。

自用韻狀況審視之，可發現哀辭 15 首中，使用下平八庚次數為 3 次，根據謝雲飛《文學與音律》：「凡庚、青、蒸韻的韻語都含有一種淡淡的哀愁，似乎又有相當理智的情愫。」〔註15〕、王易《詞曲史》：「庚梗振厲。」〔註16〕；另外哀辭中韻部使用「上聲」3 次、「去聲」1 首、「入聲」1 首，鄭心媛《楊億詩之研究》：「根據平聲調與仄聲調用以四聲表示，陰平聲、陽平聲，合為『平聲』，上聲、去聲、入聲，合為『仄聲』。陰平聲，整體語調較為平順；陽平聲，尾音揚升，有悠揚之感；上聲，音高先低而後高；去聲，音調由高急促下降；入聲，音調短促急收。」〔註17〕由此可知使用上、去、入聲為韻腳，在詩作中所呈現的氛圍，將有所不同，如：「單獨使用入聲字不會產生特別的情感，然而將其用作詩詞的韻腳，在換氣處由平緩的平、上、去三聲，突然變為短促的入聲字，本想一吐為快卻又陡然咽住，便產生了情感表達上的獨特魅力。」〔註18〕以上韻部使用之說明，

〔註14〕 節錄自松浦友久：《中國詩歌原理》，〈第七章詩與詩型〉，臺北：洪葉文化事業有限公司，1993 年，頁 252。

〔註15〕 謝雲飛：《文學與音律》，頁 63。

〔註16〕 王易：《詞曲史》，頁 238。

〔註17〕 轉引自鄭心媛：《楊億詩之研究》，頁 106。

〔註18〕 節引自豐玉芳、周穎：〈稼軒詞入聲韻聲情研究〉，《現代語文》，第一期，2019 年，頁 30～33。

大多吻合詩人書寫哀辭之心境起伏。

二、酬酢詩及其韻情

　　酬酢詩之分類共分為兩類，其一為唱和類，其二為贈送類，以下將進一步分析各類內容與韻情，以歸納出韻情與辭情之關聯，如下所示：

（一）唱和

　　藉由唱和詩之詩歌體裁、平仄起式及用韻情形進行統整，可更清楚瞭解辛棄疾詩之格律、詩作及相關數據資料，並加以確認唱和詩韻情與辭情之關聯，統整如下：

表十一：唱和詩平起式統計表

起　式	體　裁	詩作編號	數量（首）
平起式	五言絕句	無	0 首
	五言律詩	無	0 首
	七言絕句	32、61、70、72、76、78、80、91	8 首
	七言律詩	97、99、101、105、111、112、113、114、115	9 首
17 首			

表十二：唱和詩仄起式統計表

起　式	體　裁	詩作編號	數量（首）
仄起式	五言絕句	無	0 首
	五言律詩	23	1 首
	七言絕句	31、60、64、65、71、73、74、75、77、81、82	11 首
	七言律詩	98、107、110、121、122、	5 首
17 首			

表十三：唱和詩上平聲韻統整表

	一東	二冬	三江	四支	五微	六魚	七虞	八齊	九佳	十灰	十一真	十二文	十三元	十四寒	十五刪	合計
平起	1	0	0	4	0	1	0	1	0	2	0	2	0	0	0	11首
仄起	1	1	0	3	0	0	0	0	1	3	0	1	0	1	0	11首
合計	2	1	0	7	0	1	0	1	1	5	0	3	0	1	0	22首

表十四：唱和詩下平聲韻統整表

	一先	二蕭	三肴	四豪	五歌	六麻	七陽	八庚	九青	十蒸	十一尤	十二侵	十三覃	十四鹽	十五咸	合計
平起	0	0	0	0	1	0	2	1	0	0	1	1	0	0	0	6首
仄起	2	0	0	0	0	0	3	0	0	0	0	1	0	0	0	6首
合計	2	0	0	0	1	0	5	1	0	0	1	2	0	0	0	12首

表十五：唱和詩聲韻統整表

類別	體　　裁				起　　式		用韻最多	
唱和	近體	絕句	五言	0首	平起	17首	上平四支	7首
			七言	19首				
		律詩	五言	1首	仄起	17首		
			七言	14首				

　　唱和詩類別，共計 37 首，從體裁審視，有近體及古體之別，其中五言古詩有兩首，分別為〈吳克明廣文見和再用韻答之〉（第 26首）、〈和趙晉臣敷文積翠巖去纇石〉（第 29 首）、七言古詩〈和趙國

興知錄贈琴〉（第 123 首）一首，共計 3 首，因此唱和類近體詩共 34
首。

近體詩使用體裁最多為七言絕句 19 首及七言律詩 14 首。根據
松浦友久《中國詩歌原理》：「七言律詩既代表著壯麗、典麗的感覺，
又更明確的代表著對偶性本身。」〔註19〕，又胡應麟《詩藪》卷六〈近
體下·絕句〉所述：「七言絕，調易卑。……七言絕，尚高華，文多勝
質七言絕，起自六朝……〔註20〕」而辛棄疾酬酢詩內容大多抒發人生
體悟、藉物抒情等，因唱和對象為往來的官場同僚或知交好友，因此
用字遣詞上大多以語意能更完整之七言詩來表述心志，較能呈現對友
人敬重之意。

起式則平起與仄起使用次數相同，分別是平起式 17 首、仄起式
17 首。因唱和詩內容範圍廣泛，有時向友人訴苦或抒發感懷抑或藉物
抒發心志等，視詩人當下之境況感受，而心境亦隨之跌宕起伏，因此
平仄起式各半。

自用韻處審視酬酢詩，則可見上平四支韻使用 7 次、上平十灰韻
使用 5 次、下平七陽韻使用 5 次。根據簡明勇《律詩研究》中分析歸
納平聲韻之通韻狀況，第二類為「支微齊佳灰類」〔註21〕，可知支、
灰韻之聲情意涵雷同，又根據陳少松於《古詩詞文吟誦》所言：「支微
齊等韻……給人以細聲細氣的感覺；適宜表達隱微的心曲和細膩的情
思。」、「陽江等韻……給人以洪亮、渾厚的感覺；適宜表達豪放、激
動、昂揚等感情。」〔註22〕，唱和詩中使用支、灰韻的詩作內容大多
是詩人向友人傾訴內心感慨、反思一生之勞苦心境；而七陽韻則多為
誇讚友人之內容，陽韻之韻語發音為高音揚起，尾音繚繞而營造出餘
韻之氛圍，予人之聲情感受較為喜悅、開朗，用於祝賀相關之詩作，

〔註19〕 松浦友久：《中國詩歌原理》，臺北：洪葉文化事業有限公司，1993
年，頁 256。
〔註20〕 松浦友久：《中國詩歌原理》，頁 252。
〔註21〕 簡明勇：《律詩研究》，臺北：文史哲出版社，1990 年，頁 101～102。
〔註22〕 陳少松：《古詩詞文吟誦》，頁 229～233。

更可體現詩人喜上眉梢之情感。

　　綜合上述，可見辛棄疾唱和詩之體裁、起式、用韻狀況與詩作內容甚為呼應。

（二）贈送

　　藉由贈和詩之詩歌體裁、平仄起式及用韻情形進行統整，可更清楚瞭解辛棄疾詩之格律、詩作及相關數據資料，並加以確認贈送詩韻情與辭情之關聯，統整如下：

表十六：贈送詩起式統整表

起　式	體　裁	詩作編號	數量（首）
平起式	七言絕句	38・39	2 首
	七言律詩	63、95、100、144	4 首
仄起式	七言律詩	62、143	2 首
8 首			

表十七：贈送詩之聲韻統整表

類別		體　裁		起　式		用　韻
贈送	近體	七言絕句	37.〈贈延福端老二首〉之一	平起	6 首	下平七陽
			38.〈贈延福端老二首之〉二			下平一先
		七言律詩	95.〈送別湖南部曲〉			上平七虞
			63.〈壽趙茂嘉郎中〉兩首之二			上平四支
			100.〈壽朱晦翁〉			上平十一真
			144.〈壽趙守〉			下平一先
			62.〈壽趙茂嘉郎中二首〉之一	仄起式	2 首	下平七陽
			143.〈壽朱文公〉			上平十灰

　　贈和詩類別，首先自體裁審視，有近體及古體兩種，其中五言古詩一首，為〈贈申孝子世寧〉（第 124 首），近體詩則為七言絕句 2 首及七言律詩 6 首，其次，自平仄起式方面言，平起式合共 6 首，仄起式合共 2 首，顯見詩人書寫時，內心較為平靜。

　　自用韻情形視之，〈贈延福端老二首〉之一及〈壽趙茂嘉郎中二首〉之一為下平七陽韻，而「陽江等韻……給人以洪亮、渾厚的感覺；適宜表達豪放、激動、昂揚等感情。〔註23〕」前者詩作內容為詩人偶然駐足一處，而引起的遐思，思緒開闊，後者則表彰其愛民事蹟，此二處使用陽韻，更凸顯辛棄疾開闊喜悅之心境；〈贈延福端老二首〉之二、〈壽趙守〉，使用下平一先韻，而先韻之尾音感受為幽揚細膩、其「悠揚、穩重的感覺，適宜表達奔放、深厚等感情。」〔註24〕前者詩作內容表達詩人夜不成眠的狀態，後者誠摯賀友人高壽；〈壽朱晦翁〉使用上平十一真韻，「真文侵等韻，給人以平穩、沉靜的感覺。」內容除祝壽外更盛讚友人之超凡形象；〔註25〕〈壽趙茂嘉郎中〉兩首之二、〈壽朱文公〉分別使用上平四支韻及上平十灰韻，而此二者為通韻，又「支紙縝密」〔註26〕，前者詩作內容期盼與友人再聚首，後者則以細膩筆法，於聽覺、視覺之交錯描寫，呈顯對友人之祝福；最後〈送別湖南部曲〉則使用魚虞通韻，根據王易「魚語幽咽」〔註27〕，此韻語正好詮釋作者愧對部下之歉然，綜合上述，足見辛棄疾贈送詩之辭情與韻情兩者之間相互影響之效果。

三、詠懷詩及其韻情

　　詠懷詩之分類共分為兩類，其一為詠物類，其二為詠史類，以下將進一步對各類進行之辭情與韻情分析，以歸納出其關聯性，如下所示：

〔註23〕陳少松：《古詩詞文吟誦》，頁 229～233。
〔註24〕陳少松：《古詩詞文吟誦》，頁 229～233。
〔註25〕陳少松：《古詩詞文吟誦》，頁 229～233。
〔註26〕王易：《詞曲史》，頁 238。
〔註27〕王易：《詞曲史》，頁 238。

（一）詠物詩

　　藉由詠物詩之詩歌體裁、平仄起式及用韻情形進行統整，可更清楚瞭解辛棄疾詩之格律、詩作及相關數據資料，並加以確認詠物詩韻情與辭情之關聯，統整如下：

表十八：詠物詩平起式統計表

起　式	體　裁	詩作編號	數量（首）
平起式	五言絕句	125、126	2 首
	五言律詩	24	1 首
	七言絕句	33、34、36、37、58、59、93、94	8 首
	七言律詩	無	0 首
11 首			

表十九：詠物詩仄起式統計表

起　式	體　裁	詩作編號	數量（首）
仄起式	五言絕句	無	0 首
	五言律詩	27	1 首
	七言絕句	35	1 首
	七言律詩	無	0 首
2 首			

表二十：詠物詩上平聲韻統整表

	一東	二冬	三江	四支	五微	六魚	七虞	八齊	九佳	十灰	十一真	十二文	十三元	十四寒	十五刪	合計
平起	0	0	0	3	0	0	1	0	0	0	0	0	0	2	0	6 首
仄起	0	0	0	0	0	0	0	0	0	0	0	0	0	1	1	0	2 首
合計	0	0	0	3	0	0	1	0	0	0	0	0	0	1	3	0	8 首

表二十一：詠物詩下平聲韻統整表

	一先	二蕭	三肴	四毫	五歌	六麻	七陽	八庚	九青	十蒸	十一尤	十二侵	十三覃	十四鹽	十五咸	合計
平起	0	0	0	0	1	1	0	0	0	0	0	0	0	1	0	3首
仄起	0	0	0	0	0	0	0	0	0	0	0	0	0	0	0	0首
合計	0	0	0	0	1	1	0	0	0	0	0	0	0	1	0	3首

表二十二：詠物詩其它韻部統整表

	去十七霰	無法判斷
平起	125	126
仄起	0	0
總共	1首	1首

表二十三：詠物詩之聲韻統整表

類別	體裁				起式		用韻最多	
詠物	近體	絕句	五言	2首	平起	11首	上平四支、上平十四寒	3首
			七言	9首				
		律詩	五言	2首	仄起	2首		
			七言	0首				

　　詠物詩類別，從體裁審視，有近體及古體之別，其中五言古詩一首，為〈蔞蒿宜作河豚羹〉（第25首），其餘皆為近體詩，共計13首，其中又以七言絕句9首為最多，自起式方面論，平起式使用11次，佔此類達85%，仄起式有2次，佔此類15%。自用韻情形論，以上平四支韻及上平十四寒韻各佔3次為最多。

　　對於詠物詩之分析，首先自體裁方面視之，辛棄疾詠物詩共計 14
首，其中七言絕句有 9 首，已超過此類一半，分析其原因，辛棄疾詠
物詩歌誦對象，表面上大多為自然景物，如山、水、石、雪……等，
但實際上詩人多以「托物寄志」暗藏其心理狀態，因此以七言句式較
能完整陳述己意，又絕句句數四句，共 28 字，體裁適中，因而此類
選用七言絕句最適合詩人發揮。

　　其二，自起式方面探討，平起式 9 首，仄起式 2 首，差距甚為懸
殊，究其原因，辛棄疾藉由詠物而寄託之心志，大多由自然美景入手
為基礎，景色怡人，心境上有時曠達自適、有時黯然感慨，皆屬較平
和之情緒，因此以和緩的平起式表現此類詩作。

　　最後，自韻部方面探討，詠物詩以上平四支韻及上平十四寒韻各
佔 3 次為多，而「支紙縝密〔註28〕」、「先寒刪覃鹽咸等韻……給人以
悠揚、穩重的感覺；適宜表達奔放、深厚等感情。〔註29〕」辛棄疾詠
物詩，詩作內容隨著景、物而引發內心愁思或者豁達奔放之情感，皆
以相呼應之韻部傳達，更足見其辭情與韻情之連結。

（二）詠史詩

　　藉由詠史詩之詩歌體裁、平仄起式及用韻情形進行統整，可更清
楚瞭解辛棄疾詩之格律、詩作及相關數據資料，並加以確認詠史詩韻
情與辭情之關聯，統整如下：

表二十四：詠史詩起式統整表

起　式	體　裁	詩作編號	數量（首）
平起式	七言律詩	116、130	2 首
仄起式		109	1 首
3 首			

〔註28〕王易：《詞曲史》，頁 238。
〔註29〕陳少松：《古詩詞文吟誦》，頁 229～233。

表二十五：詠史詩之聲韻統整表

類　別	體　裁			起　式		用　韻
詠史	近體	七言律詩	〈江行弔宋齊邱〉	平起	2 首	上平十五刪
			〈丙寅歲山間競傳諸將有下棘寺者〉	仄起	1 首	下平十一尤
			〈憶李白〉			下平七陽

　　詠史詩類別，從體裁審視，有古體與近體之別，五言古詩一首為〈周氏敬榮堂詩〉（第 28 首），其餘為近體詩，共計 3 首，近體詩體裁全數為七言律詩；自起式方面論，平起式 2 首，仄起式 1 首。用韻情形則上平十五刪、下平十一尤、下平七陽各一首。

　　對於詠史詩之分析，首先自體裁方面視之，辛棄疾詠史詩 3 首，全數為七言律詩，究其原因為詩人在詩作中穿插人物事蹟，有時品評人物得失，有時抒發自身感觸，而七言律詩架構為每句七字，每首八句，共有五十六字的篇幅，詩人以七言律詩傳達己意，較為適中。

　　自起式分析，平起式 2 首、仄起式 1 首，而起式通常是能初步審視詩人作詩當下之心緒，是高昂抑或低靡，而辛棄疾之詠史詩大多以古人為例引起感觸，因此心情大多平和，以平起式為多。

　　再者，由用韻情形視之，〈江行弔宋齊邱〉使用上平十五刪韻，詩作內容以韓非及宋齊邱為例，抒發內心對一生奔波卻壯志未酬之慨嘆，而此詩押刪韻，而「刪韻置於句尾，且為平聲，產生了傾向於無奈無助之情，流露出無力改變現況之慨歎」〔註30〕，正好映顯詩人心境。

　　〈丙寅歲山間競傳諸將有下棘寺者〉使用下平十一尤韻，此詩約作於 1205 年，當時南宋當權勢力韓侂冑急於立功北伐，作者是否以漢朝李陵冒險用兵，而後兵敗招致殺身之禍一例告誡當權者，雖

〔註30〕 轉引自鄭心媛：《楊億詩之研究》，頁 80。

不得而知，然而「尤韻……給人以滾滾不盡的感覺；適宜表現闊遠的境界和深沈感慨等感情。〔註31〕」此韻情已與此詩作辭情相互呼應。

〈憶李白〉使用下平七陽韻，此詩內容作者以唐代詩人李白自比，雖然皆受讒遭貶，但仍樂觀看待未來之發展，而陽韻之尾音上揚，聲情上形成一種歡快、高昂之氣氛，與詩作內容相互呼應。

四、山水詩及其韻情

藉由山水詩之詩歌體裁、平仄起式及用韻情形進行統整，可更清楚暸解辛棄疾詩之格律、詩作及相關數據資料，並加以確認山水詩韻情與辭情之關聯，統整如下：

表二十六：山水詩起式統計表

起　式	體　裁	詩作編號	數量（首）
平起式	七言絕句	45、46、48	3 首
仄起式		40、41、42、43、44、47、49、	7 首
10 首			

表二十七：山水詩上平聲韻統整表（數字為詩作編號）

	一東	二冬	三江	四支	五微	六魚	七虞	八齊	九佳	十灰	十一真	十二文	十三元	十四寒	十五刪	合計
平起					48						45					2 首
仄起										40		43				2 首
總計					1					1	1	1				4 首

〔註31〕陳少松：《古詩詞文吟誦》，頁 229～233。

表二十八：山水詩下平聲韻統整表（數字為詩作編號）

	一先	二蕭	三肴	四毫	五歌	六麻	七陽	八庚	九青	十蒸	十一尤	十二侵	十三覃	十四鹽	十五咸	合計
平起	49				46											2首
仄起	47	44			42				41							4首
總計	2	1			2				1							6首

表二十九：山水詩聲韻統整表

類別	體 裁				起 式		用韻最多	
山水	近體	絕句	七言	10首	平起	3首	下平一先、下平五歌	各2首
					仄起	7首		

　　山水詩類別，體裁全數為近體詩，並以七言絕句創作，共計 10 首，主要內容為遊訪武夷山之所見所感。

　　自起式分析，平起式共 3 首，仄起式共 7 首，辛棄疾眼中的大自然，有的氣勢磅礡、波瀾壯闊，如：「一水奔流疊嶂開，谿頭千步響如雷」（〈遊武夷作棹歌呈晦翁十首〉之一），有的空靈俊逸，清秀柔美，如：「玉花開花落無尋處，彷彿吹簫月夜聞。」（〈遊武夷作棹歌呈晦翁十首〉之四），起式之運用，多與詩人遊賞時之境況心情，而有所不同。

　　再以用韻狀況審視之，山水詩以下平一先韻及下平五歌韻各佔 2 次，根據周濟《宋四家詞選》〈序論〉所言：「支先韻細膩。」〔註32〕、陳少松《古詩詞文吟誦》：「歌韻……給人一種鬱結難吐的感覺，故適宜表達的情感同魚韻近似；魚虞等韻……給人以鬱結難吐的感覺；適

〔註32〕　〔清〕周濟：《宋四家詞選》，文見〈序論〉，臺北：藝文印書館，1967年，頁 3。

宜表達纏綿深微、感嘆不已等感情。」〔註33〕可知,詩人在遊賞之時,常從中折射出自我形象,在美景中融入己身感慨,綜合上述可見辛棄疾山水詩中辭情與韻情之密切度。

第二節　辛棄疾詩歌聲韻編排之特色

《毛詩・序》說:

> 情動於中而形於言,言之不足,故嗟嘆之;嗟嘆之不足,故詠歌之,古詠歌之不足,不知手之、舞之,足之、蹈之也。〔註34〕

顯見先民早已使用詩、歌、舞來傳情達意,古人所作之詩,大多配合音律,因此詩歌是人們抒發情感、傾訴喜怒哀樂之物,《禮記・樂記》中有一段話,亦把聲音與情緒的關係說得十分精闢:

> 樂者,音之所生也,其本在人心之感於物也。是故其哀心感者,其聲噍以殺;其樂心感者,其聲嘽以緩;其喜心感者,其聲發以散;其怒心感者,其聲粗以厲;其敬心感者,其聲直以廉;其愛心感者,其聲和以柔。六者非性也,感於物而後動。〔註35〕

由此可知「人心之感於物」,因此受外在影響而發其聲,心緒起伏與樂音之跌宕息息相關,而音樂的動人力量便來自它所表現的情感,清・劉大櫆《論文偶記》對此有較詳細的說法:

> 音節者,神氣之跡也;字句者,音節之矩也。神氣不可見,於音節見之;音節無可準,以字句準之。⋯⋯音節高則神氣高,音節下則神氣必下,故音節為神氣之跡。一句之中,或多一字,或少一字;一字之中,或用平聲,或用仄聲;用一平字仄字,或用陰平、陽平、上聲、去聲、入聲,則音節迴

〔註33〕陳少松:《古詩詞文吟誦》,頁 229～233。

〔註34〕〔唐〕孔穎達:《毛詩正義》,上海:上海古籍出版社,1990 年,頁 15。

〔註35〕十三經注疏小組編:《十三經注疏分段標點》,臺北:新文豐,2001 年,頁 1654。

異，故字句為音節之矩。積字成句，積章成篇，合而讀之，
音節見矣，歌而詠之，神氣出矣。〔註36〕

由此可知字句的長短和聲調的高低，形成不同的音節，譬諸管絃，有
繁奏，有希聲，然後悅耳動聽，故文章要「合而讀之」、「歌而詠之」，
才可掌握它的「音節」，體會它的「神氣」。〔註37〕，楊蔭瀏在《語言
音樂學初探》中也有對詩歌聲情的探析：

在音韻三因素中，若聲母、韻母與音樂上的表達有著一定的
關係，則字調與音樂的關係，將顯得是更加重要。因為我國
漢族語言文字中的平仄、四聲，它們本身就已包含著音樂上
的旋律因素。每一個字各有高低升降的傾向；連接若干字構
成歌句之時，前後單字互相制約，又蘊蓄著對樂句進行的一
種大致上的要求。〔註38〕

根據上文所述，楊氏認為聲母、韻母與字調和音樂表達上的關係密不
可分，而每字的平仄、聲調原本便具有音樂性，文字的連結又相互制
衡而呈現基本的調性氛圍，然而歷來觀賞詩作者，大多僅就詩句字面
或辭意進行探討，著重聲情音韻者甚少，正如公夢婷《徐健順古詩詞
吟誦教學思想研究》一文所言：「解讀古詩詞不僅僅是依靠意象、翻
譯，更要注重解讀古人的文化心理、走進儒士的精神世界，進而領會
詩人的詩家語言、品味詩歌的語言精妙，這就需要我們從一項系統、
典故系統中抽離出來，關注到解讀詩歌的另一種路徑，即語音系統和
文體系統。語音系統是指漢語詩文是包括字義、字音、意象的綜合體，
其中音義就是漢詩文讀法的含意，這是漢語詩文從創作之日起就具備
的。」〔註39〕

〔註36〕轉引自何沛雄：〈劉大櫆的古文理論〉，新亞學報，第 16 卷下，1993
年，頁 132～133。
〔註37〕轉引自何沛雄：〈劉大櫆的古文理論〉，頁 133。
〔註38〕楊蔭瀏：《語言音樂學初探》，文見〈語言與音樂〉，台北：丹青圖書
有限公司，1988 年，頁 35～36。
〔註39〕公夢婷：《徐健順古詩詞吟誦教學思想研究》，河北，河北師範大學，
語文學科教學，碩士論文，2019 年，頁 10。

　　文學的「美讀」，便是書聲之美的探求，「美讀」便是「聲音的出版」、「聲音的雕刻」。〔註40〕施炳華〈談台灣閩南語融入領域統整教學〉中亦說道：

> 詩，是最具有藝術價值的文學作品。吟誦古詩，可以認識古人優美的文學作品，體會作者真摯的感情、高尚的情操，美化自己的生活和提昇精神素養……吟詩是一種藝術活動。吟詩最重要的是聲音的表現。詩人藉著文字的聲音表達他的喜怒哀樂，讀者也必須藉著文字的聲音體會作者的喜怒哀樂；因此，吟誦古詩，最好能「原音重現」，才能確切體會作者的感情……而「國語」發音　　平仄不合，頓挫有異，終是隔了一層；比不上用保存古音的台語吟誦，由聲入情，「覺前人聲中難寫，響外別傳之妙，一齊俱出」。〔註41〕

其文章中更以唐李商隱〈夜雨寄北〉〔註42〕之讀音，明確舉例以國語和閩南語讀此詩時，閩南語發音較符合古韻的平仄押韻，且據學者考證，閩南語為最接近唐代之語音，為中古音之活化石，又閩南語文讀音之傳播過程可概括為「唐代播種、紮根、宋元開花、結果，明末以前已廣被民間。」〔註43〕由此可知閩南語甚早運用於古之文人創作中。因此，若想體會詩歌之聲情之美，恢復傳統之吟誦風格與韻味，以閩南語分析甚為適合，如陳師茂仁所言：

> 以閩南語吟詠唐詩，以其陰陽分明，平、上、去、入四聲皆

〔註40〕邱燮友：《美讀與朗誦》，台北：幼獅文化事業公司，1991 年，頁 49。

〔註41〕節引自施炳華：〈談台灣閩南語融入領域統整教學〉，《臺灣語文研究》，第 2 期，2004 年，頁 79。

〔註42〕〔唐〕李商隱〈夜雨寄北〉：君問歸期未有期，巴山夜雨漲秋池。何當共剪西窗燭，卻話巴山夜雨時。用「國語」讀，「期」「池」「時」不押韻，而台語分別讀作 ki5、ti5、si5，「支」韻，韻腳是 i。這是一首絕句，一二句、三四句的平仄應對仗。如用「國語」讀，三四句末字的「燭」「時」都是平聲，不相對；用台語讀，則「燭」是入聲，「時」是平聲，平仄相對，合於古律。引自施炳華：〈談台灣閩南語融入領域統整教學〉，《臺灣語文研究》，第 2 期，2004 年，頁 79。

〔註43〕轉引自張光宇：《閩客方言史稿》，臺北：南天出版社，1996 年，文見〈第四章論閩方言的形成〉，頁 64。

備，因而平仄明悉、聲調和諧，以之組構編排，自得求致音
韻生動、節奏明朗，極富於音樂性之美，因之以其吟詠唐詩，
自較能映顯詩歌感染人心之美。〔註44〕

綜合上述，本節筆者將以閩南語文讀音聲韻角度切入，分析辛棄疾詩
歌，冀能在詩義之外，以不同層面體會辛棄疾詩歌聲情之美。

一、吟音

（一）閩南語的八音七調

　　陳師茂仁於《臺灣傳統吟詩入門──大家來吟詩》一書中，提及
閩南語的八音七調，如下：

談到吟詩時，有所謂古代四聲，也是四個聲調，兩者的差別
在於入聲的有無，以及聲分陰陽的差異。而切近中古音的閩
南語，有陰聲調和陽聲調的分別，兩者又各有平上去入四
聲，所以原應有八調，只因上聲中的濁上歸去緣故，因此沒
有第六聲陽上聲，所以八音只有七調。〔註45〕

閩南語八音中的第六聲為空音，暫時以同為高降調「馬」來代替，則
第一聲至第八聲用八種動物名稱表示，依序如下〔註46〕：

表三十：閩南語八音七調〔註47〕

調名	陰				陽			
	平聲	上聲	去聲	入聲	平聲	上聲	去聲	入聲
聲調	1	2	3	4	5	6	7	8
調符〔註48〕	一	╱	∟	•	⌣	╱	一	●

〔註44〕陳師茂仁：〈淺探吟顯近體詩音樂美之內因與外緣〉，《彰化師大國文
　　　　學誌》，第250期，2012年，頁33～34。

〔註45〕陳師茂仁：《臺灣傳統吟詩入門──大家來吟詩》（附CD），臺北：
　　　　博揚文化事業有限公司，2013年，頁39。

〔註46〕陳師茂仁：《臺灣傳統吟詩入門──大家來吟詩》（附CD），頁40。

〔註47〕陳師茂仁：《臺灣傳統吟詩入門──大家來吟詩》（附CD），頁40。

〔註48〕調符，為陳師茂仁按各聲調之音高及音長所繪製之符號，以表達各

調值〔註49〕	5-5	5-3	2-1	3-0	1-3	5-3	3-3	5-0
記音	sai1	hoo2	pa3	ah4	gu5	be6	tshiunn7	lok8
動物	獅	虎	豹	鴨	牛	馬	象	鹿
聲調〔註50〕	高平調	高降調	中下降調	中促調	低升調	空音	中平調	高促調

　　上表為閩南語基本音調,「於每一文字單獨存在時,其音皆讀本調,調值不變。」〔註51〕

　　吟詩為體驗詩歌聲情音樂美之最佳方式,而為求得此美感,需得如實傳達詩歌文字之字音。以依字行腔為吟詩之最基本要求,故於依字行腔之餘,若得於字調之基礎上予以吟式之變化,則其節奏韻律之美感必益加感人〔註52〕,因而了解閩南語音之聲調屬性後,亦須考慮連讀時產生的聲調變化,如此才能更完整體現詩歌音韻抑揚之美。

　　聲調之抑揚走勢。其中陰平一聲,其調符「—」意指此聲調高平長而無抑揚。若以五度音高表之,則此聲調自始至終之音高皆在五,故其調值記為〔55:〕;陰上二聲,調符作「ノ」意指此聲調由高降下,其開始音高在五而結束在三,故調值記為〔53:〕;陰去三聲,調符作「L」意指此聲調由低降下,其開始音高在二而結束在一,故調值記為〔21:〕;陰入四聲,調符作「·」音高屬中而短促,此聲調為入聲,故其音出即斷,故調值記為〔30:〕;陽平五聲,調符作「ノ」,其開始音高在一而結束在三,故調值記為〔13:〕;陽去七聲,調符作「—」中而平順,其音長,短於陰平一聲之高平調,此聲調中平而無抑揚,音自始至終皆三,故調值記為〔33:〕;陽入八聲,調符作「·」音高屬高而短促,此聲調為入聲,故其音出即斷,故調值記為〔50:〕,由調符正可看出各聲調抑揚起伏之情狀。

〔註49〕調值,指讀音之起始聲調及結束聲調,用數字表示其走勢,一般以趙元任之五度制為之。

〔註50〕陳師茂仁:《臺灣傳統吟詩入門——大家來吟詩》(附CD),頁42～46。

〔註51〕陳師茂仁:《臺灣傳統吟詩研究》,臺北:博揚文化事業有限公司,2011年,頁265。

〔註52〕陳師茂仁:《臺灣傳統吟詩研究》,頁297。

（二）閩南語讀音連讀變調

閩南語於每一文字單獨存在時，其音皆讀本調，調值不變。唯當文字兩兩組構連讀時，多數字調即會失去原具之本調而產生變調之情形，通常前一字須變調，而後一字不變調。〔註53〕

本文以嘉義偏漳腔為主，而此腔調變調的規則為「5→7→3→2→1→7」〔註54〕，即原本是第五聲之字，變調後成為第七聲；原為第七聲的字，變調後變成第三聲；本來是第三聲的字，變調後轉為第二聲，以此類推。

閩南語之連續變調，多出現於詩中之非節奏點處，五言詩之節奏可分上二字下三字；七言詩則分為上四字下三字〔註55〕，而七言詩之上四字又略可細分為二二，因之各句可分為二二三等三節奏。而各節奏之末字，為聲音最重之節奏點處，因此連讀時無須變調，然非節奏點處之字，大多需變調，即因句式為二二三，因此又有兩字詞組與三字詞組之差異。〔註56〕兩字詞組之變調規則略可歸納為：

其一：於一般情況下，前一字通常要變調，而後一字不變調。

其二：兩字詞組若為主謂結構，且前字為名詞時，則此前字通常不變調，末字亦不變調，二者皆讀其本調。唯若為由國語吸收而成為臺灣閩南語詞語者，則雖為主謂結構，其前字於連讀時亦須變調。

其三：兩字詞組之末字若為輕聲，則其前字不變調。〔註57〕

五言詩上二字於吟詩時可依上述規則進行變調〔註58〕；七言詩上四字

〔註53〕意引自陳師茂仁：《臺灣傳統吟詩研究》，頁265。
〔註54〕陳師茂仁：《臺灣傳統吟詩研究》，頁49。
〔註55〕轉引自〔清〕劉熙載：《藝概》，上海：上海古籍出版社，1978年，頁70。
〔註56〕陳茂仁：〈由字譜音讀角度探論王昌齡〈從軍行〉（其四）之聲韻美〉，《國文學誌》，第39期，2019年，頁36。
〔註57〕陳師茂仁：《臺灣傳統吟詩研究》，頁270。
〔註58〕何以二字為一結構，因中文字之音長、語義及修辭等因所致。中國文字常以兩個字為一個單元，除中國文字特有的組織意義特性外，因

可再細分為二二詞組，亦可依前所示處理變調現象，而關於末三字詞組之變調規則，陳師茂仁曰：

分析歸納末三字詞組之變調情況，略可歸其變調規則為：

其一：於變調常例，前兩字通常要變調，而末字不變調。

其二：末三字詞組中，若前兩字為名詞詞組，則第一字要變調而第二字不變調，當然末字亦不變調，如「人語響」之例。

其三：末三字詞組中，若前兩字非為名詞詞組，然第一字卻為名詞時，則第一字不變調，而第二字須變調，末字亦不變調，如「草白春」之例。〔註59〕

表三十一：聲調變調圖

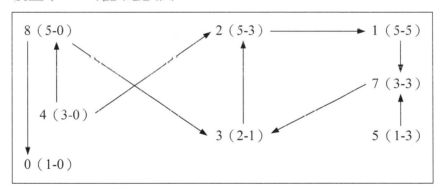

而入聲字之第四聲和第八聲，「它的變調規則，概略可用 4（p、t、k）→8、4（h）→2、8（h）→3、8（p、t、k）→0 來表示」〔註60〕，意即本調第四聲（陰入聲）p、t、k 系統之入聲字，於變調會變為第八聲（陽入聲）；第四聲 h 系統之字，變調後成為第二聲；第八聲 h 系

中國文字為單音節，要在吟唱時適於使用，以使音節能拉長（兩個平聲）、變化（兩個仄聲），故合「二平聲」以拉長之，或合「二仄聲」以求變化。所以便和兩個平聲或兩個仄聲為一個節奏。意引自陳師茂仁：《古典詩歌初階》，頁48～50。

〔註59〕陳師茂仁：《臺灣傳統吟詩研究》，頁275。

〔註60〕陳師茂仁：《臺灣傳統吟詩入門——大家來吟詩》（附CD），頁49～50。

統的字，變調後轉為第三聲，其中 8 p t k→0（4），指 8 p t k 系統之字，於變調後時應變為更低音之短促音，按五度音高衡之，調值概為［10：］，故姑設之為第 0 聲，唯於一般情況下，略可以中促調之第 4 聲代之。〔註61〕

　　本節呈現之詩作將依循上述變調原則，依變調後之聲調討論辛棄疾詩作中之聲韻編排特色。

（三）詩作之文讀音〔註62〕、本調及變調

　　首先確認文讀音，本文呈現之詩作文讀音，將以沈富進《彙音寶鑑》〔註63〕所採錄之切音，《彙音寶鑑》可說是目前傳統漢文查檢文讀音最通行的一步工具書〔註64〕；而所用之記音，採用教育部公告使用之《臺灣閩南語羅馬字拼音方案使用手冊》〔註65〕（臺羅記音），將欲探討之辛棄疾詩作閩南文讀音之本調及變調確立後，以此分析辛棄疾詩作之聲韻，以下以〈偶題三首〉之一（第 87 首）為例，第一句「人生」的「生」，《彙音寶鑑》載「經一時」，轉為臺羅拼音為「sing」；第三句「少年」的「年」，為「堅五柳」，轉為台羅拼音為「lian5」；第四句「兩無成」的「無」，為「龜五門」，轉為台羅拼音為「bu5」。以此方式，筆者得出〈偶題三首〉之一（第 87 首）一詩臺羅拼音文讀音及其原始調號如下表三十二，下文所分析之辛棄疾詩作，皆依循上述原則得出文讀音、本調及連讀變調，不再詳列之。

〔註61〕 意引自陳師茂仁：〈由吟詩角度探杜甫〈江畔獨步尋花〉（其六）聲韻之美〉，《第十屆思維與創作暨第五屆台灣南區大學中文系聯合學術會議論文集》，2016 年，頁 4，註 12。

〔註62〕 文讀音又稱文言音、讀書音或孔子白；說話音又稱方音、口語音、白話音、解說音或土音，引自陳師茂仁：《臺灣傳統吟詩研究》，頁 275，註 1。

〔註63〕 沈富進：《彙音寶鑑》，臺北：文藝學社，1954 年。

〔註64〕 陳師茂仁：《臺灣傳統吟詩入門——大家來吟詩》（附 CD），頁 55。

〔註65〕 國語推行委員會：《臺灣閩南語羅馬字拼音方案使用手冊》，臺北：教育部，2007 年。

表三十二：〈偶題三首〉之一文讀音及本調

詩　句	文讀音拼音	詩作本調
人生憂患始於名	jin5 sing iu huan7 si2 i bing5	5117215
且喜無聞過此生	tshi hi2 bu5 bun5 ko3 tshu2 sing	1255321
卻得少年耽酒力	khiok4 tik4 siau3 lian5 tam tsiu2 lik8	4435128
讀書學劍兩無成	thok8〔註66〕si hak8 kiam3 liang2 bu5 sing5	8183255

　　表三十二所呈現為文讀音及本調，為文字單獨發音時所展現的基本聲調，並非詩歌吟詠時之聲調。因文字連讀時，常出現變調狀況，如「很」，國語注音作「ㄏㄣˇ」、「少」，國語注音作「ㄕㄠˇ」，但當把兩字組成一個詞時，有時就要改變讀的聲調，如「很少」，不唸作「ㄏㄣˇ ㄕㄠˇ」，而是唸作「ㄏㄣˊ ㄕㄠˇ」，〔註67〕原本兩字皆為上聲，但合在一起唸時，「很」就變為「陽平聲」，變調後之聲韻更順，而閩南語文讀音亦有連讀變調之狀況。

　　而依照上文變調原則，本詩為七言絕句，而七言句式之節奏點通常為上四下三，其中上四可再細分為二二節奏點，依據變調原則節奏點不變調，其餘需變調，而節奏點為節奏詞末字，如七言之第二、四、七字則不需變調，一、三、五及六等字大多需要變調。如〈偶題三首〉之一第二句「且喜無聞過此生」之前兩字為「且喜 tshi hi2」，第一字「且」需變調，第二字「喜」，不須變調，因此「且喜 tshi hi2」連讀

〔註66〕　「根據陳師茂仁《臺灣傳統吟詩入門──大家來吟詩》（附 CD），入聲的特色，是在發音結束時，都是以「塞音」方式收尾，因此入聲的轉換大致分為 m（合唇音 m）→p 系統（雙唇塞音）、n（ㄣ）→t 系統（舌尖塞音）、ng（ㄥ）→k 系統（舌根塞音）、其它→h 系統（侯塞音），因此「讀」《彙音寶鑑》載「公八他」，轉為臺羅拼音為「thong8」，據此將轉為「thok8」，本文其它入聲字，將以此類推。意引自陳師茂仁：《臺灣傳統吟詩入門──大家來吟詩》（附 CD），頁 62～70。

〔註67〕　節引自陳師茂仁：《臺灣傳統吟詩入門──大家來吟詩》（附 CD），頁 49。

變調為「tshi7 hi2」;「過此生」,前兩字需變調,由「過此生 ko3 tshu2 sing」連讀變調為「ko2 tshu sing」;第三句「卻得 khiok4 tik4」連讀變調為「khiok8 tik4」等,其餘以此類推。

上述為基本變調原則,然特殊狀況則需另外討論之,以下列出〈偶題三首〉之一本調及連讀變調,其中斜線為其節奏頓點,方便讀者觀察其變調狀況。

表三十三:〈偶題三首〉之一本調及連續變調

詩　句	詩作之本調	詩作之連讀變調
人生憂患始於名	51 / 17 / 215	71 / 77 / 175
且喜無聞過此生	12 / 55 / 321	72 / 75 / 211
卻得少年耽酒力	44 / 35 / 128	84 / 25 / 718
讀書學劍兩無成	81 / 83 / 255	41 / 43 / 175

下文之所列舉之辛棄疾詩作,將依上述原則列出詩作本調及連讀變調,並依詩作連讀變調析察其聲韻之美,冀能多方面體會詩人創作詩歌時,詩情與聲情相契合一,所呈現之音樂之美。

二、內在聲音之複沓

竺家寧《語言風格與文學韻律》中談音韻風格的研究方法可分為幾項討論:一、韻的音響效果,二、平仄交錯所造成的語言風格,三、「頭韻」的運用,四、雙聲疊韻構詞造成的語言風格,五、由音節要素的解析看語言風格,而漢語的音節結構包含了聲母、介音、主要元音、韻尾、聲調五個部分。〔註68〕,故可知「音韻風格」之探析層面極為廣泛,本節將辛棄疾詩作依「聲調」及「韻情」等面向加以探討,冀能對辛棄疾詩歌聲韻之美感有客觀的解讀。

〔註68〕 竺家寧:《語言風格與文學韻律》,臺北:五南出版社,2001 年,頁31～35。

（一）押聲調〔註69〕之複沓

押聲調，指於不同句間之相同位置，有著同樣之聲調，形成各句相同位置文字聲調之重複，從而於誦讀或吟詠時，於押聲調處顯現出聲調重複之美感。以下以辛棄疾〈偶題三首〉之一（第 87 首）之連讀變調為例，分析其詩作於聲調結構上之複沓美，如下：

表三十四：辛棄疾〈偶題三首〉之一詩作及連讀變調

人	生	憂	患	始	於	名	，	7	1	、	7	7	、	1	7	5
且	喜	無	聞	過	此	生	。	7	2	、	7	5	、	2	1	1
卻	得	少	年	耽	酒	力	，	8	4	、	2	5	、	7	1	8
讀	書	學	劍	兩	無	成	。	4	1	、	4	3	、	1	7	5

此詩為七言絕句，共 28 字，今將詩作之押聲調分別以單一聲調複沓、兩聲調組構複沓、句式組構複沓等面向析之，並以表格呈現，如下：

表三十五：辛棄疾〈偶題三首〉之一聲調結構複沓分析

類　　型	1. 節奏首字同聲調之複沓	2. 節奏點與韻腳同聲調之複沓	3. 非節奏點同聲調之複沓
單一聲調複沓	第一句：7̲1 / 7̲7 / 1̲75 第二句：7̲2 / 7̲5 / 211 第三句：84 / 25 / 7̲18 第四句：41 / 43 / 1̲75	第一句：71 / 77 / 17̲5̲ 第二句：72 / 7̲5̲ / 211 第三句：84 / 2̲5̲ / 718 第四句：4̲1̲ / 43 / 17̲5̲	第一句：71 / 77 / 175 第二句：72 / 75 / 2̲1̲1 第三句：8̲4̲ / 25 / 71̲8̲ 第四句：4̲1̲ / 4̲3̲ / 175
	4. 同聲調組合結構	5. 疊調式複沓	6. 句與句間同聲調複沓
兩聲調組構複沓	第一句：7̲1̲ / 77 / 17̲5̲ 第二句：72 / 7̲5̲ / 211 第三句：84 / 25 / 7̲1̲8 第四句：41 / 43 / 17̲5̲	第一句：71 / 7̲7̲ / 175 第二句：72 / 75 / 2̲1̲1 第三句：84 / 25 / 718 第四句：41 / 43 / 175	第一句：71 / 77 / 1̲7̲5̲ 第二句：72 / 75 / 211 第三句：84 / 25 / 718 第四句：41 / 43 / 1̲7̲5̲

〔註69〕陳師茂仁：〈由字譜音讀角度探論王昌齡〈從軍行〉（其四）之聲韻美〉，《國文學誌》，第 39 期，2019 年，頁 37。

	7. 回文聲調結構	8. 上下句回文句法結構	9. 句間回文句法結構
句式組構	第一句：71/77/175 第二句：72/75/211 第三句：84/25/718 第四句：41/43/175	第一句：71/77/175 第二句：72/75/211 第三句：84/25/718 第四句：41/43/175	第一句：71/77/175 第二句：72/75/211 第三句：84/25/718 第四句：41/43/175

1. 節奏首字同聲調之複沓

詩作連讀變調之節奏首字同聲調之複沓情況，筆者以不同符號表示之，如下：

第一句：71/77/175

第二句：72/75/211

第三句：84/25/718

第四句：41/43/175

我國文字多以兩字組為一節奏，因之於各節奏單元之開端有著相同聲調，即形成初口發音時聲調之複重感，因之而有聲調複沓之美感〔註70〕。此詩節奏點首字同聲調之複沓情形，其一為節奏首字以 7 聲調（中平調）複沓，分別見於第一句第一、二節奏首字、第二句第一、二節奏首字、第三句第三節奏首字，再加之非節奏首字而使用 7 聲調者，於第一句之第二、三節奏之第二字以及第四句第三節奏第二字；其二為第一、四句第三節奏首字為 1 聲調（高平調）複沓，全詩 28 字中，合計出現八次 7 聲調（中平調），若再加之以出現節奏點首字兩次之 1 聲調（高平調）論，全詩共有七次直吟聲、平聲調為節奏首字之聲調，佔全詩 25%。

2. 節奏點與韻腳同聲調之複沓

此詩作連讀變調之節奏點與韻腳同聲調之複沓情況，筆者以不同符號表示之，如下：

第一句：71/77/175

〔註70〕 節引自陳師茂仁：〈由字譜探論蘇軾題西林壁之聲韻美〉，《嘉大中文學報》，第 13 期，2020 年，頁 178。

第二句：72 / 7⑤ / 21<u>1</u>

第三句：84 / 2⑤ / 718

第四句：4<u>1</u> / 43 / 17⑤

　　此詩節奏點與韻腳同聲調之複沓情形，其一為第一、四句第一節奏點與第二句第三節奏點韻腳，皆使用 1 聲調（高平調）；其二較為特別，表現於第一、四句第三節奏韻腳及第二、三句之第二節奏點，皆使用 5 聲調（低升調），此調類先低後升，有提音之情況，平聲尾音上揚拉長，具有綿延舒緩之感，又安排於詩作中相對位置，且平均分配於每一句中，呈現一迴環往復之韻律感。

3. 非節奏點同聲調之複沓

　　此詩作連讀變調之非節奏點同聲調之複沓情況，筆者以不同符號表示之，如下：

第一句：71 / 77 / 175

第二句：72 / 75 / 2⬚1

第三句：<u>84</u> / 25 / 7⬚18

第四句：<u>41</u> / <u>43</u> / 175

　　此詩非節奏點同聲調之複沓情形，主要見於第三句首尾字皆使用 8 聲調（高促調），8 聲調「音出即斷」讀來峭絕，詩作第三句「卻得少年耽酒力」之「卻」、「力」字義相呼應，以短促急音唸來如同將話鋒一轉，心境急轉直下；再者為第二、三句第三節奏第二字皆用 1 聲調；第四句前三字聲調為 4（中促調）→1（高平調）→4（中促調），以聲調中→高→中、吟詠時短→長→短的韻律，使簡單的句子極富變化。

4. 同聲調組合結構、疊調式複沓、句間同聲調複沓

　　此詩作連讀變調之同聲調組合結構、疊調式複沓、句間同聲調複沓之情況，筆者以不同符號表示之，如下：

第一句：<u>71</u> / <u>77</u> / 1⬚75

第二句：72 / ⬚75 / 21<u>1</u>

第三句：84 / 25 / 71<u>8</u>

第四句：41 / 43 / 1̲7̲5̲

此詩同聲調組合結構之複沓情況，其一見於第一句第一節奏及第三句第三節奏前兩字之 71 聲調組合；其二見於第一、四句第三節奏末兩字及第二句第二節奏之 75 聲調組合；而第一句第二節奏為「77」疊調、第二句第三節奏末兩字為「11」疊調。

句間同聲調複沓則更有可觀處，詩人將之安排於首、尾句的第三節奏之 175 聲調組合，節奏聲調為 1 高平調→7 中平調→5 低升調，吟詠起來聲調由高平而低揚，富有層次感，又 5 聲調尾音上揚，予人餘韻無窮，意味深長之感，且透過句與句間相同位置且相同聲調之複沓，使句跟句能緊密串連，讀來更覺朗朗上口。

5. 回文聲調結構

回文，為修辭方法之一。為指把相同的詞彙或句子，於句子中之相對位置不變，而只是調換順序顛倒唸讀，使產生首尾回環的情況，簡言之，即正讀、反讀都能讀通之句子。回文運用得體，足使句子具有正反複重之意義美，與文字字音之複重美感。而本文之「回文聲調」概念同此，為所回讀之部分為聲調，因之回文聲調可使聲調句有正反逆讀之重複美。〔註71〕此詩作連讀變調之回文聲調結構情況，筆者以不同符號表示之，如下：

第一句：7̲1̲ / 7̲7̲ / 175
第二句：7̲2̲ / 7̲5̲ / 211
第三句：84 / 25 / 718
第四句：4̲1̲ / 4̲3̲ / 175

由上示可知，本詩第一句前六字聲調為「7→1→7→7→1→7」，屬再重複中間聲調的回文；第二句的前兩節奏之前三聲調為「7→2→7」；第四句前兩節奏之前三聲調為「4→1→4」。

若由「上下句回文句法結構」觀之，可見第一句第三節奏末兩字

〔註71〕節引自陳師茂仁：〈由字譜探論蘇軾題西林壁之聲韻美〉，《嘉大中文學報》，第 13 期，2020 年，頁 178。

與第二句第一節奏首字聲調為「7→5→7」，再由「句間回文句法結構」細視其規律，可見得每一句之第三節奏第二字聲調為「7→1→1→7」，如下所示：

第一句：71／77／1⃞7⃞5

第二句：7⃞2／75／2⃞1⃞1

第三句：84／25／7⃞1⃞8

第四句：41／43／1⃞7⃞5

詩歌講究複沓，在聲調的編排上若有規律則形成相似之抑揚起伏，從而產生音韻之迴盪，本詩多以「1」（高平調）、「5」（低升調）、「7」（中平調）聲調組織回文結構，不論作者為之出於有意識之匠心安排，或出於寫作時之靈性〔註72〕，都使詩歌吟詠時，增添迴環往複的韻律之感。

（二）句間聲調之續連

辛棄疾聲調之特色，除押聲調外，於句間聲調之續連亦有其特色。此詩第一句之第三節奏點末兩字聲調為 75，接及第二句之首字聲調 7，聲調上富有頂真聲調之美。

又此詩第三句第三節奏末兩字聲調 18，接續第四句第一節奏前三字聲調 414，其聲調結構 1（高平調）→8（高促調）→4（中促調）→1（高平調）→4（中促調），為由第三句末接第四句首之聲調續連，從而形成一種句與句間聲調之複沓性。而此聲調編排之頓挫感，恰能將末兩句詩作內容「卻得少年耽酒力，讀書學劍兩無成。」承接相合，經此續連，更可藉由句間之聲調加以統合詩作。

（三）雙聲與疊韻

雙聲意指兩個聲母相同之字接連出現，聲母為一字字音之始，因此藉由聲母連續出現，於發音時，特別為同一節奏之兩字詞組或三字

〔註72〕節引自陳師茂仁：〈由字譜探論蘇軾題西林壁之聲韻美〉，《嘉大中文學報》第 13 期，2020 年，頁 178。

詞組中之某兩字，即因雙聲之故，使得相連兩字字音之出口發音相同，從而形成聽覺上之美感，因此雙聲具有使字音和諧與增強節奏感之作用。〔註73〕

　　此詩之雙聲詞如下：

　　　第二句「且喜無聞過此生」，「無聞」。

第二句雙聲詞「無聞 bu5 bun5」之聲母同為「b」。

　　疊韻，意指詞組之韻母相同。韻母為一字收音歸韻之終，因此藉由韻母連續出現，於收音時，特別為同一節奏之兩字詞組或三字詞組中之兩字，即因疊韻之故，使得相連兩字字音之收音歸韻相同，從而形成聽覺上之美感，因此疊韻亦具有增強複沓美感之作用。〔註74〕

　　此詩之疊韻詞如下：

　　　第一句「人生憂患始於名」，「始於」。

　　　第二句「且喜無聞過此生」，「且喜」。

第一句疊韻詞「始於 si2 i」之韻母同為「i」；第二句疊韻詞「且喜 tshi hi2」之韻母同為「i」。此詩於雙聲、疊韻之編排均少，因之於聲母、韻母重出複沓者便少。

（四）鼻音韻

　　鼻音韻以其使氣於鼻腔形成共鳴，故不論為雙唇鼻音韻-m、舌尖鼻音韻-n 或舌根鼻音韻-ng，於發音句時皆具有使韻洪亮之特性，因之其於詩意或聲情之傳達，有加乘之效果。〔註75〕鼻音強之詩，觀其詩意，若為沉悶、落寞之詩意，則鼻音即給人加強幽幽之愁思、抑鬱、哀傷之感；若是昂揚雄壯之詩意，則鼻音即具加大呈顯堅決、誓死不休之壯志，因此鼻音韻多之詩，其聲韻情感如何，尚須得與詩意兩相

〔註73〕 節引自陳師茂仁：〈由字譜音讀角度探論王昌齡〈從軍行〉（其四）之聲韻美〉，《國文學誌》，第 39 期，2019 年，頁 39。

〔註74〕 節引自陳師茂仁：〈由字譜探論蘇軾題西林壁之聲韻美〉，《嘉大中文學報》，第 13 期，2020 年，頁 180。

〔註75〕 節引自陳師茂仁：〈以閩南語文讀音探論杜甫〈漫興〉（其七）之聲韻美〉，《嘉大中文學報》，第 15 期，2022 年，頁 112。

參看，方得其實。〔註76〕

表三十六：辛棄疾〈偶題三首〉之一鼻音韻編排狀況

第幾字　表各句	1	2	3	4	5	6	7
第一句	n	ng		n			ng
第二句				n			ng
第三句				n	m		
第四句					m	ng	ng

　　此七絕詩，全詩二十八字中，為舌尖鼻音韻尾-n（ㄣ）者有四字〔註77〕，舌根鼻音韻尾-ng（ㄥ）者有五字〔註78〕，雙唇鼻音韻-m（合唇音）者有兩次〔註79〕，共計十一次，佔全詩 39.2%。於縱向觀此詩聲韻，可見每句第四、七字幾乎全數運用鼻音韻，因而於吟詠時，能產生聲韻複沓之感，而全詩鼻音韻排列方式為 n→ng→n→ng，即舌尖鼻音→舌根鼻音彼此迴環轉換，再加上句尾之閉口鼻音韻，產生共鳴於口鼻腔，氣息由鼻腔緩緩流出，故其鼻音益強。〔註80〕更可呈現本詩傷感之情調。

三、辛棄疾詩歌題材內容與內在聲情之複沓

　　由上述〈偶題三首〉之一試探析辛棄疾詩歌之內在聲情之複沓，可明確看出詩人作詩時，不僅於文字上富有情感，更於吟誦時別具匠心，其聲調複沓之美，更為人津津樂道。

〔註76〕節引自陳師茂仁：〈由字譜音讀角度探論王昌齡〈從軍行〉（其四）之聲韻美〉，頁40。

〔註77〕全詩舌尖鼻音韻尾-n 者有「人」、「患」、「聞」、「年」等四字。

〔註78〕全詩舌根鼻音韻尾-ng 者有「生」、「名」、「生」、「兩」、「成」等五字。

〔註79〕全詩雙唇鼻音韻-m 者為「耽」、「劍」等兩字。

〔註80〕意引自陳師茂仁：〈賞析詩歌李白黃鶴樓賞析詩歌的另一種可能──以李白〈黃鶴樓送孟浩然之廣陵〉為例〉，《人文研究期刊》，第14期，2018年，頁52。

　　詩為心音，也是形諸於言之聲音藝術，且據唐人所載，其時作詩大多邊吟邊修改，直至聲韻與詩意兩相和契後，方才定稿。因而唯有聲韻之音響與字面之意義結合，才能體會詩歌本身之美感。〔註81〕因而本節將試以辛棄疾詩歌分類之抒情詩、酬酢詩、雜詠詩及山水詩等四大類別，分別列舉其詩歌之文讀音拼音、詩作本調以及連讀變調後，探析各類詩歌內在聲情之美。

（一）抒情詩之內在聲情

　　此類以〈哭鬴十五章〉之三（第5首）為例，探析辛棄疾抒情詩之內在聲情，如下表：

表三十七：〈哭鬴十五章〉之三之文讀音拼音、詩作本調及連讀變調

詩　　句	文讀音拼音	詩作本調	連讀變調
念汝雖孩童，	liam7 ji2 sui hai5 tong5	72/155	32/775
氣已負山嶽。	khi3 i2 hu7 san gak8	32/718	22/378
送汝已成人，	song3 ji2 i2 sing5 jin5	32/255	22/175
行路已悲愕。	hing5 loo7 i2 pi gok8	57/218	77/178

表三十八：〈哭鬴十五章〉之三之押聲調特色

單一聲調複杳	兩聲調組構複杳	句式組構複杳
第一句：32/7⑦5 第二句：22/3⑦8 第三句：22/1⑦5 第四句：⑦7/1⑦8	第一句：32/7⑦5 第二句：22/3⑦8 第三句：22/1⑦5 第四句：77/1⑦8	第一句：32/775 第二句：22/378 第三句：22/175 第四句：77/178
單一聲調複杳	疊調結構複杳	回文結構複杳
第一句：32/775	第一句：32/⑦⑦5	第一句：32/775

〔註81〕轉引自陳師茂仁：〈由吟詩角度探杜甫〈江畔獨步尋花〉（其六）聲韻之美〉，《第十屆思維與創作暨第五屆台灣南區大學中文系聯合學術會議論文集》，2016年，頁1。

第二句：2 2／3 7 8	第二句：2 2／3 7 8	第二句：2 2／3 7 8
第三句：2 2／1 7 5	第三句：2 2／1 7 5	第三句：2 2／1 7 5
第四句：7 7／1 7 8	第四句：7 7／1 7 8	第四句：7 7／1 7 8

　　由上表可見此詩節奏首字單一聲調複沓1、2、3、7聲調各兩次，節奏中以7聲調（中平調）出現七次為最多，而2聲調（高降調）有五次，集中於前三句第一節奏中，且第二、三句第一節奏為22疊調，下降調置於句首，可見得起始語氣較重。

　　兩聲調組構於第一、三句末兩字為75聲調，第二、四句末兩字為78聲調，隔句句尾聲調一致，形成聲調循環複沓之美，又第一句第二節奏前兩字及第四句第一節奏均使用77疊調；句式組構複沓於第四句可見 1→1→1 回文聲調，而句與句間之回文聲調可於第三句句尾75接續第四句句首7，形成7→5→7聲調，全詩縱向觀之，第四字皆為7聲調，每一詩句之句尾押聲調為依序為5→8→5→8，亦可見詩人於聲調上複沓之豐富性。

表三十九：〈哭龔十五章〉之三之聲韻編配

詩　　句	文讀音拼音	聲韻編配說明
念汝雖孩童，	liam7 ji2，sui hai5 tong5	二鼻音韻
氣已負山嶽。	khi3 i2，hu7 san gak8	一疊韻、一鼻音韻、一三角韻母〔註82〕
送汝已成人，	song3 ji2，i2 sing5 jin5	三鼻音韻、一頂真疊韻〔註83〕

〔註82〕三角聲母，為指兩句之相同位置，有一句相鄰兩字之聲母相同，同時於鄰句之相同位置有一相同之聲母，形成三角聲母；所謂類三角聲母，為指相鄰兩句之相鄰節奏（或節奏之前後字），出現相同之三個聲母，即形成類三角聲母，三角韻母與類三角韻母之概念，可同此類推。節引自陳師茂仁：〈以閩南語文讀音探論杜甫〈漫興〉（其七）之聲韻美〉，《嘉大中文學報》，第15期，2022年，頁112。

〔註83〕頂真韻，指兩相鄰節奏間之字，其韻母相同，稱之。節引自陳師茂仁：〈以閩南語文讀音探論杜甫〈漫興〉（其七）之聲韻美〉，《嘉大中文學報》，第15期，2022年，頁110。

行路已悲愕。	hing5 loo7，i2 pi gok8	一鼻音韻、一疊韻、一三角韻母

　　檢視此詩聲韻編排，可見兩處疊韻，分別為第二句第一節奏「氣已 khi3 i2」、第四句第二節奏「已悲 i2 pi」，而頂真疊韻則於第三句第一、二節奏相連處「汝 ji2，已 i2」；三角韻母則出現兩次，分別於第二句第一節奏「氣已 khi3 i2」及第二句第二字「ji2」、第三句第二節奏第一字「已 i2」及第四句第二節奏前兩字「已悲 i2 pi」，竺家寧先生於研究杜甫聲韻之美，提及杜詩有首三角與尾三角之情狀，皆以首、尾三角入聲為例，言此足以造成韻律感之放大〔註84〕，今視此詩亦有類似特色，故呈現說明之。

　　此詩舌尖鼻音韻尾-n（ㄣ）者有兩字〔註85〕，舌根鼻音韻尾-ng（ㄥ）者有四字〔註86〕，雙唇鼻音韻-m（合唇音）者有一次〔註87〕，共計七次，佔全詩35%，所呈顯音韻即予人鬱思、憂愁之感，更能呼應本詩辛棄疾悼亡幼子之悲痛心情。

　　此類再舉〈偶題〉（第2首）為例，說明如下表：

表四十：〈偶題〉之文讀音拼音、詩作本調及連讀變調

詩　句	文讀音拼音	詩作本調	連讀變調
逢花眼〔註88〕倦開，	hong5 hua gan2 kuan7 khai	51/271	71/231
見酒手頻推。	kian3 tsiu2 siu2 pin5 thui	32/251	22/271
不恨吾年老，	put4 hun7 goo5 lian5 lo2	47/552	87/772
恨他將病來。	hun7 thann tsiang ping7 lai5	71/175	31/735

〔註84〕 節引自陳師茂仁：〈以閩南語文讀音探論杜甫〈漫興〉（其七）之聲韻美〉，《嘉大中文學報》，第 15 期，2022 年，頁 111。

〔註85〕 全詩舌尖鼻音韻尾-n 者有「山」、「人」等兩字。

〔註86〕 全詩舌根鼻音韻尾-ng 者有「童」、「汝」、「成」、「路」等四字。

〔註87〕 全詩雙唇鼻音韻-m 者為「念」。

〔註88〕 陳師茂仁：《臺灣傳統吟詩研究》，頁 275。變調規則：「末三字詞組中，若前兩字非為名詞詞組，然第一字卻為名詞時，則第一字不變調，而第二字須變調，末字亦不變調。」，第二句「見酒手頻推」之「手」同上規則。

表四十一：〈偶題〉之押聲調特色

單一聲調複沓	兩聲調組構複沓	句式組構複沓
第一句：[7] 1 / 2 3 1	第一句：[7 1] / 2 3 1	第一句：7 1 / 2 [3] 1
第二句：2 2 / 2 [7] 1	第二句：2 2 / 2 [7 1]	第二句：<u>2 2 / 2</u> 7 1
第三句：8 [7] / [7 7] 2	第三句：8 [7] / 7 7 2	第三句：8 <u>7 / 7 7</u> 2
第四句：3 1 / [7] 3 5	第四句：<u>3 1</u> / 7 3 5	第四句：3 1 / 7 [3] 5

此詩單一聲調複沓以 7 聲調出現六次為最多，兩聲調組構複沓有兩處，其一見於第一句第一節奏及第二句句尾之 71 聲調，其二為第一句句尾及第四句第一節奏之 31 聲調；第二、三句節奏相連處分別有 2→2、7→7 頂真聲調；句式組構複沓則可見第二句前三字為 2→2→2 聲調、第二句第二字開始為 7→7→7 聲調並列；於縱向排列觀之，可見此詩每句第三字聲調依序為 2→2→7→7、每句第四字聲調依序為 3→7→7→3 之回文聲調，綜觀上述，本詩雖僅 20 字，然其聲情複沓之規律亦別出心裁。

表四十二：〈偶題〉之聲韻編配

詩　句	文讀音拼音	聲韻編配說明
逢花眼倦開，	ho<u>ng</u>5 hua，ga<u>n</u>2 kua<u>n</u>7 kh<u>ai</u>	一雙聲、三<u>鼻</u>音韻、一<u>句尾 押韻</u>複沓
見酒手頻推。	kian3 ts<u>iu</u>2，s<u>iu</u>2 pi<u>n</u>5 thui	一<u>頂真</u>韻母、二<u>鼻</u>音韻
不恨吾年老，	put4 hun7，goo5 lia<u>n</u>5 lo2	一三角聲母、一雙聲、二<u>鼻 音韻</u>
恨他將病來。	hu<u>n</u>7 tha<u>nn</u>，tsia<u>ng</u> pi<u>ng</u>7 l<u>ai</u>5	四鼻音韻、一<u>句尾押韻</u>複沓

此詩之聲韻編排可見兩處雙聲，其一為第一句第一節奏「逢花 hong5 huam」，其二為第三句末兩字「年老 lian5 lo2」；頂真韻母則見第二句兩節奏連接處「酒 tsiu2 手 siu2」、三角聲母於第三句第二節奏末兩字「年老 lian5 lo2」及第四句末字「來 lai5」，而縱向聲韻之複沓則可見於首、尾兩句末字，分別是「開 khai」、「來 lai5」。

此詩舌尖鼻音韻尾-n 者有八字〔註89〕、舌根鼻音韻尾-ng 者有三字〔註90〕，共計有十一次，佔全詩 55%，此詩之舌尖鼻音韻尾分散於全詩，舌根鼻音韻尾則分布於首尾，為聲韻編排獨到之處。

此類又舉〈即事示兒〉（第22 首）為例，說明如下表：

表四十三：〈即事示兒〉之文讀音拼音、詩作本調及連讀變調

詩　句	文讀音拼音	詩作本調	連讀變調
掃跡衡門下，	so3 tsik4 hik5 bun5 he7	34/557	24/777
終朝抱膝吟。	tsiong tiau phau7 tship4 gim5	11/745	71/385
貧須依稼穡，	pin5 si i ke3 sik4	51/134	71/724
老不厭山林。	lo2 put4 iam3 san lim5	24/315	14/275
有酒無餘願，	iu2 tsiu2 bu5 i5 guan7	22/557	12/777
因閑得此心。	in han5 tik4 tshu2 sim	15/421	75/811
西園早行樂，	se uan5 tso2 hing5 lok8	15/258	75/178
桃李漸成陰。	tho5 li2 tsiam7 sing5 im	52/751	72/371

表四十四：〈即事示兒〉之押聲調特色

單一聲調複沓	兩聲調組構複沓	句式組構複沓
第一句：24/ 7 7 7	第一句：24/777	第一句：24/ 777
第二句： 7 1/385	第二句： 7 1/385	第二句： 7 1/385
第三句： 7 1/ 7 24	第三句： 7 1/ 7 24	第三句： 71/ 724
第四句：14/2 7 5	第四句：14/2 7 5	第四句：14/275
第五句：12/ 7 7 7	第五句：12/777	第五句：12/ 777
第六句： 7 5/811	第六句： 7 5/811	第六句： 7 5/811
第七句： 7 5/1 7 8	第七句： 7 5/178	第七句：75/178
第八句： 7 2/3 7 1	第八句： 7 2/3 7 1	第八句：72/371

〔註89〕全詩舌尖鼻音韻尾-n 者有「眼」、「倦」、「見」、「頻」、「恨」、「年」、「恨」、「他」等八字。

〔註90〕全詩舌根鼻音韻尾-ng 者有「逢」、「將」、「病」等三字。

　　此詩複沓特色首見於節奏點首字為 7 聲調，共有八次，再加之非節奏點首字的 7 聲調七次，則全詩使用 7 聲調共計 15 次，佔此詩 40 字中之 38%；兩聲調組構複沓則可見於第二、三句第一節奏及第八句最末兩字為 71 聲調，第四句末兩字及第六、七句第一節奏為 75 聲調複沓。

　　句式組構複沓則可見第一、五句末三字為 7→7→7 聲調，續連至第二、六句句首 7 聲調，其句與句間之頂真聲調為 7→7→7→7，第三句前三字為 7→1→7 回文聲調；再以縱向觀之，全詩第二字之聲調依序為 4→1→1→4、2→5→5→2，有回文複沓之美，此詩呈現詩人心境上之豁達無慮，閒適怡情的氛圍，因而大量使用 7 聲調，於詩情及聲情上，皆能映顯詩人心情。

表四十五：〈即事示兒〉之聲韻編配

詩　句	文讀音拼音	聲韻編配說明
掃跡衡門下，	so3 tsik4，hik5 bun5 he7	一頂真疊韻
終朝抱膝吟。	tsiong tiau，phau7 tship4 gim5	一頂真疊韻、二鼻音韻、一句尾押韻複沓
貧須依稼穡，	pin5 si，i ke3 sik4	一頂真疊韻、一鼻音韻
老不厭山林。	lo2 put4，iam3 san1 lim5	三鼻音韻、一句尾押韻複沓
有酒無餘願，	**iu2 tsiu2**，bu5 i5 guan7	一疊韻、一鼻音韻
因閑得此心。	in han5，tik4 tshu2 sim	三鼻音韻、一句尾押韻複沓
西園早行樂，	se uan5，tso2 hing5 lok8	二鼻音韻
桃李漸成陰。	tho5 li2，tsiam7 sing5 im	三鼻音韻、一句尾押韻複沓

　　此詩有三處頂真疊韻，分別於第一句第一、二節奏接續處「跡 sik4，衡 hik5」、第二句第一、二節奏接續處「朝 tiau，抱 phau7」及

第三句第一、二節奏接續處「須 si，依 i」；第五句第一節奏為疊韻「有酒 iu2 tsiu2」，縱向觀其聲韻，全詩偶數句句尾字分別為「吟 gim5」、「林 lim5」、「心 sim」、「陰 im」聲韻均相同，隔句句尾押韻，使本詩更具有聲韻複沓之感。

　　全詩雙唇鼻音韻-m 者有六字〔註91〕、舌尖鼻音韻尾-n 者有六字〔註92〕、舌根鼻音韻尾-ng 者有三字〔註93〕，合計十五字，佔全詩 37.5%。此詩偶數句之句尾字均為閉口鼻音韻-m，其共鳴於口鼻腔，氣息緩慢流出，隱約能呈顯詩人與世無爭之心境。

（二）酬酢詩之內在聲情

　　此類以〈同杜叔高祝彥集觀天保菴瀑布主人留飲兩日且約牡丹之飲庚申歲二月二十八日也〉二首之二（第 65 首）為例，探析辛棄疾酬酢詩之內在聲情，如下表：

表四十六：〈同杜叔高祝彥集觀天保菴瀑布主人留飲兩日且約牡丹之飲庚申歲二月二十八日也〉二首之二之文讀音拼音、詩作本調及連讀變調

詩　　句	文讀音拼音	詩作本調	連讀變調
只要尋花子細看，	tsi2 iau3 sim5 hua tsu2 se3 khan3	23/51/233	13/71/123
不妨草草有杯盤。	put4 hong5 tsho2 tsho2 iu2 pai puan5	45/22/215	85/12/175
莫因紅紫傾城色，	bok8 in hong5 tsi2 khing sing5 sik4	81/52/154	41/72/774
卻去摧殘黑牡丹。	khiak4 khi3 tshui tsan5 hik4 boo2 tan	43/15/421	83/75/811

〔註91〕 全詩雙唇鼻音韻-m（合唇音）者有「吟」、「厭」、「林」、「心」、「漸」、「陰」等六字。

〔註92〕 全詩舌尖鼻音韻尾-n 者有「貧」、「山」、「願」、「因」、「閑」、「園」等六字。

〔註93〕 全詩舌根鼻音韻尾-ng 者有「朝」、「行」、「成」等三字。

表四十七：〈同杜叔高祝彥集觀天保菴瀑布主人留飲兩日且
　　　　　約牡丹之飲庚申歲二月二十八日也〉二首之二之
　　　　　押聲調特色

單一聲調複沓	兩聲調組構複沓	頂真〔註94〕聲調
第一句：13 / 71 / 123	第一句：13 / 71 / 123	第一句：13 / 71 / 1 / 123
第二句：85 / 12 / 175	第二句：85 / 12 / 175	第二句：85 / 12 / 175
第三句：41 / 72 / 774	第三句：41 / 72 / 774	第三句：41 / 72 / 774
第四句：83 / 75 / 811	第四句：83 / 75 / 811	第四句：83 / 75 / 811
入聲音之複沓	疊調複沓	回文聲調結構
第一句：13 / 71 / 123	第一句：13 / 71 / 123	第一句：13 / 71 / 123
第二句：85 / 12 / 175	第二句：85 / 12 / 175	第二句：85 / 12 / 1 / 75
第三句：41 / 71 / 774	第三句：41 / 72 / 774	第三句：41 / 72 / 7 / 74
第四句：83 / 75 / 811	第四句：83 / 75 / 811	第四句：83 / 75 / 811

　　此詩於單一聲調複沓以 1 聲調使用八次為最多，入聲音之字音，源於聲音氣流被阻擋之故，因此具有短促峭絕之特色，而依阻擋部位之不同，而有雙唇塞音 p、舌尖塞音 t、舌根塞音 k 及喉塞音 h 等四種〔註95〕，此詩入聲音調可見於第二、三、四句句首、分別為「不 put4」、「莫 bok8」、「卻 khiak4」、第三句句尾「色 sik4」、第四句第三節奏首字「黑 hik4」，其中舌根塞音 k 為四次、舌尖塞音 t 為 1 次，共計有五次急促收音之聲調，分布於此詩作之句首及句尾處，由內容觀之則

〔註94〕「頂真」為文學修辭常見之法，乃指上句之結尾與下句之開頭，使用相同之字或詞，如此相鄰兩句間重複出現一字或詞，使句子具有緊湊及呈顯上遞下接之聲音美。「頂真聲調」概念同此，唯所重複者非「字」、「詞」，而為「聲調」，故而頂真聲調，足使兩節奏間有著相同抑揚起伏情狀之聲調，從而顯現緊湊及上遞下接之聲調複重美感。節引自陳師茂仁：〈由字譜探論蘇軾題西林壁之聲韻美〉，《嘉大中文學報》，第 13 期，2020 年，頁 178。

〔註95〕節引自陳師茂仁：〈由吟詩角度探杜甫〈江畔獨步尋花〉（其六）聲韻之美〉，《第十屆思維與創作暨第五屆台灣南區大學中文系聯合學術會議論文集》，2016 年，頁 7。

為「不妨」、「莫因」、「卻去」等語意轉折之處，所映顯之聲情與辭情相符。

兩聲調組構複沓可於第一句第三節奏前兩字及第二句第二節奏12 聲調，第二句第三節奏末兩字及第四句第二節奏為 75 聲調；疊調可見於第三句第三節奏前兩字為 77 聲調、第四句末兩字為 11 聲調；頂真聲調可見於第一句第二節奏及第三節奏接續處為 1 聲調；回文聲調結構則於第二句第二、三結構接續處為 1→2→1 聲調、第三句第二、三結構接續處為 7→2→7 聲調。

表四十八：〈同杜叔高祝彥集觀天保菴瀑布主人留飲兩日且約牡丹之飲庚申歲二月二十八日也〉二首之二之聲韻編配

詩　　句	文讀音拼音	聲韻編配說明
只要尋花子細看，	tsi2 iau3，sim5 hua，tsu2 se3 khan3	二鼻音韻、一句尾押韻複沓
不妨草草有杯盤。	put4 hong5，tsho2 tsho2，iu2 pai puan5	一雙聲疊韻、一雙聲、二鼻音韻、一句尾押韻複沓
莫因紅紫傾城色，	bok8 in，hong5 tsi2，khing sing5 sik4	一疊韻、四鼻音韻
卻去摧殘黑牡丹。	khiak4 khi3，tshui tsan5，hik4 boo2 tan	一雙聲、二鼻音韻、一句尾押韻複沓

此詩於第三句第二節奏前兩字為疊韻「傾城 khing sing5」、第二句第二節奏為雙聲疊韻「草草 tsho2 tsho2」、雙聲有兩處，其一為第二句末兩字「杯盤 pai puan5」其二為第四句第一節奏為「卻去 khiak4 khi3」。再由縱向觀察，則可見此詩第一、二、四句句尾字韻母，分別為「看 khan3」、「盤 puan5」、「丹 tan」皆為「an」押韻複沓。

全詩雙唇鼻音韻-m（合唇音）者有一字〔註 96〕、舌尖鼻音韻尾-

〔註 96〕全詩雙唇鼻音韻-m（合唇音）者為「尋」。

n 者有五字〔註97〕、舌根鼻音韻尾-ng 者有四字〔註98〕，合計十字，佔全詩 35.7%。

　　此類再舉〈和任師見寄之韻三首〉之二（第 71 首）為例說明之，如下表：

表四十九：〈和任師見寄之韻三首〉之二之文讀音拼音、詩作 本調及連讀變調

詩　　句	文讀音拼音	詩作本調	連讀變調
昨夢春風花〔註99〕滿枝，	tsok8 bong7 tshun hong hua buan2 ki	87/11/121	47/71/111
是花到眼是新詩。	si7 hua to3 gan2 si7 sin si	71/32/711	31/22/371
如今夢斷春無迹，	i5 kim bong7 tuan7 tshun u5 tsik4	51/77/154	71/37/774
不記題詩付與誰	put4 ki3 te5 si hu3 i2 sui5	43/51/325	83/71/215

表五十：〈和任師見寄之韻三首〉之二押聲調特色

單一聲調複沓	兩聲調組構複沓	句式組構複沓
第一句：47/7/1/111	第一句：47/71/111	第一句：47/71/111
第二句：31/22/371	第二句：31/22/371	第二句：31/22/371
第三句：71/37/774	第三句：71/37/774	第三句：71/37/774
第四句：83/71/215	第四句：83/71/215	第四句：83/71/215
頂真聲調複沓	**疊調結構複沓**	**句與句間回文結構**
第一句：47/71/111	第一句：47/7/1/111	第一句：47/71/111
第二句：31/22/371	第二句：31/22/371	第二句：31/22/371
第三句：71/37/774	第三句：71/37/774	第三句：71/37/774
第四句：83/71/215	第四句：83/71/215	第四句：83/71/215

〔註97〕　全詩舌尖鼻音韻尾-n 者有「看」、「盤」、「因」、「殘」、「丹」等五字。
〔註98〕　全詩舌根鼻音韻尾-ng 者有「妨」、「紅」、「傾」、「城」等四字。
〔註99〕　節引自陳師茂仁：《臺灣傳統吟詩研究》，頁 275。變調規則：「末三　字詞組中，若前兩字非為名詞詞組，然第一字卻為名詞時，則第一字　不變調，而第二字須變調，末字亦不變調。」

　　此詩於單一聲調複沓以 1 聲調出現九次為最多，7 聲調出現八次居次，1 聲調為高平調、7 聲調為中平調，全詩 28 字，兩者所佔比例高達 61%，可見吟誦此詩語調較和緩平順，映照詩作內容為詩人回想前夜夢中美好花景及清醒後忘卻贈詩與誰之事，聲情與辭情相符。

　　兩聲調組構複沓可見於第一、四句第二節奏、第二句末兩字及第三句第一節奏，共出現四次 71 聲調；頂真聲調可見於第一句第一、二節奏接續處及第三句第二、三節奏接續處為 7→7 頂真聲調、第一句第二、三節奏接續處為 1→1 頂真聲調，另外可見句與句間之頂真於第二句句尾 71 聲調接續第三句句首 71 聲調；疊調可見於第二句第二節奏為 22 疊調、同調連續複沓於第一句第四至七字為 1→1→1→1 聲調、第三句第四至六字為 7→7→7 聲調；句式組構複沓則可見於各句節奏點間分別有 37 聲調 3 次、12 聲調兩次、句與句間之回文結構則可見於每句第六次，其聲調依序為 1→7→7→1 回文結構。

表五十一：〈和任師見寄之韻三首〉之二之聲韻編排

詩　　句	文讀音拼音	聲韻編配說明
昨夢春風花滿枝，	tsok8 bong7，tshun hong，hua buan2 ki	一頂真雙聲、四鼻音韻、一句尾押韻複沓
是花到眼是新詩。	si7 hua，to3 gan2，si7 sin si	一雙聲、二鼻音韻、一句尾押韻複沓
如今夢斷春無迹，	i5 kim，bong7 tuan7，tshun bu5 tsik4	四鼻音韻
不記題詩付與誰。	put4 ki3，te5 si，hu3 i2 sui5	四節奏點押韻、一句尾押韻複沓

　　此詩頂真雙聲於第一句第二、三節奏接連處「風 hong，花 hua」，第二句第三節奏點三字雙聲均相同「是新詩 si7 sin si」、第四句每一節奏點均押韻「記 ki3」、「詩 si」、「誰 sui5」，再加上第三節奏點第二字「與 i2」，意即此詩末句偶數字均押「i」韻，聲韻複沓感明快清晰，再以縱向細視此詩，第一、二、四句末字為「枝 ki」、「詩 si」、「誰 sui5」

其韻母均相同。

　　全詩雙唇鼻音韻-m（合唇音）者有一字〔註100〕、舌尖鼻音韻尾-n 者有六字〔註101〕、舌根鼻音韻尾-ng 者有三字〔註102〕，合計十字，佔全詩 35.7%，鼻音韻十字集中於前三句，末句以偶數字「i」韻母複沓呈現韻律感，此編排與詩作內容呈現詩人由夢中至夢醒的過程相呼應。

　　此類又舉〈和趙直中提幹韻〉（第107首）為例，說明如下表：

表五十二：〈和趙直中提幹韻〉之文讀音拼音、詩作本調及連讀變調

詩　句	文讀音拼音	詩作本調	連讀變調
萬事推移本偶然，	ban7 su7 thui i5 pun2 gonn2 jian5	77/15/225	37/75/115
無虧何處更求全。	bu5 khui ho5 tshi3 king3 kiu5 tsuan5	51/53/355	71/73/275
折腰曾愧五斗米，	tsiat4 iau tsing khui3 gonn2 too2 bi2	41/13/222	81/73/112
負郭元無三頃田。	hu7 kok4 guan5 bu5 sam khing2 tian5	74/55/125	34/75/715
城礙夕陽宜杖履，	sing5 gai7 sik8 iang5 gi5 tiang7 li2	57/85/572	77/45/732
山供醉眼費雲煙。	san kiong tsui3 gan2 hui3 in5 ian	11/32/351	71/22/271
怪君不顧笙歌〔註103〕誤，	kuai3 kun put4 koo3 sing ko goo7	31/43/117	21/83/717
政擬新詩去鳥邊。	tsing3 gi2 sin si khi3 niaunn pian	32/11/311	22/71/271

〔註100〕全詩雙唇鼻音韻-m（合唇音）者一字，為「今」。
〔註101〕全詩舌尖鼻音韻尾-n 者有「春」、「滿」、「眼」、「新」、「斷」、「春」等六字。
〔註102〕全詩舌根鼻音韻尾-ng 者有「夢」、「風」、「夢」等三字。
〔註103〕節引自陳師茂仁：《臺灣傳統吟詩研究》，頁275。變調規則：「其二：末三字詞組中，若前兩字為名詞詞組，則第一字要變調而第二字不變調，當然末字亦不變調。

表五十三〈和趙直中提幹韻〉之押聲調特色

單一聲調複沓	兩聲調組構複沓	句式組構複沓
第一句：37 / **75** / 115	第一句：37 / **75** / 115	第一句：37 / 75 / 115
第二句：**71** / **73** / 275	第二句：71̲ / 7̲3 / 275	第二句：7⌐1⌐ / 73 / 275
第三句：81 / **73** / 112	第三句：81 / 7̲3 / 112	第三句：8⌐1 / 73⌐ / 112
第四句：34 / **75** / **715**	第四句：34 / **75** / 71̲5	第四句：34 / 75 / 715
第五句：**77** / 45 / **732**	第五句：77 / 45 / 7̲32	第五句：77 / 45 / 732
第六句：**71** / 22 / **271**	第六句：71̲ / 22 / 2̲71̲	第六句：71 / 22 / 271̲
第七句：21 / 83 / **717**	第七句：21 / 83 / 71̲7	第七句：21 / 83 / 717
第八句：22 / **71** / **271**	第八句：22 / 71̲ / 2̲71̲	第八句：22̲ / 71̲ / 271̲
疊調複沓	**節奏間頂真聲調結構**	**回文聲調結構**
第一句：37 / 75 / 11̲5	第一句：3⌐7 / 7⌐5 / 115	第一句：37 / 75̲ / 115̲
第二句：71 / 73 / 275	第二句：71 / 73 / 275	第二句：71 / 73 / 275
第三句：81 / 73 / 11̲2	第三句：81 / 73 / 112	第三句：81 / 73 / 112
第四句：34 / 75 / 715	第四句：34 / 75 / 715	第四句：34 / 75̲ / 7̲15
第五句：7̲7 / 45 / 732	第五句：77 / 45 / 732	第五句：77 / 45 / 732
第六句：71 / 2̲2 / 271	第六句：71 / 2⌐2 / 2⌐71	第六句：71 / 22 / 271
第七句：21 / 83 / 717	第七句：21 / 83 / 717	第七句：21 / 83 / 71̲7̲
第八句：2̲2 / 71 / 271	第八句：22 / 71 / 271	第八句：22̲ / 71̲ / 271

　　此詩單一聲調複沓以 7 聲調出現 17 次，佔全詩 30%為最多；兩聲調組構複沓可見第二、六句第一節奏、第八句第二節奏、第四、七句第三節奏前兩字、第六、八句第三節奏末兩字，此七處均為 71 聲調，又第二、三句第二節奏以及第五句第三節奏前兩字為 73 聲調、第一、四句第二節奏為 75 聲調，疊調則可見於第一、三句第三節奏前兩字為 11 聲調、第六句第二節奏、第八句第一節奏為 22 聲調、第五句第一節奏為 77 聲調；節奏間頂真聲調見於第一句第一、二節奏接續處為 7 聲調頂真、第六句第二、三節奏接續處為 2 聲調頂真。

　　句式組構複沓可見於第二、三句第二至四字為 1→7→3 聲調、第六句第三節奏為 2→7→1 聲調、第八句第二至七字為 2→7→1→2→7→1 聲調，共出現三次 2 高降調→7 中平調→1 高平調，先降後升之循環複沓，回文聲調可見於第一句末四字為 5→1→1→5 聲調、第四句第二、三節奏接續處聲調為 7→5→7、第七句末兩字為 17，接續第八句前四字為 2→2→7→1，讀來便有句間頂真及回文之感。

表五十四：〈和趙直中提幹韻〉之聲韻編排

詩　句	文讀音拼音	聲韻編排說明
萬事推移本偶然，	ban7 su7，thui i5，pun2 gonn2 jian5	四鼻音韻、一句尾押韻複沓
無虧何處更求全。	bu5 khui，ho5 tshi3，king3 kiu5 tsuan5	一雙聲、二鼻音韻
折腰曾愧五斗米，	tsiat4 iau，tsing khui3，gonn2 too2 bi2	二鼻音韻
負郭元無三頃出。	hu7 kok4，guan5 bu5，sam khing2 tian5	三鼻音韻、一句尾押韻複沓
城礙夕陽宜杖履，	sing5 gai7，sik8 iang5，gi5 tiang7 li2	三鼻音韻
山供醉眼費雲煙，	san kiong，tsui3 gan2，hui3 in5 ian	一雙聲、五鼻音韻、一句尾押韻複沓
怪君不顧笙歌誤，	kuai3 kun，put4 koo3，sing ko goo7	一雙聲、二鼻音韻
政擬新詩去鳥邊。	tsing3 gi2，sin si，khi3 niaunn pian	一雙聲、一頂真疊韻、四鼻音韻、一句尾押韻複沓

　　此詩有四處雙聲韻，分別於第二句第三節奏點前兩字「更求 king3 kiu5」、第六句第三節奏點後兩字「雲煙 in5 ian」、第七句第一節奏點「怪君 kuai3 kun」、第八句第二節奏點「新詩 sin si」，而頂真疊韻則

於第八句第二、三節奏點接續處「詩 si，去 khi3」，以縱向觀之聲韻編排，句尾押韻複杳則可見於第一、四、六、八句，分別為「然 jian5」、「田 tian5」、「煙 ian」、「邊 pian」。

全詩舌尖鼻音韻尾-n 者有十六字〔註 104〕、舌根鼻音韻尾-ng 者有九字〔註 105〕，合計二十五字，佔全詩 44.6%，吟詠誦讀之際，舌頭常在舌根與舌尖這兩個開口度不大的鼻音中轉換，因此出之音韻及予人鬱思、憂愁之感〔註 106〕，一如此詩內容所呈現為閒退之時，詩人內心有所體悟，與自己心靈對話的細語聲情。

（三）詠懷詩之內在聲情

此類以〈題福州參泉二首〉之二（第 37 首）為例，探析辛棄疾雜詠詩之內在聲情，如下表：

表五十五：〈題福州參泉二首〉之二之文讀音拼音、詩作本調及連讀變調

詩　句	文讀音拼音	詩作本調	連讀變調
三泉參錯本兒嬉，	sam tsuan5 tsham tshoo3 pun2 ji5 hi	15/13/251	75/73/171
認作參星轉更癡。	jim7 tsok4 tsham sing tsuan2 king3 tshi	74/11/231	34/71/121
卻笑世間真狡獪，	khiak4 tshiau3 si3 kan tsin kau2 kue3	43/31/123	83/21/713
古今能有幾人知。	koo2 kim ling5 iu2 ki2 jin5 ti	21/52/251	11/72/171

〔註 104〕 全詩舌尖鼻音韻尾-n 者有「萬」、「本」、「偶」、「然」、「全」、「五」、「元」、「田」、「山」、「眼」、「雲」、「煙」、「君」、「新」、「鳥」、「邊」等十六字。

〔註 105〕 全詩舌根鼻音韻尾-ng 者有「更」、「曾」、「項」、「城」、「陽」、「杖」、「供」、「笙」、「政」等九字。

〔註 106〕 節引自陳師茂仁：〈賞析詩歌李白黃鶴樓賞析詩歌的另一種可能——以李白〈黃鶴樓送孟浩然之廣陵〉為例〉，《人文研究期刊》，第 14 期，2018 年，頁 52。

表五十六：〈題福州參泉二首〉之二之押聲調特色

單一聲調複沓	兩聲調組構複沓	句式組構複沓
第一句：75 / 73 / 171	第一句：75 / 73 / 171	第一句：75 / 73 / 171
第二句：34 / 71 / 121	第二句：34 / 71 / 121	第二句：34 / 11 / 121
第三句：83 / 21 / 713	第三句：83 / 21 / 713	第三句：83 / 21 / 713
第四句：11 / 72 / 171	第四句：11 / 72 / 171	第四句：11 / 72 / 171
節奏點與韻腳複沓	**頂真聲調結構**	**節奏點間之複沓**
第一句：75 / 73 / 171	第一句：75 / 73 / 171	第一句：75 / 73 / 171
第二句：34 / 71 / 121	第二句：34 / 71 / 121	第二句：34 / 71 / 121
第三句：83 / 21 / 713	第三句：83 / 21 / 713	第三句：83 / 21 / 713
第四句：11 / 72 / 171	第四句：11 / 72 / 171	第四句：11 / 72 / 171

此詩單一聲調複沓可見於第一、三、四句韻腳均為 1 聲調，而節奏點押 1 聲調則有第二、三句第二節奏點及第四句第一節奏點，若再加上非節奏點 1 聲調，於第一、二、四句第三節奏首字、第三句第三節奏第二字、第四句首字，全詩 1 聲調共計有 11 次，全詩 28 字，約佔 39%。

再以兩聲調組構複沓觀之，可見第一、四句末兩字、第二句第二節奏及第三句第三節奏前兩字，此四處均為 71 聲調，而第二句句尾及第三句第二節奏均為 21 聲調，再視之第二句第二、三節奏續連處，為 11 之頂真聲調；句式組構複沓可從第一、四句第三節奏點及第三句第四至六字為 1→7→1 回文聲調，而節奏點間之複沓可見於第一句第三節奏前兩字、第三句第二、三節奏接續處、第四句第一、二節奏接續處及第四句第三節奏前兩字，此四處皆為 17 聲調複沓。

表五十七：〈題福州參泉二首〉之二之聲韻編排

詩　句	文讀音拼音	聲韻編排說明
三泉（參錯）本 兒嬉，	sam tsuan5，tsham tshoo3，pun2 ji5 hi	一雙聲、一疊韻、四鼻音韻、一句尾押韻複沓
認作（參）星轉 更癡。	jim7 tsok4，tsham sing，tsuan2 king3 tshi	五鼻音韻、一句尾押韻複沓

| 卻笑世間真狡獪， | khiak4 tshiau3，si3 kan，tsin kau2 kue3 | 一雙聲、二鼻音韻 |
| 古今能有幾人知。 | koo2 kim，ling5 iu2，ki2 jin5 ti | 一雙聲、三鼻音韻、一句尾押韻複杳 |

　　此詩有三組雙聲韻，分別於第一句第二節奏「參錯 tsham tshoo3」、第三句第三節奏後兩字「狡獪 kau2 kue3」、第四句第一節奏「古今 koo2 kim」、一組疊韻於第一句末兩字「兒嬉 ji5 hi」。

　　此詩有多組三角聲調（表五十七詩句處，各組以相同符號標記），首先於第一句末兩字「兒嬉 ji5 hi」及第二句第三節奏末字「癡 shi」為三角疊韻，其二為第二句第三節奏第二字「更 king3」及第三句第三節奏末兩字「狡獪 kau2 kue3」為三角雙聲，其三為三角（類）雙聲，可見於第一句第二節奏「參錯 tsham tshoo3」及第二句第二節奏第一字「參 tsham」等。

　　以縱向觀其聲韻可見第一、二、四句之末字為「嬉 hi」、「癡 shi」、「知 ti」，為相同韻母之複杳。

　　全詩舌尖鼻音韻尾-n 者有六字〔註107〕、舌根鼻音韻尾-ng 者有三字〔註108〕、雙唇鼻音韻-m 者有五字〔註109〕，合計十四字，佔全詩50%。

　　此類再舉〈移竹〉（第59首）為例，如下表：

表五十八：〈移竹〉之文讀音拼音、詩作本調及連讀變調

詩　句	文讀音拼音	詩作本調	連讀變調
每因種樹悲年事，	buinn2 in tsiong3 si7 pi lian5 su7	21/37/157	11/27/777
待看成陰是幾時。	thai7 khan3 sing5 im si7 ki2 si5	73/51/725	33/71/315
眼見子孫孫又子，	gan2 kian3 tsu2 sun sun iu7 tsu2	23/21/172	13/11/732
不如栽竹繞園池。	put4 ji5 tsai tiok4 jiau2 uan5 ti5	45/14/255	85/74/175

〔註107〕全詩舌尖鼻音韻尾-n 者有「泉」、「本」、「轉」、「間」、「真」、「人」等六字。
〔註108〕全詩舌根鼻音韻尾-ng 者有「星」、「更」、「能」等三字。
〔註109〕全詩雙唇鼻音韻-m 者有「三」、「參」、「認」、「參」、「今」等五字。

表五十九〈移竹〉之押聲調特色

單一聲調複杳	兩聲調組構複杳	句式組構複杳
第一句：11/27/777	第一句：11/27/777	第一句：11/27/777
第二句：33/71/315	第二句：33/71/315	第二句：33/71/315
第三句：13/11/732	第三句：13/11/732	第三句：13/11/732
第四句：85/74/175	第四句：85/74/175	第四句：85/74/175
節奏點與韻腳複杳	頂真聲調結構	句與句間回文結構
第一句：11/27/777	第一句：11/27/777	第一句：11/27/777
第二句：33/71/315	第二句：33/71/315	第二句：33/71/315
第三句：13/11/732	第三句：13/11/732	第三句：13/11/732
第四句：85/74/175	第四句：85/74/175	第四句：85/74/175

全詩單一聲調複杳以 1 及 7 聲調各佔 8 次為最多，節奏點與韻腳複杳可見於第一句第二節奏點及韻尾為 7 聲調，而第二、四句尾及第一句第一節奏點為 5 聲調；兩聲調組構複杳可見於第一句第一節奏及第二句第二節奏為 11 疊調、第二句第一節奏為 33 疊調，最特別為第一句最後四字為 7→7→7→7 重複聲調結構，第一句整體吟誦感受為高平調→高降調→中平調。

句式組構複杳可見於第二句第四至六字及第三句第一至三字 1→3→1 回文聲調，另外第二句第三節奏 3→1→5 接續第三句第一節奏 1→3，為句與句間產生回文續連之美感，若就字面觀之，第三句「子孫孫又子」近似回文結構，然而以聲調欣賞，則發現聲調回文與文字回文呈現於不同之處。

表六十：〈移竹〉之聲情編排

詩　句	文讀音拼音	聲情編排說明
每因種樹悲年事，	buinn2 in，tsiong3 si7，pi_lian5 su7	一頂真疊韻、四鼻音韻、一句尾押韻複杳
待看成陰是幾時。	thai7 khan3，sing5 im，si7 ki2 si5	一節奏疊韻複杳、三鼻音韻、一句尾押韻複杳

| 眼見子孫孫又子， | gan2 kian3，tsu2 sun，sun iu7 tsu2 | 一頂真雙聲疊韻、四鼻音韻、一句尾押韻複查 |
| 不如栽竹繞園池。 | put4 ji5，tsai tiok4，jiau2 uan5 ti5 | 一鼻音韻、一句尾押韻複查 |

此詩第一句第二、三節奏接續處「樹 si7，悲 pi」為頂真疊韻，第二句第三節奏「是幾時 si7 ki2 si5」為節奏疊韻複查，第三句第二、三節奏接續處為「孫 sun，孫 sun」頂真雙聲疊韻，以縱向觀其聲韻編排，第一、三句句尾字為「事 su7」、「子 tsu2」，韻母相同，第二、四句句尾字分別為「時 si5」、「池 ti5」，韻母相同，為韻腳隔句押韻之韻情複查。

全詩舌尖鼻音韻尾-n 者有九字〔註110〕、舌根鼻音韻尾-ng 者有二字〔註111〕、雙唇鼻音韻-m 者有一字〔註112〕，合計十二字，佔全詩50%，此詩前三句內容感傷時光流轉，年歲漸大，因而使用十一字鼻音韻表達沉鬱之情，第四句內容為作者轉念，因而豁然開朗，僅一字鼻音韻，本詩以鼻音韻之編排，呈現心情之轉換，更顯韻情之巧妙。

此類又舉〈丙寅歲山間競傳諸將有下棘寺者〉（第 116 首）為例，如下表：

表六十一：〈丙寅歲山間競傳諸將有下棘寺者〉之文讀音拼音、詩作本調及連讀變調

詩　句	文讀音拼音	詩作本調	連讀變調
去年騎鶴上揚州，	khi3 lian5 khi5 hok8 siong7 iang5 tsiu	35/58/751	25/78/371
意氣平吞萬戶侯。	i3 khi3 ping5 thun ban7 hoo7 hoo5	33/51/775	23/71/335
誰使匈奴來塞上，	sui5 su2 hiong lonn5 lai5 sai3 siong7	52/15/537	72/75/727

〔註110〕全詩舌尖鼻音韻尾-n 者有「每」、「因」、「年」、「看」、「眼」、「見」、「孫」、「孫」、「園」等九字。
〔註111〕全詩舌根鼻音韻尾-ng 者有「種」、「成」等二字。
〔註112〕全詩雙唇鼻音韻-m 者者有一字，為「陰」。

卻從廷尉望山頭。	khiak4 tsiong5 ting5 ui3 bong7 san thoo5	45/53/715	85/73/375
榮華大抵有時歇，	ing5 hua5 tai7 ti2 iu2 si5 hiat4	55/72/254	75/32/174
禍福無非自己求。	ho7 hok4 bu5 hui tsu7 ki2 kiu5	74/51/725	34/71/315
記取山西千古恨，	ki3 tshi2 san se tshian koo2 hun7	32/11/127	22/71/717
李陵門下至今羞。	li2 ling5 bun5 he7 tsi3 kim siu	25/57/311	15/77/271

表六十二：〈丙寅歲山間競傳諸將有下棘寺者〉之押聲調特色

單一聲調複沓	兩聲調組構複沓	句式組構複沓
第一句：25/78/371	第一句：25/78/371	第一句：25/78/371
第二句：23/71/335	第二句：23/71/335	第一句：23/71/335
第三句：72/75/727	第三句：72/75/727	第二句：72/75/727
第四句：85/73/375	第四句：85/73/375	第四句：85/73/375
第五句：75/32/174	第五句：75/32/174	第五句：75/32/174
第六句：34/71/315	第六句：34/71/315	第六句：34/71/315
第七句：22/71/717	第七句：22/71/717	第七句：22/71/717
第八句：15/77/271	第八句：15/77/271	第八句：15/77/271
單一聲調複沓	**節奏間同聲調複沓**	**回文句法結構**
第一句：25/78/371	第一句：25/78/371	第一句：25/78/371
第二句：23/71/335	第二句：23/71/335	第二句：23/71/335
第三句：72/75/727	第三句：72/75/727	第三句：72/75/727
第四句：85/73/375	第四句：85/73/375	第四句：85/73/375
第五句：75/32/174	第五句：75/32/174	第五句：75/32/174
第六句：34/71/315	第六句：34/71/315	第六句：34/71/315
第七句：22/71/717	第七句：22/71/717	第七句：22/71/717
第八句：15/77/271	第八句：15/77/271	第八句：15/77/271

　　此詩單一聲調複沓以 7 聲調出現 18 次，佔 32%，為全詩為最多，除第五句之外，此詩第二節奏首字均為 7 聲調，高平調 1 聲調出現九次居次、高降調 2 聲調出現八次，即此詩高聲調共出現 17 次，此詩內容以漢代將領李陵用險兵招致失敗一事委婉告誡當代權臣韓侂冑

用兵勿躁急，可顯見詩人心態上應焦急擔憂國情，故聲情上亦反映激昂高亢之感。

　　兩聲調組構複杳可見於第一、八句末兩字、第二、六、七句第二節奏及第七句第三節奏前兩字，共有六次 71 聲調，第三句第二節奏及第五句第一節奏共計兩次 75 聲調，疊調則可見於第七句第一節奏 22 聲調、第八句第二節奏之 77 聲調；節奏間同聲調複杳則可見於第三、七、八句共計四次 27 聲調；句式組構複杳則 57 聲調共計六次，分別於第一、四、八句第一、二節奏接續處、第三句第二、三節奏接續處、第二、四句尾為 5 聲調接續第三、五句句首為 7 聲調等，根據上述可知此詩無論於句間節奏接續處或句與句間接續處皆好用 57 聲調，即低升調至中平調之聲調組構。

　　另第二、六句第三至五字為 7→1→3 聲調結構；又第三句前三字以及末三字、第八句第四至六字，共出現三次 7→2→7 回文聲調，第四句第二節奏為 73，接續第三節奏前兩字為 37 回文聲調。

表六十三：〈丙寅歲山間競傳諸將有下棘寺者〉之聲韻編排

詩　句	文讀音拼音	聲韻編排說明
去年騎鶴上揚州，	khi3 lian5，khi5 hok8，siong7 iang5 tsiu	三鼻音韻
意氣平吞萬戶侯。	i3 khi3，ping5 thun，ban7 hoo7 hoo5	一疊韻、一雙聲疊韻、一句尾聲母複杳、三鼻音韻
誰使匈奴來塞上，	sui5 su2，hiong lonn5，lai5 sai3 siong7	二雙聲、一頂真雙聲、一疊韻、一句尾聲母複杳、三鼻音韻
卻從廷尉望山頭。	khiak4 tsiong5，ting5 ui3，bong7 san thoo5	四鼻音韻
榮華大抵有時歇，	ing5 hua5，tai7 ti2，iu2 si5 hiat4	一雙聲、一句尾聲母複杳、一鼻音韻

禍福無非自<u>己求</u>。	<u>ho</u>7 <u>hok</u>4，bu5 hui，tsu7 <u>ki</u>2 <u>kiu</u>5	二雙聲
<u>記取</u>山西千古<u>恨</u>，	<u>ki</u>3 <u>tshi</u>2，sa<u>n</u> se，tshia<u>n</u> koo2 hu<u>n</u>7	一疊韻、一雙聲、一句尾聲母複沓、三鼻音韻
<u>李</u>陵門下至今羞。	<u>li</u>2 <u>li</u>ng5，bu<u>n</u>5 he7，tsi3 ki<u>m</u> siu	一雙聲、一句尾聲母複沓、三鼻音韻

　　詩作有七次雙聲、三次疊韻、一次雙聲疊韻、一次頂真雙聲，聲韻相當豐富，其中雙聲處分別於第三句第一節奏「誰使 sui5 su2」、第三節奏末兩字「塞上 sai3 siong7」、第五句第二節奏「大抵 tai7 ti2」、第六句第一節奏「禍福 ho7 hok4」、第六句第三節奏末兩字「己求 ki2 kiu5」、第七句第二節奏「山西 san se」、第八句第一節奏「李陵 li2 ling5」等七處；疊韻三處分別於第二句第一節奏「意氣 i3 khi3」、第三句第三節奏前兩字「來塞 lai5 sai3」、第七句第一節奏「記取 ki3 tshi2」，頂真雙聲於第二句第一、二節奏接續處「奴 lonn5，來 lai5」；雙聲疊韻於第二句第三節奏末兩字「戶侯 hoo7 hoo5」；縱向觀本詩聲韻可見第二、五、七句句尾字聲母相同，分別為「侯 hoo5」、「歇 hiat4」、「恨 hun7」，第三、八句句尾字聲母相同，分別為「上 siong7」、「羞 siu」。

　　此詩共計有六次三角聲調（表六十一詩句處，各組以相同符號標記），分別為二次三角疊韻、三次三角雙聲、一次三角（類）雙聲，以下分別說明之，三角疊韻分別於第一句第一字「去 khi3」及第二句第一節奏「意氣 i3 khi3」、第七句第一節奏「記取 ki3 tshi2」及第八句第一字「李 li2」；三角雙聲分別於第三句第三節奏末兩字「塞上 sai3 siong7」及第四句第三節奏第二字「山 san」、第五句第二字「華 hua5」及第六句第一節奏「禍福 ho7 hok4」、第六句第三節奏末兩字「己求 ki2 kiu5」第七句第二節奏第二字「古 koo2」；三角（類）雙聲於第四句第二節奏第一字「廷 ting5」及第五句第二節奏「大抵 tai7 ti2」等。

全詩舌尖鼻音韻尾-n 者有九字〔註113〕、舌根鼻音韻尾-ng 者有十字〔註114〕、雙唇鼻音韻-m 者有一字〔註115〕，合計二十字，佔全詩35.7%。

（四）山水詩之內在聲情

此類以〈遊武夷作棹歌呈晦翁〉之一（第40首）為例，探析辛棄疾山水詩之內在聲情，如下表：

表六十四：〈遊武夷作棹歌呈晦翁〉之一之文讀音拼音、詩作本調及連讀變調

詩　句	文讀音拼音	詩作本調	連讀變調
一水奔流疊嶂開，	it4 sui2 phun liu5 tiap8 tsiang3 khai	42/15/831	82/75/421
谿頭千步響如雷。	khe thoo5 tshian poo7 hiang2 ji5 lui5	15/17/255	75/77/175
扁舟費盡篙師力，	pian2 tsiu hui3 tsin7 ko su lik8	21/37/118	11/27/778
咫尺平瀾上不來。	tsi2 tshik4 ping5 lan5 siong7 put4 lai5	24/55/745	14/75/385

表六十五：〈遊武夷作棹歌呈晦翁〉之一之押聲調特色

單一聲調複沓	兩聲調組構複沓	句式組構複沓
第一句：82/7̲5/421	第一句：82/7̲5̲/421	第一句：8̲2/7̲5/421
第二句：7̲5/7̲7̲/17̲5	第二句：7̲5̲/7̲7̲/17̲5̲	第二句：75/77/175
第三句：11/27̲/77̲8	第三句：1̲1̲/27/7̲7̲8̲	第三句：11/2̲7̲/778
第四句：14/7̲5/385	第四句：14/7̲5̲/385	第四句：14/75/385

〔註113〕全詩舌尖鼻音韻尾-n 者有「年」、「吞」、「萬」、「奴」、「山」、「山」、「千」、「恨」、「門」等九字。

〔註114〕全詩舌根鼻音韻尾-ng 者有「上」、「揚」、「平」、「匈」、「上」、「從」、「廷」、「望」、「榮」、「陵」等十字。

〔註115〕全詩雙唇鼻音韻-m 者者有一字，為「今」。

節奏點與韻腳複沓	頂真聲調結構	回文句法結構
第一句：82/7⑤/421	第一句：82/75/421	第一句：82/75/421
第二句：7⑤/77/17⑤	第二句：75/77/175	第二句：75/7⑦/17⑤
第三句：11/27/778	第三句：11/2⑦/⑦78	第三句：11/27/778
第四句：14/7⑤/38⑤	第四句：14/75/385	第四句：14/75/385

　　由上略可見此詩押聲調之情況，首先於全詩單一聲調之複沓，見於第一句第二節首字、第二句第一、二節奏首字、第三句第三節奏首字、第四句第二節奏首字，皆以 7 聲調為開頭，若再加上非節奏點第二句第二、三節奏第二字及第三句第二、三節奏第二字，全詩 28 字，共出現九次 7 聲調，所佔比為 32%，其二為節奏點與韻腳複沓於第一句第二節奏點、第二句第一及第二節奏點、第四句第二、三節奏點，共出現五次 5 聲調，低升調於句尾則語音上揚，具綿延之感。

　　再視兩聲調組構複沓出現於第一、四句第二節奏、第二句第一、第三節奏，共出現四次 75 聲調複沓，疊調則可見於第二句第二節奏及第三句第三節奏，共兩次 77 聲調、第三句第一節奏為 11 疊調複沓。句間節奏之延續，可見第三句第二、三節奏點首尾，以 7 聲調延續、及第二句前三字 7→5→7 回文聲調、第二句第四至六字之 7→1→7 回文聲調，呈現句間聲調之韻律感。

　　此詩於第一句第一、五字、第三句韻腳、第四句第二、六字聲調，共出現五次入聲字，分別為「一 it4」、「疊 tiap8」、「力 lik8」、「尺 tshik4」、「不 put4」，而入聲字之字音緣於聲音氣流被阻擋之故，因此有短促峭絕之特色〔註116〕，照應詩中內容所呈現之磅礡景色，可見詩人心中激昂之心情亦映顯於聲情。

〔註116〕節引自陳師茂仁：〈由吟詩角度探杜甫〈江畔獨步尋花〉（其六）聲韻之美〉，頁 7。

表六十六：〈遊武夷作棹歌呈晦翁〉之一之聲韻編排

詩　句	文讀音拼音	聲韻編排說明
一水奔流疊嶂開，	it4 sui2，phun liu5，tiap8 tsiang3 khai	二鼻音韻
谿頭千步響如雷。	khe thoo5，tshian poo7，hiang2 ji5 lui5	二鼻音韻、一句尾聲母複沓
扁舟費盡篙師力，	pian2 tsiu，hui3 tsin7，ko su lik8	二鼻音韻、一句尾聲母複沓
咫尺平瀾上不來。	tsi2 tshik4，ping5 lan5，siong7 put4 lai5	三鼻音韻、一句尾聲母複沓

　　本詩由縱向觀其聲韻可見第二、三、四句句尾字為「雷 lui5」、「力 lik8」、「來 lai5」，形成聲母複沓，鼻音韻部分全詩舌尖鼻音韻尾-n 者有五字〔註117〕、舌根鼻音韻尾-ng 者有四字〔註118〕，合計九字，佔全詩 32.1%。

　　此類再舉〈遊武夷作棹歌呈晦翁〉之二（第 41 首）為例，如下表：

表六十七：〈遊武夷作棹歌呈晦翁〉之二之文讀音拼音、詩作本調及變調

詩　句	文讀音拼音	詩作本調	連讀變調
山上風〔註119〕吹笙鶴聲，	san siong7 hong tshui sing hok8 sing	17/11/181	77/11/741
山前人望翠雲屏。	san tsian5 jin5 bong7 tshui3 in5 pin5	15/57/355	75/57/275
蓬萊柱竟瑤池路，	hong5 lai5 tsu7 king2 iau5 ti5 loo7	55/72/557	75/32/777
不道人間有幔亭。	put4 to7 jin5 kan iu2 ban7 ting5	47/51/275	87/71/135

〔註117〕全詩舌尖鼻音韻尾-n 者有「奔」、「千」、「扁」、「盡」、「瀾」等五字。
〔註118〕全詩舌根鼻音韻尾-ng 者有「嶂」、「響」、「平」、「上」等四字。
〔註119〕節引自陳師茂仁：《臺灣傳統吟詩研究》，頁 275。兩字組變調規則其二：「兩字詞組若為主謂結構，且前字為名詞時，則此前字通常不變調，末字亦不變調，二者皆讀其本調。」，第二句「山前人望翠雲屏」之「人」同上述變調規則。

表六十八：〈遊武夷作棹歌呈晦翁〉之二之押聲調特色

單一聲調複杳	兩聲調組構複杳	句式組構複杳
第一句：77/11/741	第一句：77/11/741	第一句：77/11/741
第二句：75/57/275	第二句：75/57/275	第二句：75/57/275
第三句：75/32/777	第三句：75/32/777	第三句：75/32/777
第四句：87/71/135	第四句：87/71/135	第四句：87/71/135
節奏點與韻腳複杳	**頂真聲調結構**	**回文句法結構**
第一句：77/11/741	第一句：77/11/741	第一句：77/11/741
第二句：75/57/275	第二句：75/57/275	第二句：75/57/275
第三句：75/32/777	第二句：75/32/777	第三句：75/32/777
第四句：87/71/135	第四句：87/71/135	第四句：87/71/135

　　由上表可見此詩於節奏點首字單一聲調複杳呈現於第一句第一、第三節奏首字、第二句第一節奏首字、第三句第一節奏首字、第四句第二節奏首字共有五次為 7 聲調，若再加上第一句第二字、第二句第二、三節奏第二字、第三句第三節奏末兩字、第四句第二字，則非節奏點首字出現之 7 聲調，共有 6 次，整體而論本詩運用 7 聲調（中平調）共計有 12 次，佔全詩的 43%，細視 7 聲調之分布，主要於第一至第三句，照應詩文彷彿能感受作者於遊歷武夷山中，以平穩之語氣敘述其所見所聞。

　　兩聲調組構複杳可見於第一句第一節奏以及第三句第三節奏之 77 疊調及第一句第二節奏之 11 疊調；另於第二句之第一、三節奏及第三句第一節奏共有三次 75 聲調；頂真聲調則可見於第二、四句之第二、三字分別為 5、7 頂真聲調及第四句第四、五字為 1 聲調頂真，詩人於偶數句，且於節奏連接點運用頂真調，使句子吟詠得以延續聲情。

　　句式組構複杳見於第一句第一至四字及第四句第二至五字為 7→7→1→1 聲調複杳；另可見回文聲調於第一句第二至五字為 7→1→1→7 聲調、第二句第一至四字為 7→5→5→7 聲調。全詩聲情多元，

單一押聲調、疊調、頂真聲調、回文聲調之複沓，在吟誦時呈現之美感，自然流瀉於讀音之中。

表六十九：〈遊武夷作棹歌呈晦翁〉之二聲韻編排

詩　句	文讀音拼音	聲韻編排說明
山上風吹笙鶴聲，	san siong7，hong tshui，sing hok8 sing	一雙聲、五鼻音韻
山前人望翠雲屏。	san tsian5，jin5 bong7，tshui3 in5 pin5	一疊韻、六鼻音韻
蓬萊柱竟瑤池路，	hong5 lai5，tsu7 king2，iau5 ti5 loo7	二鼻音韻
不道人間有幔亭。	put4 to7，jin5 kan5，iu2 ban7 ting5	四鼻音韻

　　此詩第一句第一節奏「山上 san siong7」為雙聲、第二句第三節奏末兩字「雲屏 in5 pin5」為疊韻；三角雙聲（表六十七詩句處，以相同符號標記）於第一句第一節奏「山上 san siong7」及第二句第一字「山 san」。

　　全詩舌尖鼻音韻尾-n 者有九字〔註120〕、舌根鼻音韻尾-ng 者有八字〔註121〕，合計十七字，佔全詩 60.7%，詩作內容之敘寫為山上→山前→仙境→人間，呈現遠→近→遠→近之感，舌根鼻音韻尾-ng，其共鳴感較為洪亮，因而其次數分布為 4→1→2→1，與詩作之景遠→近→遠→近相符，可見吟誦時由聲韻編排之強弱，亦可凸顯其辭情。

四、結語

　　第二節聲韻編排特色中，以辛棄疾詩歌內容之四大類分別舉例探析，分別為抒情詩、酬酢詩、詠懷詩、山水詩等，體裁上不拘於五言、七言或絕句、律詩，期以不同體裁舉例說明各類型之聲韻狀況。

〔註120〕全詩舌尖鼻音韻尾-n 者有「山」、「山」、「前」、「人」、「雲」、「屏」、「人」、「間」、「幔」等九字。

〔註121〕全詩舌根鼻音韻尾-ng 者有「上」、「風」、「笙」、「聲」、「望」、「萊」、「竟」、「亭」等八字。

　　竺家寧云：「字音由聲、韻、調三部份所組構而成。聲母為音節之前段，韻母則為音節之後段，而聲調則是附屬於韻母上之語音成分。」〔註122〕因而本節就「聲、韻、調」等面向，分別探析辛棄疾詩作。

　　首先為「調」之探析，每首詩作之節奏點同聲調複沓、押聲調複沓、疊調、頂真聲調結構、回文聲調結構、句與句間同聲調複沓、句式組構複沓抑或縱向複沓之情形加以分析說明之；而「聲」與「韻」之編配情形則視其雙聲疊韻之運用及鼻音韻、三角（類）雙聲、三角（類）疊韻、頂真韻、入聲韻或以縱向聲韻複沓之情形探析說明之。

　　分析結果可得辛棄疾詩作中，無論抒情詩、酬酢詩、詠懷詩、山水詩，各類型詩作之「聲、韻、調」之運用情形，均相當豐富，辛棄疾配合詩作內容，呈顯其作品各別不同之樣貌，聲調上有時高昂，有時平順，有時頓挫，再加之句與句間的聲調複沓，使吟誦上產生抑揚頓挫或綿延流轉合之感能合乎辭情；聲韻上，詩人則穿插雙唇音、舌尖及舌根鼻音韻、雙聲或疊韻於詩作中，營造吟誦時之聲情氛圍，因而無論憂傷、激昂、閒適、說理等不同辭情之詩作，其聲韻均能恰如其分地映顯於聲情中。

〔註122〕竺家寧：《聲韻學》，台北：五南出版社，2013 年，頁 5。

第五章　結　論

　　《水龍吟‧醉辛稼軒墓》:「嶺頭一片青山,可能呷得凌雲氣。遐方異域,當年滴盡,英雄清淚。星斗撐腸,雲煙盆紙,縱橫遊戲。漫人間留得,陽春白雪,千載下,無人繼。　　不見戟門華第。見蕭蕭竹枯松悴。問誰料理,帶湖煙景,瓢泉風味。萬里中原,不堪回首,人生如寄。且臨風高唱,逍遙舊曲,為先生醉。」這闋詞為辛棄疾逝世後一百餘年,元人張野在經過其鉛山的墳墓時寫下,詞中給予辛棄疾事業、人品及創作極高之評價。〔註1〕

　　辛棄疾為南宋抗金英雄人物,亦為詞史上才華卓絕的一代大家,然而仕途宦場的顛簸失意及漫長的閒退時期,使詩人有餘力創作精彩、豐碩的詩詞,一如趙翼在《題元遺山集》所說:「國家不幸詩家幸,賦到滄桑句便工。」〔註2〕因而其大量的文學作品,便成為後人的圭臬,然而辛棄疾留存之詩、詞數量迥異,因而學術界大多致力於對詞之研究。因而本論文即以《辛棄疾詩歌研究》為題,研究動機與目的在於以了解作者之時代背景與生平經歷為基礎下,將辛棄疾詩作從體裁、形式、內容、聲韻情感、藝術淵源及寫作特色等面向加以探析,以下將本論文研究成果作一統整與敘述說明。

〔註1〕　意引自高鐵英:〈辛棄疾詩歌探微〉,《赤峰學院學報》,第31卷第5
　　　　　期,2010年,頁86。
〔註2〕　鞏本棟:《辛棄疾評傳》,頁392。

一、辛棄疾生平

　　辛稼軒（1140 年～1207 年）原字坦夫，後改字幼安，號稼軒居士，山東歷城人，是南宋最偉大的愛國詞人，生於高宗紹興十年（1140年），卒於寧宗開禧三年（1207 年）。早年於金人統治的淪陷區度過了年輕歲月，早年喪父，由具民族意識的祖父辛贊撫養，辛贊雖屈服於異族，但不忘故國，稼軒於《美芹十論》云：「每退食，輒引臣輩登高望遠，指畫山河，思投釁而起，以紓君父所不共戴天之憤。」求學時期師從劉瞻，劉瞻長於詞賦，辛棄疾年少時期受其影響，並與一同求學的黨懷英並稱為「辛黨」，兩人文章才華，不相上下。

　　在辛贊的啟發下，年少的辛棄疾已決定了一生抗金的志業。紹興三十一年（1161 年），金主完顏亮大舉南犯，人民紛紛起義，年僅二十二歲的稼軒聚眾兩千抗金，後加入耿京起義大軍，並建議「決策南向」，隔年與賈端一同「奉表」南下歸宋時，耿京遭部下張安國、邵進等人叛變殺害，且投降金人，稼軒北上聞訊，率領輕兵衝入金人陣營活捉張安國並送至臨安斬首示眾。洪邁〈稼軒記〉：齊虜巧負國，赤手領五十騎，縛取於五萬眾中，如挾毚兔，束馬銜枚，間關西奏淮，至通夜不粒食。壯聲英概，懦士為之興起，聖天子一見三嘆。〔註3〕足見其英雄出少年及殺敵報國的豪情壯志。

　　然而張以寧《過稼軒神道》：「英雄已盡中原淚，臣主原無北伐心。」〔註4〕一語道破其仕途注定悲劇收場，從 1162 年～1181 年，辛棄疾南歸到罷職退隱前，對北伐抗金深具信心，於〈美芹十論〉、〈九議〉、〈論阻江為險須藉兩淮疏〉、〈議練民兵守淮疏〉、〈論盜賊劄子〉等，發表對政治、戰略的看法，然而此時的他，屢遭讒言，一再經歷貶謫的打擊，但每新任官職，仍對地方盡心盡力，為民謀福祉。然而最終仍被因讒言而罷官免職，於 1181 年至 1203 年，先後於信州帶湖及鉛山的

〔註 3〕辛更儒：《辛棄疾研究》，頁 28。
〔註 4〕盧雪玲：《辛稼軒遊仙詞研究》，台北：國立台灣師範大學，國文學系，碩士論文，2009 年，頁 83。

瓢泉罷職閑居渡過，期間雖有短暫出任官職，但大致上仍是隱居的。

　　隱居期間看似閒適自得，流連山水，寄情田園，但他仍掛心抗金統一之事，1192 年短暫任職後，於 1195 年被彈劾，此後八年因帶湖舊居失火而轉往瓢泉隱居，隱居時期稼軒於詩、詞均大量累積作品，有壯志未酬的感慨、有意氣風發的昂揚、有山水田園的生活、有農村和樂的風光、有無奈隱居的苦悶、有與友人唱和的贈答、有讀書寫作的心得、甚至與妻小生活的日常等。

　　1203 年，宰相韓侂冑力圖北伐，以壯大個人聲勢，因而起用六十四歲的辛棄疾，然此次仍未被安排要職，最終又因細故被撤職，後韓侂冑出兵大敗，朝廷再次起用辛棄疾，然而此刻辛棄疾已疾病纏身、筋疲力竭，因而未就任，最終於 1206 年病歿。一如〈瑞鷓鴣・乙丑奉祠歸，舟次餘幹賦〉言：「江頭日日打頭風。憔悴歸來邴曼容。鄭賈正應求死鼠，葉公豈是好真龍。孰居無事陪犀首，未辦求封遇萬松。卻笑十年曹孟德，夢中相對也龍鍾。」〔註5〕暮年的辛棄疾對政局已心灰意冷，憤恨中與世長辭。

二、辛棄疾詩歌之體裁與形式

　　本論文選用《全宋詩》卷二五八一〈辛棄疾一〉、卷二五八二〈辛棄疾二〉所收詩目共 143 首辛棄疾詩作，其體裁數量如下：古體詩共 7 首，五言古體詩 5 首、七言古體詩 2 首；絕句共 96 首，五言絕句 19 首、七言絕句 77 首；律詩共 40 首，五言律詩 7 首、七言律詩 33 首。其中七言絕句數量最豐，其次為七言律詩，而七言古詩 2 首，三者佔其詩作 78.3%，可見詩人喜以七言創作。

　　而辛棄疾詩作之起式數量〔註6〕：平起式詩作共計 75 首，佔了 55.1%；仄起式詩作共計 61 首，佔了 44.9%。辛棄疾創作平起或仄起式詩歌均多用七言絕句及七言律詩。而平起式與仄起式創作比例差

〔註5〕鄧廣銘：《稼軒詞編年箋注》，頁 576。
〔註6〕古體詩七首不列入起式分析，因而此項目詩作總計為 136 首。

異不大，因此創作心情應為激昂、平順各半。

由首句入韻與否觀之，正格五言詩作共 25 首；變格五言詩作共 1 首；正格七言詩作共 92 首；變格七言詩作共 18 首。統計正格詩共 117 首，佔近體詩 86%；變格詩共 19 首，佔 14%，兩者差距懸殊，可知辛棄疾創作時以五言首句不入韻者為多、七言首句入韻者為眾，符合唐人寫作的原則。

又自用韻情形視之，其韻部揀用次數由多至少依序為：上平聲用韻──上平四支（19 首）、上平十灰（17 首）、上平七虞（9 首）；下平聲用韻──下平七陽（12 首）、下平一先（8 首）、下平五歌（8 首）、下平八庚（8 首）。在 136 首近體詩中，上平聲韻共 73 首，佔 54%；下平聲韻共 54 首，佔 40%，其他韻部，佔 7%。再者，以用韻寬窄程度所見，寬韻詩作共計 73 首，中韻詩作共計 42 首，窄韻詩作共計 11 首，險韻詩作共計 1 首，可知其創作詩歌寬韻使用頻率最高，險韻最少。

三、辛棄疾詩歌之辭情與用韻情形

辛棄疾詩作可分為四大類，依照數量多寡依序為：抒情詩、酬酢詩、詠懷詩、山水詩。首先抒情詩共計 69 首，再將其區分為哀辭及感懷二類，其中哀辭 15 首，感懷詩 54 首，再將感懷詩加以區別為三項，分別為人生寄慨 13 首、閒適怡情 22 首、哲理詩 19 首；酬酢詩共計 46 首，區分為唱和、贈送兩類，其中唱和再加以區分為人生體悟 25 首、藉物抒懷 12 首、贈送類再區分為前人 1 首、今人 2 首、送別 1 首、祝壽 5 首；詠懷詩共計 18 首，區分為詠物及詠史兩類，其中詠物類再細分為四項，分別為植物 4 首、蔬果 2 首、山水雨雪石 7 首、器物 1 首、詠史類區分為人物 4 首；山水詩遊歷類共計 10 首。

辛棄疾詩歌之用韻情形如下：

（一）抒情詩之韻情總結：其一，感懷詩，自體裁處分析，感懷

詩之體裁以七言絕句為主，共計 37 首；接著自起式層面切入，兩者無明顯差異；再從用韻處探討，以上平十灰韻最多，共計 10 次。其二，哀辭，體裁全數使用五言絕句，合計 15 首；自起式分析，平起式共 9 首，仄起式共 6 首，而用韻情形，以下平八庚 3 次為最多，此分類因內容哀悼幼子亡故，詩人情緒激動，因而使用「上、去、入」聲共 5 次，符合其辭情。

　　（二）酬酢詩之韻情總結：其一，唱和詩，自體裁處分析，唱和詩之體裁以七言絕句 19 首及七言律詩 14 首為最多，自起式層面切入，兩者相同，平起式 17 首、仄起式 17 首。自用韻處審視，依照多寡依序為上平四支韻使用 7 次、上平十灰韻使用 5 次、下平七陽韻使用 5 次為多；其二，贈送詩，七言絕句 2 首及七言律詩 6 首，自平仄起式方面言，平起式合共 6 首，仄起式合共 2 首；自用韻情形視之，下平七陽韻 2 次、下平一先韻 2 次為多，根據簡明勇《律詩研究》中分析歸納平聲韻之通韻狀況，第二類為「支微齊佳灰類」〔註7〕，可知支、灰韻之聲情意涵雷同，而此韻適宜表達隱微的心曲和細膩的情思。」唱和詩中使用支、灰韻的詩作內容大多是詩人向友人傾訴內心感慨、反思一生之勞苦心境；祝壽或讚譽友人詩作，詩人大多使用七陽韻，陽韻之韻語發音為高音揚起，尾音繚繞而營造出餘韻之氛圍，予人之聲情感受較為喜悅、開朗，用於祝賀相關之詩作，更可體現詩人喜上眉梢之情感。綜合上述，可見辛棄疾唱和詩之體裁、起式、用韻狀況與詩作內容甚為呼應。

　　（三）詠懷詩之韻情總結：其一，詠物詩，從體裁審視，以七言絕句 9 首為最多；自起式方面論，平起式使用 11 次為最多；自用韻情形論，以上平四支韻及上平十四寒韻各佔 3 次為最多。其二，詠史詩，從體裁審視，全數為七言律詩自起式方面論，平起式 2 首，仄起式 1 首。用韻情形則上平十五刪、下平十一尤、下平七陽各一首。

〔註7〕簡明勇：《律詩研究》，臺北：文史哲出版社，1990 年，頁 101～102。

「支紙縝密〔註8〕」、「先寒刪覃鹽咸等韻……給人以悠揚、穩重的感覺；適宜表達奔放、深厚等感情。〔註9〕」辛棄疾詠物詩，詩作內容隨著景、物而引發內心愁思或者豁達奔放之情感，皆以相呼應之韻部傳達，更足見其辭情與韻情之連結。

（四）山水詩之韻情總結：體裁全數為七言絕句，共計 10 首；自起式分析，平起式共 3 首，仄起式共 7 首；以用韻狀況審視之，山水詩以下平一先韻及下平五歌韻各佔 2 次為多。

「支先韻細膩。」〔註10〕、「歌韻……給人一種鬱結難吐的感覺，故適宜表達的情感同魚韻近似；魚虞等韻……給人以鬱結難吐的感覺；適宜表達纏綿深微、感嘆不已等感情。」〔註11〕詩人在遊賞之時，常從中折射出自我形象，在美景中融入己身感慨，綜合上述可見辛棄疾山水詩中辭情與韻情之密切度。

四、辛棄疾詩歌之藝術淵源與特色

辛棄疾詩歌之藝術淵源與其生平、仕途經歷息息相關，他寫詩取徑甚廣，如屈原、陶淵明、鮑照、杜甫、白居易、邵雍、朱熹等人，辛棄疾崇仰的對象大多與自己的人生際遇相仿，因而辛棄疾除了閱讀典籍而耳濡目染受到影響外，這些前人於逆境中的處事態度，也為辛棄疾取法的對象，為心靈的寄託。因而本論文將辛棄疾詩歌分別以辛棄疾詩歌與屈原之關聯、與陶淵明之關聯、與鮑照之關聯、與白居易、邵雍、朱熹之關聯，分別說明其淵源及羅列其取法他人之處，並以表格呈現。

辛棄疾詩歌之藝術特色則以善於用典及語拙意真加以說明，「說理」本為宋詩特點之一，稼軒詩亦與詞一般，大量使用理語、庾語，

〔註 8〕王易：《詞曲史》，頁 238。
〔註 9〕陳少松：《古詩詞文吟誦》，頁 229～233。
〔註10〕〔清〕周濟：《宋四家詞選》，頁 3。
〔註11〕陳少松：《古詩詞文吟誦》，頁 229～233。

明徵古人作品，暗用古籍掌故，且富含議論之理趣。辛棄疾自幼受過良好的儒家傳統思想教育薰陶，博覽群書，於創作時亦將其文學底蘊活用於詩作中，因而時常化用書中典故於詩詞創作中，此處將辛棄疾詩作區分為兩類，其一，以古人之際遇入詩，其二，化用古籍或他人詩句入詩，並羅列其典故出處以說明之。

而語拙意真之特色，則與其深受陶淵明詩風影響以及詩人創作詩歌時的年齡、境遇、心情相關，辛棄疾詩作大多完成於退隱閒居之時，此時雖有豪情壯志但屢遭挫敗的仕途經歷，仍使詩人不免發出悲鳴或寄情山水，托物興志，許多情感往往不吐不快，因而有語拙但意真之特色。

五、辛棄疾詩歌聲韻編排之特色

聲韻編排特色中，無論抒情詩、酬酢詩、詠懷詩、山水詩，各類型詩作之「聲、韻、調」之運用情形，均相當豐富，辛棄疾配合詩作內容，呈顯其作品各別不同之樣貌，聲調配合辭情，流暢的抑揚頓挫以及句與句間的聲調複沓，使吟誦上之聲調美感，切合詩人心情；聲韻上，則悉心編排雙唇音、舌尖及舌根鼻音韻、雙聲或疊韻於詩作中，營造吟誦時之聲情氛圍，因而無論憂傷、激昂、閒適、說理等不同辭情之詩作，其聲韻均能恰如其分地映顯於聲情中。

本文在前人研究的基礎上，進一步爬梳和整理，總結如上，但因筆者能力有限，僅以辛棄疾詩歌進行研究分析，主要分析內容為辛棄疾詩作之創作體裁、格律起式、內容分類、藝術淵源與特色、聲韻編排之特色等，然而卻有許多未能深入涉獵之處，如吟詩的方式，深深影響詩歌聲情的傳達，不同的吟詠方式，更直截左右詩歌音樂性感染力的強弱，這其中又以所吟詩歌文字聲調的表現最為關鍵。〔註12〕因而若能再深入分析關照辛棄疾詩作之聲情，如「詩作中主要元音的配置」、「平仄交錯所造成的語言風格」、「頭韻」的運用、「由音節要素

〔註12〕陳師茂仁：《臺灣傳統吟詩入門——大家來吟詩》（附 CD），頁 4。

的解析看語言風格」〔註13〕等面向再深入鑽研，也許能更全面性了解
辛棄疾之詩歌，使則留待日後再進行可能的研究，以期對辛棄疾詩歌
能有更全面的認識！

〔註13〕 竺家寧：《語言風格與文學韻律》，臺北：五南出版社，2001 年，頁
31～35。

參考文獻

一、**專書**（依作者年代先後排序）

（一）**古籍文本**

1. 〔晉〕陸機撰，張少康集釋：《文賦集釋》，台北：漢京文化，1987年。

2. 〔南朝〕蕭統：《陶淵明傳》，台北：明倫出版社，1970年。

3. 〔南朝〕劉勰：《文心雕龍》，臺北：宏業書局，1982年。

4. 〔金〕元好問：《中州集》，上海：上海書店，1989年。

5. 〔宋〕劉克莊：《後村詩話》，台北：藝文，1972年。

6. 〔宋〕謝枋得：《疊山集》，四部叢刊續編景明本，臺北：臺灣商務，1986年。

7. 〔元〕馬端臨：《文獻通考》，台北：新興出版社，1965年。

8. 〔元〕脫脫等撰；楊家駱主編：《宋史》，台北：鼎文書局，1985年。

9. 〔清〕陳廷焯：《白雨齋詞話》，臺北：台灣開明書店，1954年。

10. 〔清〕劉過：《龍洲集》，台北：藝文，1965年。

11. 〔清〕周濟：《宋四家詞選》，臺北：藝文印書館，1967年。

12. 〔清〕阮元審定，盧宣旬校：《重刊宋本十三經注疏附校勘記》，

　　　台北：藝文印書館，1989 年。

13. 〔清〕余照春亭：《詩韻集成》，高雄：高雄復文出版社，1992 年。

14. 〔清〕朱庭珍：《筱園詩話》，上海：古籍出版社，2002 年。

15. 〔清〕何文煥編：《歷代詩話》，北京：北京圖書出版社，2003 年。

（二）今人專著（依出版時間先後排序）

1. 沈富進：《彙音寶鑑》，臺北：文藝學社，1954 年。

2. 王國維：《人間詞話》，台北：台灣開明書店，1955 年。

3. 鄭騫：《辛稼軒年譜》，台北：華世出版社，1977 年。

4. 謝雲飛：《文學與音律》，台北：東大，1978 年。

5. 鄧廣銘：《辛稼軒詩文鈔存》，台北：華正書局，1979 年。

6. 陳滿銘：《稼軒詞研究》，台北：文津出版社，1980 年。

7. 鄧廣銘：《辛棄疾》，台北：國家出版社，1982 年。

8. 王更生：《文心雕龍讀本・上下篇》，台北：文史哲出版社，1988年。

9. 汪辟疆：《汪辟疆文集》，上海：上海古籍出版社，1988 年。

10. 楊蔭瀏：《語言音樂學初探》，台北：丹青圖書有限公司，1988 年。

11. 汪誠：《辛稼軒——慷慨豪放的愛國詞家》，台北：幼獅文化，1990年。

12. 簡明勇：《律詩研究》，臺北：文史哲出版社，1990 年。

13. 徐漢明：《稼軒集》，台北：文津出版社，1991 年。

14. 古遠清：《詩歌分類學》，高雄：復文圖書出版社，1991 年。

15. 松浦友久：《中國詩歌原理》，臺北：洪葉文化事業有限公司，1993年。

16. 吳戰壘《中國詩學》，台北：五南出版社，1993 年。

17. 徐漢明：《辛棄疾全集》，成都：四川文藝出版社，1994 年。

18. 張光宇：《閩客方言史稿》，臺北：南天出版社，1996 年。

19. 張夢機：《古典詩的形式結構》，高雄：駱駝出版社，1997 年。

20. 許清雲：《近體詩創作理論》，台北：洪葉文化，1997 年。

21. 傅璇琮主編:《全宋詩》,北京:北京大學出版社,1998 年。

22. 鞏本棟:《辛棄疾評傳》,南京:南京大學出版社,1998 年。

23. 竺家寧:《語言風格與文學韻律》,臺北:五南出版社,2001 年。

24. 黃麗貞:《修辭學》,臺北:三民書局出版,2002 年。

25. 陳少松:《古詩詞文吟誦》,北京:社會科學文獻出版社,2002 年。

26. 陳茂仁:《古典詩歌初階》,臺北:文津出版社有限公司,2003 年。

27. 陳振:《宋史》,上海:商務印書館,2003 年。

28. 鄧廣銘:《鄧廣銘全集》,河北:河北教育,2005 年。

29. 國語推行委員會:《臺灣閩南語羅馬字拼音方案使用手冊》,臺北:教育部,2007 年。

30. 黃慶萱:《修辭學》,臺北:三民書局出版,2007 年。

31. 鄧廣銘:《稼軒詞編年箋注》,上海:上海古籍出版社,2007 年。

32. 鄧廣銘:《辛棄疾傳——辛稼軒年譜》,北京,三聯書店,2007 年。

33. 徐漢銘:《辛棄疾全集》,武漢:湖北人民出版社,2007 年。

34. 李元洛:《詩美學》,台北:東大圖書公司,2007 年。

35. 辛更儒:《辛棄疾研究》,北京:人民出版社,2008 年。

36. 黃永武:《中國詩學思想篇》,高雄:巨流出版社,2009 年。

37. 楊勝寬:《蘇軾與蘇門文人集團研究》,成都:四川出版集團,2010 年。

38. 陳茂仁:《臺灣傳統吟詩研究》,臺北:博揚文化事業有限公司,2011 年。

39. 黃智群:《南朝贈答詩與士人文化研究》,新北:花木蘭文化出版社,2011 年。

40. 陳茂仁:《臺灣傳統吟詩入門——大家來吟詩(附 CD)》,臺北:博揚文化事業有限公司,2013 年。

41. 鄭騫、林玫儀:《稼軒詞校注附詩文年譜》,台北:台大,2013 年。

42. 王易:《詞曲史》:台北:五南書局,2013 年。

43. 竺家寧:《聲韻學》,台北:五南出版社,2013 年。

44. 劉觀其：《一口氣讀完大宋史》，台北：海鴿出版社，2014 年。

45. 謝永芳：《辛棄疾詩詞全集》，武漢：崇文書局，2016 年。

二、期刊論文（依出版時間先後排序）

1. 王少華：〈沉雄悲壯稼軒詩——試論辛棄疾詩歌的藝術風格〉，《山東師大學報》，第 3 期，1989 年，頁 71～76。

2. 陳良運：〈稼軒詩簡論〉，《江西大學學報》，第 3 期，1992 年，頁 58～62。

3. 何沛雄：〈劉大櫆的古文理論〉，《新亞學報》，第 16 卷（下），1993 年 1 月，頁 129～140。

4. 鞏本棟：〈作詩尤愛紹堯夫——論辛棄疾的詩歌創作〉，《南京大學學報》，第 1 期，1999 年，頁 101～109。

5. 曾子炳：〈辛棄疾詩詞創作的不同心態及表現〉，《上饒書院學報》，第 22 卷第 5 期，2002 年，頁 52～55。

6. 施炳華：〈談台灣閩南語融入領域統整教學〉，《臺灣語文研究》，第 2 期，2004 年，頁 61～98。

7. 王春庭：〈論稼軒詩〉，《九江師專學報》，第 128 期，2004 年，頁 40～43。

8. 張高評：〈辛棄疾的詠物詩與唐宋詩之流變〉，《華中科技大學學報》，第 5 期，2004 年，頁 23～32。

9. 黃震云、管亞平：〈辛棄疾詩歌創作與楚辭〉，《廈門教育學院學報》，第 4 期，2004 年，頁 12～14。

10. 陳茂仁：〈吟詩概念——談平長仄短〉，《國文天地》，第 255 期，2006 年 8 月，頁 72～77。

11. 程正宇、甘松：〈辛稼軒詩心探微〉，《咸寧學院學報》，第 26 卷第 1 期，2006 年，頁 52～53。

12. 陳茂仁：〈閩南語吟詩論析——談吟音之斷與連〉，《國文天地》，第 261 期，2007 年 2 月，頁 108～112。

13. 陳茂仁：〈古典詩歌入聲字之吟法〉，《臺北大學中文學報》第 2 期，2007 年 3 月，頁 187～207。

14. 吳惠娟：〈論稼軒詩的藝術淵源與其宋詩風調〉，《文學遺產》，第 1 期，2007 年，頁 58～66。

15. 張馨心：〈稼軒詩不如辭現象探論〉，《甘肅社會科學》，第 6 期，2007 年，頁 133～134。

16. 張蓓：〈辛棄疾帶湖隱居時期詞作題材淺析〉，《吉林省教育學院學報》，第 12 期，2010 年，頁 71～72。

17. 高鐵英：〈辛棄疾詩歌探微〉，《赤峰學院學報》，第 31 卷第 5 期，2010 年，頁 83～86。

18. 陳茂仁：〈閩南語陽去聲字之吟式研究〉，《嘉大中文學報》，第 5 期，2011 年 3 月，頁 155～180。

19. 陳茂仁：〈吟詩依字行腔之論析〉，《嘉大中文學報》，第 6 期，2011 年 9 月，頁 119～148。

20. 陳茂仁：〈淺探吟顯近體詩音樂美之內因與外緣〉，《彰化師大國文學誌》，第 25 期，2012 年 12 月，頁 29～59。

21. 殷衍韜、鞠文浩：〈辛棄疾詩歌用韻考〉，《綏化學院學報》，第 32 卷第 3 期，2012 年，頁 129～132。

22. 吳晟、張瑩潔：〈論辛棄疾詩歌創作的禪機靈趣〉，《上饒師範學院學報》，2015 年，58～61。

23. 陳茂仁：〈閩南語吟詩之句末吟式探析〉，《人文研究期刊》，第 13 期，2016 年 12 月，頁 63～93。

24. 陳茂仁：〈唐詩三百首所收仄韻近體五絕之平仄及其於吟詩之特色〉，《東吳中文學報》，第 31 期，2016 年 5 月，頁 101～118。

25. 周蕾：〈論辛棄疾詩歌對自我情志的復染抒寫〉，《南京工程學院學報》，第 17 卷第 2 期，2017 年，頁 27～30。

26. 程宇昂：〈李清照《聲聲慢・尋尋覓覓》聲情之美的建構〉，《韶關學院學報》，第 38 卷第 7 期，2017 年，頁 24～27。

27. 陳茂仁：〈近體詩歌辭情外的聲情美感探論〉，《東吳中文學報》，第 35 期，2018 年 5 月，頁 29～48。

28. 王雅雍：〈辛稼軒詩中的佛道儒面向〉，《佛光人文學報》，第 2 期，2019 年 1 月，頁 139～105。

29. 陳茂仁：〈由字譜音讀角度探論王昌齡〈從軍行〉（其四）之聲韻美〉，《國文學誌》第 39 期，2019 年 12 月，頁 31～49。

30. 洪樹華：〈論辛棄疾詩詞中的批評旨趣〉，《濟寧學院學報》，第 40 卷第 1 期，2019 年，頁 12～19。

31. 豐玉芳、周穎：〈稼軒詞入聲韻聲情研究〉，《現代語文》，第 1 期，2019 年，頁 30～33。

32. 陳茂仁：〈由字譜探論蘇軾〈題西林壁〉之聲韻美〉，《嘉大中文學報》，第 13 期，2020 年 3 月，頁 171～185。

33. 陳茂仁：〈以閩南語文讀音探論杜甫〈漫興〉（其七）之聲韻美〉，《嘉大中文學報》第 15 期，2022 年 3 月，頁 99～123。

三、學位論文（依出版時間先後排序）

1. 鄭艷霞：《辛棄疾帶湖瓢泉退居詞研究》，華中師範大學，中國古代文學專業，碩士論文，2009 年 4 月。

2. 盧雪玲：《辛稼軒遊仙詞研究》，台北：國立台灣師範大學，國文學系，碩士論文，2009 年 6 月。

3. 馮霞：《辛棄疾詩歌研究》，湖南，湘潭大學，文學與新聞學院，碩士論文，2010 年，6 月。

4. 高鐵英：《辛棄疾詩歌研究》，內蒙古，內蒙古民族大學，文學院中國古代文學專業，碩士論文，2010 年 6 月。

5. 林曉文：《徐志摩詩的韻律風格研究》，臺北：國立政治大學，中國文學系，碩士論文，2014 年。

6. 賈巧梅：《劉禹錫詩歌體裁研究》，遼寧，遼寧師範大學，文學院中國古代文學專業，碩士論文，2016 年 5 月。

7. 鄭心媛:《楊億詩之研究》,嘉義:國立嘉義大學,中國文學系,碩士論文,2017 年 1 月。

8. 陳麗珠:《未悔與不恨——屈原、蘇軾生命情懷比較》,彰化,明道大學,中國文學學系,碩士論文,2018 年 1 月。

9. 公夢婷:《徐健順古詩詞吟誦教學思想研究》,河北,河北師範大學,語文學科教學,碩士論文,2019 年 6 月。

四、研討會論文（依出版時間先後排序）

1. 陳茂仁:〈實業詩人鄭福圳詩作探析〉,《大彰化地區近當代漢詩論文集》,2011 年 6 月,頁 173～185。

2. 陳茂仁:〈由吟詩角度探杜甫〈江畔獨步尋花〉（其六）聲韻之美〉,《第十屆思維與創作暨第五屆台灣南區大學中文系聯合學術會議論文集》,2016 年。

附錄一

　　以下為《全宋詩》卷二五八一〈辛棄疾一〉及二五八二〈辛棄疾二〉所呈現之辛棄疾詩作，筆者依照書中排列順序將詩作編號，如下所示：

1.〈元日〉《詩淵》冊五頁三二一五題作癸亥元日題克己復禮齋
老病忘時節，空齋曉尚眠。兒童喚翁起，今日是新年。

〈《稼軒集鈔存》〉

2.〈偶題〉
逢花眼倦開，見酒手頻推。不恨吾年老，恨他將病來。

(《永樂大典》卷八九六)

3.〈哭㔉十五章〉之一
方看竹馬戲，已作薤露歌。哀哉天喪予，老淚如傾河。

4.〈哭㔉十五章〉之二
玉雪色可愛，金石聲更清。孰知摧輪早，跬步不可行。

5.〈哭㔉十五章〉之三
念汝雖孩童，氣已負山嶽。送汝已成人，行路已悲愕。

6.〈哭䴏十五章〉之四

他年駟馬車，謂可高吾門。只今關心處，政在青楓根。

7.〈哭䴏十五章〉之五

糊塗不成書，把筆意甚喜。舉頭見爺笑，持付三四紙。

8.〈哭䴏十五章〉之六

笑揖索酒罷，高吟關關鳩。至今此篇詩，狼籍在床頭。

9.〈哭䴏十五章〉之七

汝父誠有罪，汝母孝且慈。獨不為母計，倉皇去何之。

10.〈哭䴏十五章〉之八

淚盡眼欲枯，痛深腸已絕。汝方遊浩蕩，萬里挾雄鐵。

11.〈哭䴏十五章〉之九

中堂與曲室，聞汝啼哭聲。汝父與汝母，何處可坐行。

12.〈哭䴏十五章〉之十

從人索蓮花，手持雙白羽。蓮花不可見，蓮子心獨苦。

13.〈哭䴏十五章〉之十一

足音答答來，多在雪樓下。尚憶附爺耳，指間壁間畫。

14.〈哭䴏十五章〉之十二

我痛須自排，汝凝故難忘。何時篆岡竹，重來看眉藏。

15.〈哭䴏十五章〉之十三

昨宵北窗下，不敢高聲語。悲深意顛倒，尚疑驚著汝。

16.〈哭䴏十五章〉之十四

世無扁和手，遺恨歸砭劑。嗟誰使之然，刻舟寧復記。

17.〈哭䴏十五章〉之十五

百年風雨過，達者齊殤彭。嗟我反不如，其下不及情。

18.〈聞科詔勉諸子〉

秋舉無多日，天書已十行。絕編能自苦，下筆定成章。
不見三公後，空長七尺強。明年吏部選，梅福更仇香。

19.〈第四子學春秋發憤不輟書以勉之〉

春雨晝連夜，春江冷欲冰。清愁殊浩蕩，莫景劇飛騰。
身是歸休客，心如入定僧。西園曾到不，要學仲舒能。

20.〈送悟老住明教禪院〉悟自廬山避寇而來，寓興之資福蓋踰年也

道人匡廬來，籍籍傾眾耳。規幕小軒中，坐穩得坎止。
慈雲為誰出，法席應眾啟。招提隱山腹，深淨端可喜。
夜禪餘機鋒，文字入游戲。會有化人來，伽陀開短紙。

21.〈感懷示兒輩〉

窮處幽人樂，徂年烈士悲。歸田曾有志，責子且無詩。
舊恨王夷甫，新交蔡克兒。淵明去我久，此意有誰知。

22.〈即事示兒〉

掃跡衡門下，終朝抱膝吟。貧須依稼穡，老不厭山林。
有酒無餘願，因閑得此心。西園早行樂，桃李漸成陰。

23.〈答余叔良和韻〉

東舍延朝爽，西林媚夕曛。有生同擾擾，何路出紛紛。
暖日鳧鷖伴，空山鳥獸羣。本來同一致，休笑眾人醺。

24.〈詠雪〉

書窗夜生白，城角曉增悲。未奏蔡州捷，且歌梁苑詩。
餐氊懷雁使，無酒羨羔兒。農事勤憂國，明年喜可知。

（以上《稼軒集抄存》）

25.〈蔞蒿宜作河豚羹〉

河豚挾鴆毒，殺人一臠足。蔞蒿或濟之，赤心置人腹。

方其在野中，衛青混奴僕。及登君子堂，園綺成骨肉。

暴乾及為脯，拳曲蜎毛縮。寄君頻咀嚼，去翳如折屋。

（影印《詩淵》冊一頁一五四）

26.〈吳克明廣文見和再用韻答之〉

彼苎江漢姿，當春風露足。美芹或以獻，深媿野人腹。

君詩窮草木，命騷可奴僕。更憐無俗韻，愛竹不愛肉。

渠儂如石鼎，正作蛟龍縮。欲烹無魚來，蒼蠅聲繞屋。

（《稼軒集抄存》）

27.〈仙蹟巖〉

地秘巖藏骨，谿靈膝印痕。虛牀惟太姥，別席盡曾孫。

披牒奏朝遠，遺壇漢祀存。何時幔亭側，重復見幢幡。

（清董天工（武夷山志》卷一一）

28.〈周氏敬榮堂詩〉《詩淵》冊五頁三三一二題作題前岡周氏敬榮堂

泰伯古至德，以遜天下聞。周公去未遠，二叔乃流言。

春風棠棣萼，秋日脊令原。豈無良友生，歲晏誰急難。

當年召公詩，慮缺兄弟恩。賢哉首陽子，此粟久不餐。

末俗益可嗟，有貨無天倫。倉卒競錙銖，或不暇掩親。

朝從官府去，暮與妻妾論。手植父桑柘，俄頃楚越分。

口澤母杯圈，改《詩淵》作正作脣齒寒。我觀天地間，孰不知愛身。

有伐其左臂，那復右者存。君看百足蟲，至死身不顛。

一矢折甚易，累十力則艱。世其《詩淵》作豈有不知，利欲令智昏。

周君千載士，金玉《詩源》作石四弟昆，狀如商山皓，雍雍古衣冠。

又如孔門科，行義《詩淵》作藝皆可尊。我行前岡上，人指孝友門。

邀我飲其家，本末能具陳。我家所自出，嘉祐劉三元。

至今起俗說，聞者薄夫醇。逮我先君子，仁孝儉且文。

室有相乳貓，庭有同心蘭。推梨更遜棗，左右兒曹歡。

尺布與斗粟，咄哉彼何人。比《詩淵》作此屋二百年，試比東西隣。

東家餘破釜，西里今頹垣。萁豆自煎煮，拔地無本根。

逼逼《詩淵》作區區守遺戒，豈不在子孫。矧復《詩淵》作不學聖賢，遑恤後富貧。

誰書百忍字，何不一笑溫。我老悲古道，聞此摧肺肝。

洗盞前致詞，福善天匪慳。聖朝重揖遜，欲堯舜此民。

請君大其門，車馬行便蕃。長歌謫仙李，茂記文公韓。

我詩聊復再，《詩淵》作爾語拙意則真。此書君勿嗤，儻俟採詩官。《詩淵》作人

29.〈和趙晉臣敷文積翠巖去纇石〉

兩峰如長喉，有石鯁其內。千金隨侯珠，磊落見微纇。

何言西子美，捧心作顰態。夷齊立著肩，欲間使分背。

小疵或大全，知惡及真愛。堂堂老充國，荒尋得幽對。

朝夕與山語，俯仰彌三載。謂我知子心，茅塞厭薈蔚。

有美玉於斯，雕琢那可廢。芝蘭生當戶，雖芳亦殳刈。

邑有從事賢，聞之重慷慨。太清點浮雲，誰令久滓穢。

指揮俄頃間，急雨破春塊。開豁喜新闢，偪仄忘舊礙。

得非神禹手，勇鑿恥不逮。又如持金篦，刮膜生美睞。

渠言農去草，見惡佩前誨。主人吟古風，格調劇清裁。

我評此章句，真是杜陵輩。入蜀腳未定，欲擲石筍退。

火與金水同，其石為鑠烊。勸君莫放手，玉石恐俱碎。

纍然頸下癭。割之命隨潰。此石幸勝之，此舉君勿再。

姑置毋多談，俱想增勝槩。會當攜酒去，物理剖茫昧。

此邦劉知道，光焰文章在。今將清風峽，與巖傳百代。

30.〈題金相寺淨照軒詩〉

淨是淨空空即色，照應照物物非心。請看窗外一輪月，正在碧潭千丈深。

31.〈和傅巖叟梅花二首〉之一

月澹黃昏欲雪時，小窗猶欠歲寒枝。暗香疏影無人處，唯有西湖處士知。

32.〈和傅巖叟梅花二首〉之二

靈均恨不與同時，欲把幽香贈一枝。堪入離騷文字不，當年何事未相知。

33.〈江山慶雲橋二首〉之一　　題原作江山，據清同治《江山縣志》卷一補

草梢出水已無多，村路彌漫奈雨何。水底有橋橋有月，只今平地怕風波。

34.〈江山慶雲橋二首〉之二　　題原作江山，據清同治《江山縣志》卷一補

斷崖老樹互撐柱，白水綠畦相灌輸。焉得溪南一邱壑，放船畫作歸來圖。

35.〈賦葡萄〉

高架金《詩淵》冊二頁一二〇六作新莖照水寒，纍纍小摘便堆盤。

喜君不釀涼州酒，來救衰翁舌本乾。

36.〈題福州參泉二首〉之一　　參非三字，以參於三，俗學之說。或者取為參昂之參，其鑿益甚，非其義也。因戲為偈語二首釋之。

兩泉水出更溫泉，這裏原無一二三。欲識當年參字意，行人浴罷試求參。

37.〈題福州參泉二首〉之二　　參非三字，以參於三，俗學之說。或者取為參昂之參，其鑿益甚，非其義也。因戲為偈語二首釋之。

三泉參錯本兒嬉，認作參星轉更癡。卻笑世間真狡獪，古今能有幾人知。

38.〈贈延福端老二首〉之一

飄然瓶錫信行藏，偶駐姜峰古道場。欲識高人用心處，白雲堂下一鑪香。

39.〈贈延福端老二首〉之二

我來欲問小乘禪，慚愧塵埃未了緣。忽憶去年秋夜話，共聽山雨不成眠。

40.〈遊武夷作棹歌呈晦翁〉之一

一水奔流疊嶂開，谿頭千步響如雷。扁舟費盡篙師力，咫尺平瀾上不來。

41.〈遊武夷作棹歌呈晦翁〉之二

山上風吹笙鶴聲，山前人望翠雲屏。蓬萊枉竟瑤池路，不道人間有幔亭。

42.〈遊武夷作棹歌呈晦翁〉之三

玉女峰前一櫂歌，煙鬟霧鬢動清波。遊人去後楓林夜，月滿空山可奈何。

43.〈遊武夷作棹歌呈晦翁〉之四

見說仙人此避秦，愛隨流水一溪雲。花開花落無尋處，彷彿吹簫月夜聞。

《鐵網珊瑚》卷二首句作開道仙人舊避秦，三四句作千崖望斷無尋處，時有漁樵卻見君

44.〈遊武夷作棹歌呈晦翁〉之五

千丈攪天翠壁高，定誰狡獪插遺樵。神仙萬里乘風去，更度槎枒箇樣橋。

45.〈遊武夷作棹歌呈晦翁〉之六

山頭有路接無《鐵網珊瑚》作紅塵，欲覓王孫試問津。瞥向蒼崖高處見，三三兩兩看遊《鐵網珊瑚》作鏡中人。

46.〈遊武夷作棹歌呈晦翁〉之七

巨石亭亭缺齧多，懸知千古《鐵網珊瑚》作載也消磨。人間止覓擎天柱，無奈風吹雨打何。

47.〈遊武夷作棹歌呈晦翁〉之八

自有山來幾許年，千奇萬怪只依然。試從精舍先生問，定在包犧八卦前。自注：精舍中有伏羲塑像，作畫八卦。

48.〈遊武夷作棹歌呈晦翁〉之九

山中有客帝王師，日日《鐵網珊瑚》作月吟詩坐釣磯。費盡煙霞供不足，幾時西伯載將歸。

49.〈遊武夷作棹歌呈晦翁〉之十

行盡桑麻九曲天，更尋住處可留連。如今歸棹如拚《鐵網珊瑚》作疾於箭，不似來時上水船。

50.〈鶴鳴亭絕句四首〉之一《詩淵》冊五頁三二七六題作丁卯七月題鶴鳴亭

飽飯閑遊遶小溪，卻將往事細尋思。有時思到難思處，拍碎闌干人不知。

51.〈鶴鳴亭絕句四首〉之二《詩淵》冊五頁三二七六題作丁卯七月題鶴鳴亭

安石榴花翠竹枝，婆娑其下更何為。溪流自有無聲處，鶴舞不如閑立時。

52.〈鶴鳴亭絕句四首〉之三《詩淵》冊五頁三二七六題作丁卯七月題鶴鳴亭
舊時秋水醉吟者，且作西山病叟呼。可惜黃花逢令節，《詩淵》作節令樽
中酒燥筆頭枯。

53.〈鶴鳴亭絕句四首〉之四《詩淵》冊五頁三二七六題作丁卯七月題鶴鳴亭
清歡那復笑開口，《詩淵》作口開閒事長令悶破頭。更有不堪蕭索處，西
風過了菊花秋。

54.〈鶴鳴亭獨飲〉
小亭獨酌興悠哉，忽有清愁到酒杯。四面青山圍欲合，不知愁自那邊來。

55.〈即事二首〉之一
野人日日獻花來，只倩渠儂取意栽。高下參差無次序，要令不似俗亭臺。

56.〈即事二首〉之二
百憂常與事俱來，莫把胸中荊棘栽。但只熙熙開過日，人間無處不春台。

57.〈重午日戲書〉
青山吞吐古今月，綠樹低昂朝暮風。萬事有為應有盡，此身無我自無窮。

58.〈林貴文買牡丹見贈至彭村偶題〉
寶刀和雨剪流霞，送到彭村刺史家。聞道名園春已過，千金還買鄯家花。

59.〈移竹〉
每因種樹悲年事，待看成陰是幾時。眼見子孫孫又子，不如栽竹繞園池。

60.〈和趙茂嘉郎中雙頭芍藥二首〉之一
昨日梅華同語笑，今朝芍藥並芬芳。弟兄殿住春風了，卻遣花來送一觴。

61.〈和趙茂嘉郎中雙頭芍藥二首〉之二
當年負鼎去干湯，至味須參芍藥芳。豈是調羹雙妙手，故教初發勸持觴。

62.〈壽趙茂嘉郎中二首〉之一
玉色長身白首郎，當年麾節幾甘棠。力貧活物陰功大，未老垂車逸興長。

久矣如今太公望，歸然真是魯靈光。朝廷正爾尊黃髮，穩駕蒲輪觀玉皇。

63.〈壽趙茂嘉郎中二首〉之二

鵝湖山麓湛溪湄，華屋昈昈照綠漪。子姪日為真率會，弟兄贐有唱酬詩。楊花榆莢渾如許，苦筍櫻桃止是時。待酌西江援北斗，摩挲金狄與君期。

64.〈同杜叔高祝彥集觀天保菴瀑布主人留飲兩日且約牡丹之飲庚申歲二月二十八日也〉二首之一

竹杖芒鞋看瀑回，暮年筋力倦崔嵬。桃花落盡無春思，直待牡丹開後來。

65.〈同杜叔高祝彥集觀天保菴瀑布主人留飲兩日且約牡丹之飲庚申歲二月二十八日也〉二首之二

只要尋花子細看，不妨草草有杯盤。莫因紅紫傾城色，卻去摧殘黑牡丹。

66.〈讀語孟二首〉之一

道言不死真成妄，佛語無生更轉誣。要識死生真道理，須憑鄒魯聖人儒。

67.〈讀語孟二首〉之一

屏去佛經與道書，只將語孟味真腴。出門俯仰見天地，日月光中行坦途。

68.〈再用儒字韻二首〉之

人才長與世相疏，若謂無才即厚誣。方朔長身無飯喫，人間飽死幾侏儒。

69.〈再用儒字韻二首〉之二

是是非非好讀書，莫將名實自相誣。由來廢家誰為者，詩禮相傳大小儒。

70.〈和任師見寄之韻二首〉之一

老來功業已蹉跎，買得生涯復不多。十頃芰荷三徑菊，醉鄉容我住無何。

71.〈和任師見寄之韻二首〉之二

昨夢春風花滿枝，是花到眼是新詩。如今夢斷春無跡，不記題詩付與誰。

72.〈和任師見寄之韻〉

幾年魂夢隔高門，歎息潭間關異聞。剩喜風情筋力在，尚能詩似鮑參軍。

73.〈和楊民瞻韻〉

拄杖閑題祖印來，壁間有句試參懷。從來歌舞新羅襪，不識溪山舊草鞋。

自注：參懷，晉人語。

74.〈和諸葛元亮韻〉

偶泛清溪李郭船，路旁人已羨登仙。看君不似南陽臥，只似哦詩孟浩然。

75.〈和周顯先韻二首〉之一

暖日晴風晚蝶忙，平林先著夜來霜。寒花畢竟亡聊甚，野菜畦邊慘淡黃。

76.〈和周顯先韻二首〉之二

怒濤千里破空飛，洗盡青衫輦路泥。更惜秋風一帆足，南樓只在遠山西。

77.〈和郭逢道韻〉

棗樹平生歎子陽，里歌雖短意偏長。東家昨夜梅花發，愧我分他一半香。

78.〈和郭逢道韻〉

君家富貴有汾陽，只要文章光焰長。莫為梅花費詩句，細思丹桂是天香。

79.〈黃沙書院〉黃沙書院面勢甚佳，欲以維摩庵名之，特未定也，預以一絕句紀之。

隱几南窗萬念灰，只疑土木是形骸。柴門不用常關著，怕有文殊問疾來。

80.〈信筆再和二首〉之一

此心一似篆煙灰，好向君王早乞骸。何處幽人來問訊，橫擔竹杖過溪來。

81.〈信筆再和二首〉之二

春酒頻開赤印灰，一尊忘我更忘骸。青山只隔二三里，恰似高人呼不來。

82.〈和李都統詩〉

破屋那堪急雨淋，自注：官舍皆漏。且欣斷港運篙深，老農定向中宵望，太歲今年合守心。

83.〈再用韻〉

自古娥眉嫉者多，須防按劍向隨和。此身更似滄浪水，聽取當年孺子歌。

（以上《稼軒集抄存》）

84.〈書淵明詩後〉

淵明避俗未聞道，此是東坡居士云。身似枯株心似水，此非聞道更誰聞。

85.〈讀邵堯夫詩〉

飲酒已輸陶靖節，作詩猶愛邵堯夫。若論老子胸中事，除卻溪山一事無。

86.〈再用韻〉

欲把身心入太虛，要須勤著淨工夫。古人有句須參取，窮到今年錐也無。

87.〈偶題三首〉之一

人生憂患始於名，且喜無聞過此生。卻得少年耽酒力，讀書學劍兩無成。

88.〈偶題三首〉之二

人言大道本強名，畢竟名從有處生。昭氏鼓瑟《詩淵》冊六頁三九四九作琴誰解聽，亦無虧處亦無成。

89.〈偶題三首〉之三

閑花浪蕊不知名，又是一番春草生。病起小園無一事，杖藜看得綠陰成。

90.〈偶作〉

至性由來秉太和，善人何少惡人多。君看瀉水著平地，正作方圓有幾何。

（以上《永樂大典》卷八九六）

91.〈和趙晉臣送糟蟹〉

人間緩急正須才，郭索能令酒禁開。一水一山十五日，從來能事不相催。

《詩淵》冊一頁一一六

92.〈止酒〉

淵明愛酒得之天，歲晚還吟止酒篇。日醉得非促齡具，只今病渴已三年。

（同上書頁一四九）

93.〈送劍與傅巖叟〉

鏌邪三尺照人寒，試與挑燈仔細看。且掛空齋作琴伴，未須攜去斬樓蘭。

（同上書冊二頁一五一二）

94.〈江郎山和韻〉

三峰一一青如削，卓立千尋不可干。正直相扶無倚傍，撐持天地與人看。

（清同治《江山縣志》卷一）

95.〈送別湖南部曲〉

青衫匹馬萬人呼，幕府當年急急符。愧我明珠成薏苡，負君赤手縛於菟。
觀書到老眼如鏡，論事驚人膽滿軀。萬里雲霄送君去，不妨風雨破吾廬。

宋劉克莊《後村詩話》後集卷二

96.〈感懷示兒輩〉

安樂常思病苦時，靜觀山下有雷頤。十千一斗酒無分，六十三年事自知。
錯處真成九州鐵，樂《後村詩話》續集卷四作落時能得幾絇絲。新春老去
惟梅在，一任狂風日夜吹。

97.〈趙文遠見和用韻答之〉

糲食粗衣飽暖時，從他鼻涕自垂頤。萬金藥豈世無有，九折臂餘人始知。
過雨沾香辭落幕，隨風飛絮趁遊絲。我無妙語酬春事，慚愧新歌值鳳吹。

98.〈傅巖叟見和用韻答之〉

萬里魚龍會有時，壯懷歌罷涕交頤。一毛未許楊朱拔，三戰空懷鮑
叔知。
明月夜光多白眼，高山流水自朱絲。塵埃野馬知多少，擬倩撩天鼻孔吹。

99.〈諸葛元亮見和復用韻答之〉

大儒學禮小儒詩，聽取臚傳夜控頤。事出肺肝人易見，道如飲食味難知。
此生能著幾緉屐，何處高懸一縷絲。卻笑空山頑老子，年來堪受八風吹。

100.〈壽朱晦翁〉

西風卷盡護霜筠，《詩淵》冊六頁四五四九作讓霜雲碧玉壺天月色新。
鳳曆半千開誕日，龍山重九逼佳辰。

先心坐使鬼神伏《詩淵》作無心坐使鬼神服，一笑能回宇宙春。

歷數唐堯《詩淵》作虞千載下，如公僅有兩三人。

101.〈和趙昌父問訊新居之作〉

草堂經始上元初，四面溪山畫不如。疇昔人憐翁失馬，只今自喜我知魚。苦無突兀千間庇，豈負辛勤一束書。種木十年渾未辦，此心留待百年餘。

102.〈題鶴鳴亭三首〉之一 《詩淵》冊五頁三二七六題作丁卯七月題鶴鳴亭

種竹栽花猝未休，樂天知命且無憂。百年自運非人力，萬事從今與鶴謀。用力何如巧作湊，《詩淵》作奏封侯原自曲如鉤。請看魚鳥飛潛處，更有雞蟲得失不。

103.〈題鶴鳴亭三首〉之二 《詩淵》冊五頁三二七六題作丁卯七月題鶴鳴亭

莫被閒愁攪太和，愁來只用暗《詩淵》作道消磨。隨流上下寧能免，驚世功名不用多。

閒看蜂衙足官府，夢隨蟻鬪有干戈。疏簾竹簟山茶碗，此是幽人安樂窩。

104.〈題鶴鳴亭三首〉之三 《詩淵》冊五頁三二七六題作丁卯七月題鶴鳴亭

林下蕭然一禿翁，斜陽扶杖對西風。功名此去心如水，富貴由來色是空。便好洗心依佛祖，不妨強笑伴兒童。客來聞說那堪聽，且喜新來耳漸聾。

105.〈和泉上人〉

芒鞋踏遍萬山松，得得歸來丈室中。破衲一身在懸磬，清談對客似撞鐘。名家要看驚人舉，覓句何須效我窮。春雨地鑪分半坐，便疑身住古禪叢。

106.〈玉真書院經德堂〉

平生經德幾人知，莫忘當年兩字師。清同治《安仁縣志》卷七作扁字時絕代本無空谷歎，《安仁縣志》作惟我本無空谷志人且覓《安仁縣志》作只讀瑱山詩。千章《安仁縣志》作年古木陰濃處，萬卷藏書讀盡時。卻把一杯堂上笑，世間多少噉名兒。

107.〈和趙直中提幹韻〉

萬事推移本偶然，無虧何處更求全。折腰曾愧五斗米，負郭元無三頃田。
城礙夕陽宜杖履，山供醉眼費雲煙，怪君不顧笙歌誤，政擬新詩去鳥邊。

108.〈有以事來請者傚康節體作詩以答之〉

未能立得自家身，何暇將身更為人。借使有求能盡與，也知方笑已生嗔。
器纔滿後須招損，鏡太明時易受塵。終日閉門無客至，近來魚鳥卻相親。

109.〈江行弔宋齊邱〉

嘗笑韓非死說難，先生事業最相關。能令父子君臣際，常在干戈揖遜間。
秋浦山高明月在，丹陽人去晚風閑。可憐千古長江水，不與渠儂洗厚顏。

110.〈新年團拜後和主敬韻並呈雪平〉

已把年華遜得翁，滿前依舊祖遺踪。謝家固不多安石，阮氏還能幾嗣宗。
今是昨非當謂夢。富妍貧醜各為容，修然白髮猶何事，祇好三人自一龍。

111.〈和人韻〉

老奴權至使將軍，非所宜蒙定可黥。媒母侏儒曾一笑，瓠壺藤蔓便相縈。
解紛已見立談頃，漏網從今太橫生。豈是人間重生女，只應詩老例多情。

112.〈和前人韻二首〉之一

池魚豈足較浮沉，邱貉何曾異古今。末路長憐鞭馬腹，淡交端可炙牛心。
山方高臥雲長亂，松本忘言風自吟。昨日溪南雞酒社，長卿多病不能臨。

113.〈和前人韻二首〉之二

茶瓜不作片時留，又向悠然作勝遊。花徑似經新掃灑，竹林喚起舊風流。
天教有象皆楷寫，世已無書可校讎，長日苦遭蟬噪聒，杖藜擬訪澗泉秋。

114.〈和人韻〉

老來筋力上山遲，過眼風光自崛奇。擬放狂歌花已笑，正羞短髮雪偏垂。
谿山能破幾緉屐，風雨連催十二時，且鎖君詩怕飛去，從人喚我虎頭癡。

115.〈和前人觀梅雪有懷見寄〉

相思幾欲扣停雲，抱疾選嗟老不文。滿眼梅花深雪片，何人野鶴在雞羣。
詩肩相見高如舊，酒甲而今蘸幾分。且向梁園賦清景，自知才思不如君。

116.〈丙寅歲山間競傳諸將有下棘寺者〉

去年騎鶴上揚州，意氣平吞萬戶侯。誰使匈奴來塞上，却從廷尉望山頭。
榮華大抵有時歇，禍福無非自己求。記取山西千古恨，李陵門下至今羞。

117.〈丙寅九月二十八日作來年將告老〉

漸識空虛不二門，掃除諸幻絕根塵。此必自擬終成佛，許事從今只任真。
有我故應還起滅，無求何自別冤親，西山病叟支離甚，欲向君王乞此身。

以下《稼軒集》抄存

118.〈偶作二首〉之一

兒曹談笑覓封侯，自喜婆娑老此丘。棋鬭機關嫌狡獪，鶴貪吞啖損風流。
強留客飲渾忘倦，已辦官租百不憂。我識簞瓢真樂處，詩書執禮易春秋。

119.〈偶作三首〉之二

一氣同生天地人，不知何者是吾身，欲依佛老心難住，却對漁樵語益真。
靜處時呼酒賢聖，病來稍識藥君臣。由來不樂金朱事，且喜長同壟畝民。

120.〈偶作三首〉之三

老去都無寵辱驚，靜中時見古今情。大凡物必有終始，豈有人能脫死生。
日月相催飛似箭，陰陽為寇慘於兵。此身果欲參天地，且讀中庸盡至誠。

《永樂大典》卷九八六

121.〈和吳克明《詩淵》作名廣文賦梅〉

誰詠寒枝入國風，廣文官冷更詩窮。偶隨岸柳春先覺，試比山樊韻不同。
十頃清風明月外，一杯疏影暗香中。遙知一夜相思後，鐵石心腸也惱翁。

122.〈和趙茂嘉郎中賦梅〉

空谷春遲懶卻梅，年年不肯犯寒開。怕看零落雁先去，欲伴孤高人未來。
解後平生惟酒可，風流抵死要詩催。更憐雪屋君家樹，三十年來手自裁。

（以上《詩淵》冊二頁一一七七）

123.〈和趙國興知錄贈琴〉

趙君胸中何瑰奇，白日照耀珊瑚枝。新詩哦成七字句，孤桐贈我千金資。
人間皓齒蛾眉斧，箏笛紛紛君未許。自言工作古離騷，十指黃鍾挾大呂。
芙蓉清江薛荔塘，靈均一去乘《詩淵》冊二頁一四四四作來鸞鳳。
君試一彈來故鄉，荷衣蕙帶芳椒堂。
往時嵇阮二三子，能以遺音還正始。誰令窈窕從戶窺，曾聞長卿心好之。
低頭兒女調音節，此器豈因渠輩設，勸君往和薰風絃，明光珮玉聲璆然。
此時高山與流水，應有鍾期知妙音。只今欲解無絃嘲，聽取長松萬壑
風蕭騷。

124.〈贈申孝子世寧〉

六月烈日日正中，時有叛將號羣兇。平人血染大溪浪，比屋焰照鵝湖峰。
白刃紛紛避行路，六合茫茫何處去。妻見夫亡不敢啼，母棄兒奔那忍顧。
藥市申公鬢有霜，臥病經時不下床。平生未省見兵革，出門正爾逢豺狼。
豺狼滿市如流水，追索金繒心未已。可憐累世積陰功，今日將為兵死鬼。
世寧孝行何高高，慨慷性命輕鴻毛。爾時自欲赴黃壤，欣然延頸迎霜刀。
至孝感兮天地動，白日無光百川湧，三刀不死古今稀，一命自有神靈擁。
羣賢激賞爭作歌，要使汝名長不磨。何時上書達天聰，詔加《江西詩徵》
卷一四作豐碑旌賞高嵯峨。（以上《稼軒集》抄存）　以上鄧廣銘《辛稼軒詩文抄
存》

125.〈重葉梅二首〉之一

百花頭上開，冰雪寒中見。霜月定相知，先識春風面。

126.〈重葉梅二首〉之二

主人情意深，不管江妃怨。折我最繁枝，還許冰壺薦。

《永樂大典》卷二八 10 引辛幼安《稼軒集》按：此二詩亦見《稼軒集抄存》卷四《辛
稼軒詩文抄存》失收

127.〈宿驛〉原注：抄本作陸游詩，然《渭南集》無此詩。按：詩人生平未至蜀，此詩作者可疑，姑置于此。

他鄉異縣老何堪，短髮蕭蕭不勝簪。旋買一樽持自賀，病身安穩到江南。雲外丹青萬仞梯，木陰合處子規啼。嘉陵棧路吾能說，略似黃亭到紫溪。

明笪繼良《鉛書》卷五

128.〈郡齋懷隱庵二首〉之一

天寒秋色入平林，更着西風月砧。舊日醉吟渾不管，如今節物總關心。

129.〈郡齋懷隱庵二首〉之二

空山鐘鼓梵王家，小立西風數過鴉。秋色無多誰占斷，長廊西畔佛桑花。

影印《詩淵》冊一頁一八一

130.〈憶李白〉

當年宮殿賦昭陽，豈信人間過夜郎。明月入江依舊好，青山埋骨至今香。不尋飯顆山頭伴，卻趁汨羅江上狂。定要騎鯨歸汨渭，故來濯足戲滄浪。

同上書頁二八五

131.〈題鵝湖壁〉

昔年留此苦思歸，為憶啼門玉雪兒。鸑鶄飛殘梧竹冷，只今歸興卻遲遲。

同上書冊五頁三五八九

132.〈書清涼境界壁二首〉之一

從今數到七十歲，一十四度見梅花。何況人生七十少，云胡不歸留此耶。

133.〈書清涼境界壁二首〉之二

江左何時見王謝，風流且對竹間梅。最憐飛雪蒼苔上，時有珍禽蹴地來。

134.〈書停雲壁二首〉之一

學作堯夫自在詩，何曾因物說天機。斜陽草舍迷歸路，卻與牛羊作伴歸。

135.〈書亭雲壁二首〉之二

萬事隨緣無所為，萬法皆空無所思。惟有一條生死路，古今來往更何疑。

136.〈書鶴鳴亭壁〉

翠竹栽成占一丘，清溪映帶極風流。山翁一向貪奇趣，更引飛泉在上頭。

以上同上書頁三五九二

137.〈醉書其壁二首〉之一

頗覺參禪近有功，因空成色色成空。色空靜處如何說，且坐清涼境界中。

138.〈醉書其壁二首〉之二

去年冠蓋長安道，客裏因循過了梅。今歲花開轉多事，簿書叢裏兩三杯。

同上書頁三五九三

139.〈書壽寧寺壁〉

門前幽徑踏蒼苔，猶憶前回信步來。午醉正酣歸未得，斜陽古殿橘花開。

同上書頁三七九七

140.〈讀書〉

是非得失兩茫茫，閑把遺書細較量。掩卷古人堪笑處，起來摩腹步長廊。

同上書冊六頁四一八四

141.〈戲書圓覺經後〉

圓覺十二菩薩問，吾取一二餘鄙哉。若是如來真實語，眾生卻自勝如來。

同上書頁四一八九

142.〈讀圓覺經〉

二十五輪清淨觀，上中下期春夏齋。本來欲造空虛地，那得許多纏繞來。

同上書頁四一九○

143.〈壽朱文公〉

玉漏聲沉曉色回，五雲絢綵映庭槐。持巾珠履攙稱賀，飛鞚貂璫押賜來。
黃菊尚遲三日約，碧桃已作十分開。洞天春色非人世，不記河第幾回。

此句原奪一字　同上書頁四五四九

144.〈壽趙守〉

天孫錦字織雲烟，來向紅塵了世緣。前去中秋猶十日，後來甲子更千年。

牆南竹韻調琴譜，堂北萱香載酒船。且與剪圭舊約，此句原奪一字不妨
卻伴橋中仙。

同上書頁四五六

145.〈句〉

身為參禪老，家因赴韶貧。題桃符：宋劉克莊《後村詩話》後集卷一

酒腸未減長鯨吸，詩思如抽獨繭絲。同上書續集卷四

多情為我香成陣。宋李龔《梅花衲》

來看紅衫百子圖。牡丹

歲月都麴糵埋。以上元陰時夫《韵府群玉》卷三

附錄

146.〈御書閣額〉

傑閣侵霄漢，宸章煥壁奎。內廷頒寶宴，中使揭璇題。

信誓山河固，恩寵雨露低。寒儒倚天祿，目斷五雲西

功掩蕭何第，名越崔氏堂。孤忠扶社稷，一德契穹蒼。

金碧飛翬外，鸞虹結綺旁。落成紛燕賀，弱羽得高翔。

《稼軒集抄存》按：此詩為高宗書「一德格天之閣賜秦檜而作，鄧廣銘先生已考定對
當時館閣臣僚諂秦檜之詞。辛棄疾歸宋時已在高宗紹興末，其時秦檜敗亡已久，決不
可能作此詩，由于無所歸屬，姑附於此。

存目

詩　題	首　句	出　處	附　注
贈黃冠	秋至憶乘槎	稼軒集抄存	《饒州府志》、《浮梁縣志》藝文志俱作辛次膺詩，題作贈黃冠周宗先
鵝湖夜坐	士生始墮地	稼軒集抄存	此為陸游詩，載《劍南詩稿》卷一一，題作鵝湖夜坐書懷

佟培基、虞行整理

附錄二

各版本選入的辛棄疾詩名及首句之對照表

A. 鄧廣銘：《辛稼軒詩文鈔存》，台北‧華正書局，1979 年。
B. 傅璇琮主編：《全宋詩》，北京：北京大學出版社，1998 年。
C. 徐漢明：《稼軒集》，台北：文津出版社，1991 年。
D. 鄧廣銘：《鄧廣銘全集》，河北‧河北教育，2005 年。
E. 鄭騫、林玫儀：《稼軒詞校注附詩文年譜》，台北：台大，2013 年。
F. 謝永芳：《辛棄疾詩詞全集》，武漢：崇文書局，2016 年。

序號	詩　　名	首　　句	A	B	C	D	E	F
1	元日／癸亥元日題克己復禮齋	老病	V	V	V	<u>V</u>	V	V
2	偶題	逢花／黃花	V	V	V	V	<u>V</u>	V
3	1 哭䶊十五章之一	方看	V	V	V	V	V	V
4	2 哭䶊十五章之二	玉雪	V	V	V	V	V	V
5	3 哭䶊十五章之三	念汝	V	V	V	V	V	V
6	4 哭䶊十五章之四	他年	V	V	V	V	V	V
7	5 哭䶊十五章之五	糊涂	V	V	V	V	V	V
8	6 哭䶊十五章之六	笑揖	V	V	V	V	V	V
9	7 哭䶊十五章之七	汝父	V	V	V	V	V	V
10	8 哭䶊十五章之八	淚盡	V	V	V	V	V	V

11	9 哭鼍十五章之九	中堂	V	V	V	V	V	V
12	10 哭鼍十五章之十	從人	V	V	V	V	V	V
13	11 哭鼍十五章之十一	足音	V	V	V	V	V	V
14	12 哭鼍十五章之十二	我痛	V	V	V	V	V	V
15	13 哭鼍十五章之十三	昨宵	V	V	V	V	V	V
16	14 哭鼍十五章之十四	世無	V	V	V	V	V	V
17	15 哭鼍十五章之十五	百年	V	V	V	V	V	V
18	聞科詔，勉諸子	秋舉 / 科舉	V	V	<u>V</u>	V	V	V
19	第四子學春秋發憤不輟書以勉之	春雨	V	V	V	V	V	V
20	關悟老住明教禪院 / 送悟老住明教禪院	道人	<u>V</u>	<u>V</u>	V	<u>V</u>	V	V
21	感懷示兒輩	窮處	V	V	V	V	V	V
22	即事示兒	掃迹	V	V	V	V	V	V
23	答余叔良和韻	東舍	V	V	V	V	V	V
24	詠雪	書窗	V	V	V	V	V	V
25	蔞蒿宜作河豚羹	河豚	V	V	V	V	V	V
26	吳克明廣文見和再用韻答之	彼茁	V	V	V	V	V	V
27	仙蹟巖	地秘	V	V	V	V	V	V
28	周氏敬榮堂詩 / 題前岡周氏敬榮堂	泰伯	V	V	V	V	<u>V</u>	V
29	和趙晉臣敷文積翠巖去纇石	兩峰	V	V	V	V	V	V
30	題金相寺淨照軒詩	淨是	V	V	V	V	V	V

31	1和傅巖叟梅花二首	月淡	V	V	V	V	V	V
32	2和傅巖叟梅花二首	靈均	V	V	V	V	V	V
33	江山慶雲橋 / 慶雲橋詩 / 江山	草梢	V	V	V	<u>V</u>	<u>V</u>	V
34	江山慶雲橋 / 慶雲橋詩 / 江山	斷崖	V	V	V	<u>V</u>	<u>V</u>	V
35	賦葡萄	高架	V	V	V	V	V	V
36	1題福州參泉二首	兩泉	V	V	V	V	V	V
37	2題福州參泉二首	三泉	V	V	V	V	V	V
38	1贈延福端老二首	飄然	V	V	V	X	V	X
39	2贈延福端老二首	我來	V	V	V	X	V	X
40	1遊武夷,作棹歌呈晦翁十首	一小	V	V	V	V	V	V
41	2遊武夷,作棹歌呈晦翁十首	山上	V	V	V	V	V	V
42	3遊武夷,作棹歌呈晦翁十首	玉女	V	V	V	V	V	V
43	4遊武夷,作棹歌呈晦翁十首	見說	V	V	V	V	V	V
44	5遊武夷,作棹歌呈晦翁十首	千丈	V	V	V	V	V	V
45	6遊武夷,作棹歌呈晦翁十首	山頭	V	V	V	V	V	V
46	7遊武夷,作棹歌呈晦翁十首	巨石	V	V	V	V	V	V
47	8遊武夷,作棹歌呈晦翁十首	自有	V	V	V	V	V	V
48	9遊武夷,作棹歌呈晦翁十首	山中	V	V	V	V	V	V
49	10遊武夷,作棹歌呈晦翁十首	行盡	V	V	V	V	V	V
50	1鶴鳴亭絕句四首	飽飯	V	V	V	V	V	V

51	2 鶴鳴亭絕句四首	安石	V	V	V	V	V	V
52	3 鶴鳴亭絕句四首	舊時	V	V	V	V	V	V
53	4 鶴鳴亭絕句四首	清歡	V	V	V	V	V	V
54	鶴鳴亭獨飲	小亭	V	V	V	V	V	V
55	1 即事	野人	V	V	V	V	V	V
56	2 即事	百憂 / <u>百擾</u>	V	V	V	V	V	<u>V</u>
57	重午日戲書	青山	V	V	V	V	V	V
58	林貴文買牡丹見贈，至彭村偶題	寶刀	V	V	V	V	V	V
59	移竹	每因	V	V	V	V	V	V
60	1 和趙茂嘉郎中雙頭芍藥二首	昨日	V	V	V	V	V	V
61	2 和趙茂嘉郎中雙頭芍藥二首	當年	V	V	V	V	V	V
62	壽趙茂嘉郎中二首	玉色	V	V	V	V	V	V
63	壽趙茂嘉郎中二首	鵝湖	V	V	V	V	V	V
64	同杜叔高祝彥集觀天保菴瀑布主人留飲兩日且約牡丹之飲	竹杖	V	V	V	V	V	V
65	同杜叔高祝彥集觀天保菴瀑布主人留飲兩日且約牡丹之飲	只要	V	V	V	V	V	V
66	讀語孟二首	道言	V	V	V	V	V	V
67	讀語孟二首	屏去	V	V	V	V	V	V
68	再用儒字韻二首	人才	V	V	V	V	V	V
69	再用儒字韻二首	是是	V	V	V	V	V	V
70	和任師見寄之韻 / <u>和任帥見之韻</u>	老來	V	V	V	<u>V</u>	V	V
71	和任師見寄之韻 / <u>和任帥見之韻</u>	昨夢	V	V	V	<u>V</u>	V	V

72	和任師見寄之韻 / 和任帥見之韻	幾年	V	V	V	<u>V</u>	V	V
73	和楊民瞻韻	拄杖	V	V	V	V	V	V
74	和諸葛元亮韻	偶泛 / <u>偶泛</u>	V	<u>V</u>	V	V	V	V
75	和周顯先韻二首	暖口	V	V	V	V	V	V
76	和周顯先韻二首	怒濤	V	V	V	V	V	V
77	和郭逢道韻	棗樹 / 東樹	V	V	V	V	V	V
78	和郭逢道韻	君家	V	V	V	V	V	V
79	黃沙書院	隱几	V	V	V	V	V	V
80	信筆再和兩首	此心	V	V	V	V	V	V
81	信筆再和兩首	春酒	V	V	V	V	V	V
82	和李都梲詩	破屋	V	V	V	V	V	V
83	再用韻	自古	V	V	V	V	V	V
84	書淵明詩後	淵明	V	V	V	V	V	V
85	讀邵堯夫詩	飲酒	V	V	V	V	V	V
86	再用韻	欲把	V	V	V	V	V	V
87	1 偶題	人生	V	V	V	V	V	V
88	2 偶題	人言	V	V	V	V	V	V
89	3 偶題	閑花	V	V	V	V	V	V
90	偶作	至性	V	V	V	V	V	V
91	和趙晉臣宋糟蟹	人間	V	V	V	V	V	V
92	止酒	淵明	V	V	V	V	V	V
93	送劍與傅巖叟	鏌邪 / <u>鏌耶</u>	V	V	V	V	<u>V</u>	V
94	江郎山和韻	三峰	V	V	V	V	V	V
95	送別湖南部曲	青衫	V	V	V	V	V	V
96	感懷示兒輩	安樂	V	V	V	V	V	V
97	趙文遠見和用韻答 之	糲食	V	V	V	V	V	V
98	傅巖叟見和用韻答 之	萬里	V	V	V	V	V	V

99	諸葛元亮見和復用韻答之	大儒	V	V	V	V	V	V
100	壽朱晦翁	西風	V	V	V	V	V	V
101	和趙昌父問訊新居之作	草堂	V	V	V	V	V	V
102	1題鶴鳴亭／丁卯七月題鶴鳴亭	種竹	V	V	V	<u>V</u>	V	V
103	2題鶴鳴亭／丁卯七月題鶴鳴亭	莫被	V	V	V	<u>V</u>	V	V
104	3題鶴鳴亭／丁卯七月題鶴鳴亭	林下	V	V	V	<u>V</u>	V	V
105	和泉上人	芒鞋	V	V	V	X	V	X
106	玉真書院經德堂	平生	V	V	V	V	V	V
107	和趙直中題幹韻	萬事	V	V	V	V	V	V
108	有以事來請者傚康節體作詩以答之	未能	V	V	V	V	V	V
109	江行弔宋齊邱	嘗笑	V	V	V	V	V	V
110	新年團拜後和主敬韻並呈雪平	已把	V	V	V	V	V	V
111	和人韻	老奴	V	V	V	V	V	V
112	和前人韻	池魚	V	V	V	V	V	V
113	和前人韻	茶瓜	V	V	V	V	V	V
114	和人韻	老來	V	V	V	V	V	V
115	和前人觀梅雪有懷見寄	相思	V	V	V	V	V	V
116	丙寅歲山間競傳諸將有下棘寺者	去年	V	V	V	V	V	V
117	丙寅九月二十八日作來年將告老	漸識	V	V	V	V	V	V
118	1偶作	兒曹／<u>兒童</u>	V	V	V	<u>V</u>	V	V
119	2偶作	一氣	V	V	V	V	V	V

120	3 偶作	老去	V	V	V	V	V	V
121	和吳克明廣文賦梅	誰咏	V	V	V	V	V	V
122	和趙茂嘉郎中賦梅	空谷	V	V	V	V	V	V
123	和趙國興知錄贈琴	趙君	V	V	V	V	V	V
124	贈申孝子世寧	六月	V	V	V	V	V	V
125	重葉梅／梅花二首	百花	X	V	X	X	<u>V</u>	X
126	重葉梅／梅花二首	主人	X	V	X	X	<u>V</u>	X
127	宿驛	他鄉	X	V	X	X	X	X
128	1 郡齋懷隱庵	天寒	X	V	V	V	V	V
129	2 邵齋懷隱庵	空山	X	V	V	V	V	V
130	憶李白	當年	X	V	V	V	V	V
131	題鵝湖壁	昔年	X	V	V	V	V	V
132	1 書清涼境界壁	從今	X	V	V	V	V	V
133	2 書清涼境界壁	江左	X	V	V	V	V	V
134	1 書亭雲壁	學作	X	V	V	V	V	V
135	2 書亭雲壁	萬事	X	V	V	V	V	V
136	書鶴鳴亭壁	翠竹	X	V	V	V	V	V
137	1 醉書其壁	頗覺	X	V	V	V	V	V
138	2 醉書其壁	去年	X	V	V	V	V	V
139	書壽寧寺壁	門前	X	V	V	V	V	V
140	讀書	是非	X	V	V	V	V	V
141	戲書圓覺經後	圓覺	X	V	V	V	V	V
142	讀圓覺經	二十五	X	V	V	V	V	V
143	壽朱文公	玉漏聲	X	V	X	X	X	V
144	壽趙守	天孫	X	V	X	V	X	V
145	句／題桃符	酒腸／<u>身為</u>	<u>V</u>	V	V	<u>VV</u>	<u>VV</u>	<u>VV</u>
146	御書閣額／<u>御賜閣額二首</u>	傑閣	X	V	X	X	<u>V</u>	X
147	和鄭舜舉蔗菴韻	我讀	X	X	X	V	X	V

148	鶴鳴偶作	朝陽	X	X	X	V	X	V
149	贈黃冠（誤收辛次膺詩）	秋至	X	X	X	X	V	X
	收錄詩作		125	146	140	142	148	142

※備註：部分詩名或首句的用字有出入，以底線為對照。

　　近代坊間研究辛棄疾詩作之專書較多，筆者擇優對照書中所收錄之辛棄疾詩作，挑選出最適合的底本，在比較過程中發現各版本於詩名及首句用字上的差異，因此以底線為標註。

　　另外各版所採之詩作，因年代久遠，用字上亦多有出入，筆者將在此研究中持續關照，若差異字對於詩作的理解上有分歧，將在研究中呈現，若不至影響文句內容之判讀，則不再補充，冀望以此方式，能使本論文對辛詩有正確的解讀。